LES ŒUVRES COMPLETES

Laurent Tailhade

(1854-1919)

Au Pays du Mufle

*suivi de nombreux poëmes inédits
et précédé de la Vie de l'Auteur par*

FERNAND KOLNEY

Typographie
FRANÇOIS BERNOUARD
71, Rue des Saints-Pères, 71
A PARIS

Œuvres Complètes

de

Laurent Tailhade

Justification

Il a été tiré de cet ouvrage :

2 exemplaires sur Japon numérotés
de   1 à 2

10 exemplaires sur Hollande numérotés
de   3 à 12

25 exemplaires sur Rives numérotés
de   13 à 37

1500 exemplaires sur Vergé numérotés
de   38 à 1537

N° du présent exemplaire :

LES ŒUVRES COMPLETES

Laurent Tailhade

(1854-1919)

Au Pays du Mufle

suivi de nombreux poëmes inédits
et précédé de la Vie de l'Auteur par

FERNAND KOLNEY

Typographie
FRANÇOIS BERNOUARD
71, Rue des Saints-Pères, 71
A PARIS

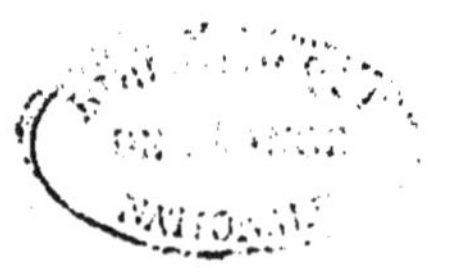

Vie de Laurent Tailhade

Sur la foi de l'erreur d'un dictionnaire des contemporains,
la plupart des articles nécrologiques, qui parurent au lendemain de la mort de Laurent Tailhade, établirent qu'il était
né à Pasajes-San-Juan, dans la Navarre espagnole, et que,
" destiné par les siens à la prêtrise, il avait fait ses études
au séminaire de Bagnères-de-Bigorre " ! ! !

En réalité Laurent Tailhade vit le jour à Tarbes, dans
la Navarre française, le 16 avril 1854, en une maison de la
rue du Bourg-Vieux toute proche de celle où, en l'an 1811,
naquit lui-même Théophile Gautier, qu'il devait toujours
tenir pour le maître de la couleur et de la forme. Jamais il
ne fut destiné à devenir l'oint du Seigneur. Placé tout
d'abord, pour y recevoir les rudiments, à l'école Sainte-
Marie de Toulouse, il fit ses humanités au lycée de Pau.

Dévôt du rythme, Laurent Tailhade tenait le Chrislia-
nisme pour un attentat au Rythme universel. Rien ne
pouvait donc être plus désagréable à son ombre que d'entendre les mornes passagers de la barque à Caron imiter, à
son approche, le croassement du corbeau.

Sur ce point, nous avons convié les journaux à rectifier

leurs informations erronées. Presque tous, il faut le dire, se sont exécutés avec une bonne grâce parfaite. Le Figaro, notamment, a poussé le souci de la vérité jusqu'à indiquer la cause de son fourvoyement.

Laurent Tailhade était issu d'une mère dévote et d'un père ivrogne, lequel exerçait à Tarbes la profession, par tant de scandales diffamée, de magistrat.

Le grippeminaud Tailhade avait servi Louis-Philippe avec loyalisme. Mêmement, il servit l'usurpateur et factieux Napoléon III. Peut-être eût-il servi avec une pareille fidélité un quelconque Toussaint-Louverture ou Soulouque, si un roi nègre avait réussi à détrousser du pouvoir l'homme du Deux-Décembre. Les fameuses Commissions mixtes fonctionnaient en province. De son mieux, il épura la France de tous les " rouges ", comme l'on disait alors, qui poussaient l'inconscience et l'immoralité jusqu'à stigmatiser le parjure du Prince. Il en remplissait les cales des transports en partance pour Cayenne. S'il n'était point mort prématurément, il n'aurait pas hésité, sans doute, dans sa fermeté romaine, à condamner, un jour, l'anarchiste, son propre fils, auteur de La Ballade Solness.

Le père de Laurent Tailhade n'avait pas " l'habitude de sentencier ses procès avecque des dés", comme le juge Bridoye. Il employait une méthode beaucoup plus rationelle. La veille de chaque affaire banale, qui n'intéressait ni le Préfet ni les politiciens du lieu, lesquels, dans le cas contraire, eussent, comme il sied, simplifié sa besogne en lui dictant son jugement, il usait de " l'éperon à boire ", dont parle Rabelais. Il s'enfermait dans son cabinet avec force flacons des Pyrénées ou d'outre-monts. Là, il biberonnait sombrement.

Lorsqu'après un certain temps dévolu à ce louable exercice, il sentait une douce chaleur envahir tout son être, lorsque, pour tout dire, l'euphorie des pochards le gagnait, le Président Tailhade, enfoui dans un fauteuil, étendait la main et commençait à feuilleter ses grimoires de procédure. Sa pensée n'était-elle pas encore parvenue au degré d'acuité nécessaire ? Il appelait à la rescousse deux ou trois fioles tenues en réserve, toutes velues, celles-là, de toiles d'araignée et le dernier rouge-bord était à peine vidé qu'une méditation profonde survenait, dans quoi il cherchait la vérité et la justice comme dans l'extase mystique les croyants cherchent leur Dieu. Ainsi, les pommettes émerillonnées, les prunelles embuées de bonheur, la gorge soulevée d'une houle de hoquets, il pesait le pour et le contre, discernait la vertu au milieu de la fraude.

Son parti dépendait le plus souvent de la qualité de son ébriété, triste ou gaie selon les crus ingurgités. Le rançio, vin des pentes françaises, le rendait pitoyable ; le rioja, vin d'Espagne, féroce. Mais le poil de son thorax à l'air sous son gilet déboutonné, la langue enduite de cambouis vineux, les jambes flageolantes, jamais il ne sortait de son cabinet sans que son parti ne fût irréductiblement pris.

Il put atteindre ainsi aux plus hautes lumières juridiques et rendre, au témoignage de tous ses contemporains, des jugements d'une sagacité étonnante, lesquels ont fait jurisprudence. Car les voies où chemine la Sagesse sont parfois aussi mystérieuses que celles du Seigneur et pareillement paradoxales.

Ce parfait magistrat avait épousé une jolie femme, de quelque trente années plus jeune que lui. Bien que méprisant un peu son " épouse ", parce que née Jacomet et issue d'un aubergiste départemental, avaricieux et borné, il sentait la tarière de la jalousie s'enfoncer dans son cœur. Cette jalousie était d'ailleurs sans fondement aucun, car Mme la Présidente Tailhade, bridée en toutes ses fibres par le sentiment chrétien du devoir conjugal, aurait été capable de

*repousser le Saint-Esprit en personne, s'il était venu lui
faire les avances que chanta M. Paul Claudel.*

*Néanmoins le père de Laurent Tailhade passait de
longues journées prostré en une flaque d'habits trop larges
dans le fond d'un fauteuil. Muet, faisant la lippe, les traits
immobiles, la paupière plombée recouvrant son œil de poix,
il semblait perdu en un recueillement ascétique. Cherchait-il
ainsi la solution de quelque point de droit contesté ? ou bien,
de déductions en déductions, se précipitait-il, mentalement,
sur la piste de quelque délinquant astucieux ?*

*Soudain, un long tremblement agitait son corps tout
entier ; une flamme aiguë jaillissait de sa prunelle miroitante, et ses lèvres s'agitaient, articulant des mots inintel-
ligibles. Cette fois, sans aucun doute, il venait de résoudre
le problème ardu qu'il s'était proposé...*

*Hélas ! il n'en était rien. Car, se dressant inopinément,
il trépignait une minute, bombait le dos en arc de cercle et,
saisissant de chaque main les basques de sa redingote, il la
déchirait d'un geste sec et rapide, jusqu'au col, en poussant
des " Hi ! Hi ! Hi ! " de colère épileptiforme qui se
mêlaient au crissement de l'étoffe.*

*Alors, d'un pas relevé d'ataxique débutant, pareil à celui
des chevaux de cirque, une frange d'écume mousseuse aux
commissures, le président Tailhade s'allait coucher. Une
fois de plus, le démon de la jalousie était venu faire siffler
à son oreille ses suggestions mauvaises, ses calomnies
injustifiées.*

*Prudente et avisée, Mme la Présidente attendait que la
dépression inévitable fût survenue. Au moment favorable,
elle entrait dans la chambre, s'assurait que son mari, dans
la prostration consécutive à la crise, s'était bien endormi.
Avec des pas ouatés de souris d'hôtel, elle emportait la
redingote. Incontinent, en ménagère économe et ennemie de
tout vandalisme vestimentaire, elle lui donnait des soins*

*minutieux, s'assurait de l'étendue du dommage, la "ftop-
pait" avec des fils soigneusement empruntés au vêtement
même. Ainsi, la même redingote pourrait servir plusieurs
fois encore en des accès analogues et fatals. Puisqu'en
audience il troquait cette vêture contre la toge, elle pensait
droitement que cela ne pouvait nuire à la considération et au
reſpect dûs au premier des magiſtrats assis de la cité. Mais
les reprises successives avaient fini par tracer sur le dos
du père de Laurent Tailhade une sorte de portée de musique
verticale où les effilochures inévitables dessinaient des
croches et des dièzes. Au Palais de Tarbes, on ne
l'appelait plus que le " Président à la clef de sol ".*

*Il chut bientôt dans la paralysie générale : maladie qui
afflige tant de pécheurs.*

Peut-être l'auteur du Voyage au Pays du Mufle
*puisa-t-il en ces souvenirs d'enfance l'inſpiration qui devait
lui faire écrire:* «Juge de sa honte souillant l'hermine».

*Comment d'une mère à l'eſprit étroit, venue d'un
lignage sans gloire d'hôteliers provinciaux, et d'un père
à la pulpe cérébrale blette comme un fruit décomposé, un si
prodigieux artiſte, contempteur de toutes les platitudes,
a-t-il pu naître ? Oui, comment a-t-il pu être engendré par
un couple de si parfaits Philistins ?*

*S'il faut, de toute nécessité, hasarder une explication,
nous dirons qu'il arrive, parfois à un très vieil arbre, au
tronc noirci et ulcéré aux racines érodées et friables, de
projeter, avant de mourir, dans un suprême sursaut, un
fruit superbe, à la saveur exquise autant qu'étrange, que
l'énigmatique nature refuse aux arbres plus sains et plus
jeunes d'alentour.*

*L'alcoolisme et la paralysie générale du père, cette
dernière déjà en puissance lorsque naquit le fils, avaient
décomposé encore la sève du vieux tronc qui n'avait donné
jusque-là qu'une banale cueillette de basochiens, de médi-*

*castres et de chats-fourrés départementaux. Dans la
substance de la lignée, dans l'humus physiologique, où
plongeaient les racines de la souche, ces deux éléments
morbides, pareils à des levains violents, à des ferments
caustiques, avaient suscité des réactions inconnaissables,
rongé les tessitures profondes, et modifié ainsi le caractère
du fruit qui, d'insipide qu'il avait été durant plusieurs
siècles, avait subitement acquis le suc délicieux, la qualité
savoureuse d'un tempérament d'artiste, dernier-né d'une
dynastie de tabellions !*

Au lycée de Pau, Laurent Tailhade eut pour condisciple
M. Louis Barthou, un peu plus jeune que lui. Le père de
ce dernier était alors établi marchand quincaillier dans une
ville du département. Et à ce sujet un mot de Tailhade
nous revient à l'esprit :

Nous avions remarqué que Laurent Tailhade, vieilli,
portait un amour insolite à une paire de pincettes avec
laquelle, les soirs d'hiver, il tisonnait son feu. Il entourait
cet ustensile de soins particuliers, veillant, lui-même, à ce
qu'il fût toujours soutenu dignement par le crochet du
foyer. En plaisantant, nous lui demandâmes, une fois, s'il
avait là des pincettes historiques, les pincettes du Béarnais,
son compatriote. " Mieux que cela, " nous répondit-il,
" car elles viennent de la boutique Barthou, à Oloron ". Et
les brandissant, il ajouta : " Sais-tu pourquoi le petit
Barthou, qui fut mon labadens, est devenu clérical ? "
Comme nous restions coi, il triompha : " Eh bien ! c'est
parce que monsieur son père, en qualité de taillandier, a
vendu plusieurs fois à Lourdes les vrais clous de la vraie
Croix ! "

Les années d'internat avaient été précédées comme nous
l'avons dit plus haut d'une claustration en le giron des pères

jésuites de Toulouse. C'est de là qu'il écrivit les lettres pathétiques à sa mère qui ont été publiées. Séparé d'elle, l'enfant s'étiolait, éprouvait déjà pour les Ignaciens et leur enseignement une détestation qui, dans son intelligence subtile des hommes et des faits, le marqua pour toute sa vie. Car, devait-il dire plus tard ! " chez les disciples de Loyola, l'initiation aux mathématiques va de pair avec celle de la sodomie ". Rarement se rencontra pareille tendresse de la mère à l'enfant et réciproquement. Ils s'adoraient et devaient s'adorer toujours sans jamais un nuage, sans aucun fléchissement dans cet amour unique. Plus tard, la veuve du Président Tailhade sacrifia son bien, se réduisit avec allégresse à la portion congrue, pour assister de son mieux celui qui avait choisi l'âpre route où, pour servir la Vérité, on doit s'habituer et habituer les siens à ne pas manger tous les jours. Avec horreur, elle, la parfaite chrétienne, le vit devenir athée, insulter à son Dieu, sans jamais proférer une remontrance ni un reproche. Privilégié entre tous les humains, Tailhade eut le bonheur de la conserver très longtemps. La digne femme ne mourut qu'en l'année 1921. Vieilli déjà à cette époque, il disait d'elle en une expression touchante : " C'est mon enfant, un enfant à cheveux gris, que j'ai, là-bas, dans un coin des Pyrénées ".

Les deux seules choses respectables qu'il y ait dans le monde, car seules, peut-être, elles résistent à l'analyse, ne sont-elles pas l'amour d'une mère et l'affection d'un chien ?

C'est au lycée de Pau qu'avec beaucoup de mal, à l'exemple de Baudelaire, Laurent Tailhade conquit sa peau d'âne, rebutant aux sciences exactes et seulement attentif aux jongleries de la rhétorique. Un soir, qu'un peu attendri, il remontait le cours de sa vie, s'attardait aux souvenirs du passé, " aux Pâques de sa jeunesse ",

comme il disait, il nous traça le bref crayon de son
professeur.

C'était un nommé Escartevèze, homme grand, sec,
décharné, à la chevelure d'un noir bleu lustrée à l'huile de
lampe, chaussé de bottines aux élastiques effilochées, et qui
arborait un nez en bec de pélican au-dessus d'une lavallière
rose aux coques ébouriffées. Comme l'eau de la gueule des
tritons de Versailles, l'antithèse, la syncedocque, la catachrèse, la litote et la métonymie lui sortaient de la bouche
en un flot intarissable, et, dans une odeur d'ail poussée
jusqu'à l'acétylène, il renversait le tout sur ses élèves
consternés.

Ce fut ce pet-de-loup qui présenta Laurent Tailhade aux
Muses. Il faut croire qu'elles découvrirent immédiatement
en lui un prédestiné, car elles l'adoptèrent aussitôt, malgré
la cocasserie de son truchement.

Frais émoulu bachelier, Laurent Tailhade fut expédié à
Toulouse pour y faire son droit, car son père entendait qu'à
son égal, il pût, plus tard, placer quelques faux-poids
dans la balance de Thémis. Mais Tailhade, étudiant,
délaissa bientôt les Pandectes pour les auteurs latins et se
répandit dans les cénacles de cette dernière cité du Paganisme. C'est là qu'il connut ceux dont l'amitié ne devait
jamais faiblir pour lui : Armand Sylvestre, Pedro
Gailhard, Charles Cros.

Aux jeux floraux, Laurent Tailhade conquit le laurier
avec une pièce intitulée : " La Chanson des Aigles ". Des
mains de la Clémence Isaure de l'époque, au profil de
médaille romaine, au front orné de la cigale d'or, aux yeux
couleur de glycine, il reçut une petite urne d'argent, de
style néo-grec, à vrai dire assez pompier, qui portait la
griffe d'un maître-orfèvre de la ville. De ce trophée, toute
sa vie, Laurent Tailhade ne se sépara, momentanément
et sous les coups du sort, qu'avec le plus cruel déchirement.

En les jours où il était affligé " du mal de pauvreté ", il le portait chez l'usurier des pauvres, au Mont-de-piété. Au premier retour de fortune, il courait retirer le gage, dût-il, dès le lendemain " être navré, derechef, d'impécuniosité ", ainsi qu'il aimait à plaisanter. Aussitôt qu'il l'avait récupéré, il l'élevait dans la lumière, le maniait avec des joies d'enfant. C'était pour lui le souvenir matériel du premier baiser d'Apollon !

Ayant reçu la lyre des mains mêmes du dieu, Tailhade, sans désemparer, notifia à sa mère qu'il n'endosserait jamais le sac à charbon des grippeminauds, que Rabelais, pour l'éternité des temps, a marqué de cocasserie. Horrifiée, Mme la Présidente Tailhade poussa les cris d'une cane qui, par mégarde, aurait couvé un aigle. Appelé à la rescousse, son directeur de conscience, un jésuite, fit entendre, d'un sourire mince comme un fil, qu'il connaissait les extravagances de la jeunesse et le moyen d'y remédier. A peine majeur et par ses soins, Laurent Tailhade fut marié à une hoberelle bretonne, excellente créature au demeurant, mais dont le terre à terre provincial et l'esprit cagot façonné par les Pères étaient capables de couper les ailes au poëte le mieux doué.

Ne fallait-il pas réfréner, en effet, des dérèglements pareillement insolites ? Les lointains ancêtres de Laurent Tailhade, tabellions espagnols, avaient émigré en France pour s'y fixer définitivement sur la fin du XVe siècle. Depuis, ils avaient rédigé des contrats de mariage et des testaments, reçu les confidences de leurs clients, géré leurs économies et assumé l'incompréhension de l'art dont se prévaut le parfait notariat. En jouant les grotesques au naturel, ils avaient vécu comme les meilleurs représentants de la profession : dignes, compassés, sentencieux, riches, respectés et cocus. Quel alliage étranger et scélérat s'était donc mêlé à leur sang pour le corrompre sournoisement ? De

*quelles germinations occultes était donc issu ce rejeton
ultime, cette fleur de la décomposition aux couleurs lyriques,
qui projetait d'exercer une profession si justement infa-
mante dans les familles à panonceaux ?*

> Ah ! que n'ai-je mis bas tout un nœud de vipères,
> Au lieu d'enfanter cette dérision !

*Ce cri du poëte avait dû être aussi celui de la très
pieuse Mme Tailhade mère. Peut-être se résigna-t-elle
enfin en se représentant qu'une aventure qui, toutes proportions gardées, n'était pas sans analogie avec la sienne, était
advenue, dix-huit siècles auparavant à la vierge déipare,
mère du Christ, le plus grand des poëtes par son cœur et
sa vie. Ce fils, unique comme le sien, qui devait hériter
un jour de la plus riche propriété foncière jusque-là connue,
c'est-à-dire du Cosmos tout entier, n'avait-il pas dérogé,
lui aussi, à la tradition bourgeoise, au destin de tout repos
de la divinité judaïque ? Ne s'était-il pas rué vers les
aventures fâcheuses pour se déchirer l'âme à tous les
ronciers hargneux de l'Idéal, et finir en condamné de droit
commun ? Si dévoyé qu'il fût, déjà, son fils à elle n'irait
point jusque-là...*

*Fixé à Nantes, auprès de sa belle-mère, remariée avec
un nobiliau du cru, Laurent Tailhade tint, pendant
quelque temps, l'emploi d'homme du monde en province. Il
devint un dandy départemental, un cocodès de sous-préfec-
ture. Dans les salons bien pensants, il fit paraître les
grâces physiques et intellectuelles en honneur sous l'Ordre
Moral. Il paradait dans un habit noir aux ailes de hanneton,
un gilet ouvert en forme de cœur, un faux-col évasé jusqu'aux mamelles et un pantalon à pattes d'éléphant. Coiffé
à la Capoul, il fut un gommeux pareil à l'Amant
d'Amanda.*

Conscient de ce que les manières de " la parfaitement bonne compagnie " — comme il se plut à dire toute sa vie en une locution familière et nullement ironique — imposent de retenue au gentleman — fût-il bigourdan — il avait remisé, dissimulé comme une tare redhibitoire ses dons lyriques, afin qu'on ne lui fît pas grief d'excentricités de mauvais ton. Car Laurent Tailhade était déjà trop bien élevé pour commettre parmi les gens du monde l'indécence d'avoir du talent.

Néanmoins, lorsque le démon intérieur le harcelait trop durement ; il usait de subterfuge. Dans quelque salon, où les esprits bilieux, les âmes aigries, les estomacs cariés de la province, rancissaient l'atmosphère sous les lustres, parfois Laurent Tailhade récitait ses vers. Il les disait de sa voix chaude, aux attouchements de mâle caresse, forgée qu'elle était des sonorités du cristal et du bronze, dont le registre s'étendait des notes veloutées aux accents du tocsin et qui, plus tard, détraquait toujours son public, le jetait sans volonté à sa merci, aux soirs véhéments des réunions publiques. A l'ordinaire, il succédait, près du piano, à la dame mûre qui, la gorge flaccide, les fanons violacés bandés à se rompre, venait d'éjaculer Gounod vers le plafond. Mais devant la marquise douairière, le vicaire général et Mme la Colonelle, il attribuait, par décence, la paternité de son œuvre à quelque poëte inconnu " mort de la poitrine ", ou " entré dans les ordres " : ce qui déterminait aussitôt le jaillissement des mouchoirs ou la fusée des sanglots.

A cette époque, il professait selon sa propre expression " qu'il n'y a pas d'instant plus doux que celui où l'on est accueilli par un murmure flatteur en entrant dans un salon ". Plus tard, il remplacera le salon par le meeting, mais le succès du " plateau " quel qu'il soit, lui sera toujours particulièrement savoureux. Toulousain et demi, il était, en cette qualité, plus Latin que Grec, plus enclin à goûter les délices des vaines apparences que le charme et la profondeur de la sagesse. Jamais il n'eût pu faire sien le mot de l'orateur athénien : " Ils m'applaudissent ; aurais-je dit une sottise ? "

Depuis quelque temps déjà, il s'était astreint, nous confia-t-il, à une discipline qu'il devait observer durant plus de trente années encore. Chaque jour, au réveil, en se brossant les dents, il apprenait vingt vers latins et autant de vers français. La durée des soins qu'exigeait le maxillaire inférieur lui permettait de loger, à jamais, dans un tiroir de sa mémoire, les deux dizaines de vers latins ; le temps nécessaire à frotter le maxillaire supérieur était réservé aux alexandrins français. En se peignant les cheveux qu'il avait fort abondants alors, il y allait, par surcroît, de quelques hexamètres grecs.

C'est ainsi qu'il se munit, peu à peu, de cette extraordinaire érudition verbale qui éblouissait tous ses interlocuteurs. Nous indiquons ce procédé, inventé par un maître, aux jeunes arrivistes désireux de scintiller au plus tôt dans les lettres et la conversation. Pour les ambitieux, il est certes préférable de se gargariser avec de la beauté que " d'être forcé d'avaler un crapaud chaque matin ", comme dit Chamfort.

En cette période de sa vie, Laurent Tailhade, pour échapper sans doute aux diplodoccus provinciaux, écrivit la plupart des pièces du Jardin des Rêves et toutes celles d'inspiration religieuse qu'on lui a reprochées par la suite. Ce fut bien plus par piété filiale que par piété chrétienne qu'il chanta ainsi les mythes catholiques. Car sa croyance juvénile ne fut jamais que de surface. Le caractère extérieur, la sombre somptuosité des cathédrales : mystère des cha-

pelles, air englué d'encens aphrodisiaque, odeur moite des vieilles cryptes, feux volcaniques des verrières polychromes, ors des icones, rubis des ciboires touchés de clarté et lacérant de sanglants reflets la pénombre où se complait la divinité souffreteuse ; cela seul impressionne sa sensibilité par le rappel des rites païens. Le décor l'émeut exclusivement ; la plastique du culte réagit fortement sur son épiderme, mais l'essence profonde des choses, le dogme en lui-même, le laissent indifférent.

Afin que soient les âmes pardonnées
La sainte aux yeux plus purs que l'onde et que le soir,
Croise dévotement ses mains prédestinées
Se belles mains qui n'ont touché que l'encensoir,
Et l'unique froment réservé pour l'hostie,
Et les nappes de lin où l'agneau vint s'asseoir.
Ainsi dans la vapeur des baumes et le feu des vieux anti-
Elle écoute l'appel ineffable d'un dieu.   [phonaires

.   .   .   .

> Salut, Etoile de la mer
> Perle unique du gouffre amer
> Blanche dans le flot d'outre-mer
>
> Salut, Tour de David, Hostie
> Porte d'or et d'argent sertie
> D'où toute lumière est sortie .
>
> Dame très pure, montre toi
> Notre Mère et que l'humble foi
> Trouve grâce auprès du Christ Roi.

Dans ces versets sur la Sainte comme dans ces Tercets pour prier Notre-Dame, qui ne sont pas parmi ses meilleurs, il est assez loin d'égaler Villon et la Ballade pour prier Notre-Dame. Visiblement, en lui, la foi se dérobe et il cherche à remplacer la naïveté par de la bijouterie. Ce n'est que plus tard, dans Au Pays du

Mufle, *dans ses vers d'athée, qu'il approchera par la forme du génial truand.*

Au surplus, après ces accents qu'il fit entendre aux plus savoureux moments de sa verte jeunesse, alors que l'être humain si bien doué fut-il, ne pense pas par soi-même mais le plus souvent par ceux qui l'entourent, il éprouve un remords. Sa dilection profonde fait retour au Paganisme, aux dieux compréhensifs et beaux :

> Et ceux qui blasphémaient l'orgueil divin des lignes
> Se tournent vers l'autel des cultes abolis
> Vers les dieux couronnés de myrrhes et de vignes,
> Les dieux toujours vainqueurs du temps et de l'oubli !

Cette strophe d'une définitive pureté est antérieure comme création aux pièces précédemment citées. Il l'avait écrite en l'année 1872, à l'âge de 18 ans. Depuis cette date, malgré des concessions apparentes, rien n'avait pu le détourner de la route antique où le chant du poëte initié fait se lever les grandes ombres des âges de sagesse et d'harmonie.

Sur ces entrefaites, un fils était né du mariage de Tailhade. Il ne vécut que quelques mois et, pour son chétif tombeau, celui-ci composa une épitaphe qui peut rivaliser avec les inscriptions obituaires de la voie Appia, épitaphe que l'on retrouve dans Poëmes élégiaques. *Peu de temps après, le sépulcre s'ouvrit également pour la mère et Laurent Tailhade, veuf, vint se fixer définitivement à Paris.*

Il était riche alors, riche de l'hoirie de son père, magistrat avare qui avait augmenté encore le bien des ataves. Mais Tailhade, prodigue, fantaisiste et bohême, quoi qu'alors un peu snob, fut, toute sa vie, celui qui fait fuir l'argent. En Laurent Tailhade, la richesse était une intruse. Son tempérament se cabrait contre elle à chaque minute de sa vie. Si le sort propice lui eût permis chaque jour de refaire sa fortune, il se serait infailliblement ruiné, le lendemain, avec délices et ingénuité. Jamais il ne sut compter. Toujours l'instinct de la propriété lui fut étranger, non moins que le goût ancillaire de l'épargne. En vertu d'une force mystérieuse et répulsive, l'argent se trouvait chassé de ses mains aussitôt qu'elles s'étaient refermées sur lui. En toutes choses, sa prodigalité native rappelait, mesure observée, celle d'un Samuel Bernard, d'un d'Harcourt ou d'un Guéménée.

S'il fut toujours mal payé, cela tint surtout à l'état besogneux dans lequel on le savait plongé, et dont profitaient, on peut le croire, ceux qui font la traite des intelligences. Un tenancier de gazette, son ancien frère d'armes des temps héroïques, où de compagnie ils allaient mettre à mal l'église d'Aubervilliers et autres saints lieux, ne lui donnait-il pas 50 francs pour ses admirables articles de critique littéraire qui, à eux seuls, achalandaient son papier ? Le plus souvent, le montant de son maigre salaire était saisi d'avance par ses fournisseurs impayés. Mais il souffrait peu de l'état de sa finance, puisant dans son art et son esprit insoucieux des consolations qu'ignorent les bélîtres.

En plus de ses écrits, son chef-d'œuvre, souvent, était sa vie. Son esprit de ressources triomphait des difficultés qui eussent abattu une âme moins sereine. Bien que les créanciers, les " crocodiles ", comme il les nommait, transformassent souvent la rue où il habitait en Nil Bleu, il parvenait néanmoins à faire de fins dîners chez les traiteurs en renom, et à avoir, vis-à-vis d'un plus pauvre que lui, un geste de munificence magnifique, dans la manière d'un seigneur vénitien d'antan.

Son existence parfois, n'était qu'une suite de traits d'humour étincelants. Un après-midi de novembre 1903

— qu'on nous permette cette anticipation — Tailhade, le gousset vide, se mit en route, avec nous, pour aller pratiquer une " petite chirurgie aurifère", ainsi qu'il s'exprimait : c'est-à-dire s'efforcer d'extraire quelque monnaie d'un éditeur réputé pour sa ladrerie. Chemin faisant, le hasard voulut que Tailhade découvrit le futur patient sur le trottoir qu'il suivait, à cinquante pas devant lui. L'homme se dirigeait vers ses bureaux. Déjà Tailhade se frottait les mains et affûtait son bistouri, ou plutôt son éloquence. Mais l'autre, averti sans doute par une sorte de prescience, se retourna inopinément et à son tour, aperçut l'auteur du Mufle, qui hâtait le pas pour le rejoindre.

Assuré de ce qui l'attendait, l'éditeur galopa aussitôt et, plein de terreur, s'engouffra dans le vestibule qui menait à son officine. Prévenus par lui, les commis déclarèrent flegmatiquement à Tailhade que le " patron " était sorti. " Eh bien, j'en suis fort aise ", répliqua Tailhade, " je vais, mes bons amis, en profiter sans vergogne pour vous mettre au courant des petites turpitudes de votre maître ". Et il commença à débiter sur le marchand d'adultères imprimés tout un chapelet de noirceurs. Puis, catégorique, il conclut : " Je sors du Tribunal de Commerce où l'on m'a appris que sa faillite allait être déclarée dans huit jours. Qu'allez-vous devenir, mes jouvenceaux, car vos appointements ne seront pas plus payés que mes droits d'auteur ? "

Alors, le mur tapissé d'affiches polychromes parla... Une voix horrifiée en sortit, émanant du placard où s'était réfugié l'éditeur vaudevillesque. " Taisez-vous, taisez-vous, ce n'est pas vrai... ", hurlait le diffamé au supplice, qui n'avait pu en entendre plus longet jaillissait de sa cachette, les cheveux pleins de toiles d'araignée. Aussitôt, Tailhade de triompher : " Ah ! Ah ! vous voilà donc, monsieur l'emmuré volontaire ; mon discours n'avait d'autre dessein que de vous restituer à la lumière et au sentiment de votre devoir envers un écrivain qui remplit votre caisse ". Et quelques minutes après, Tailhade enfournait dans sa poche le numéraire tant convoité.

Nul au surplus ne pouvait se targuer de résister à son éloquence captieuse. Sous le coup de la nécessité d'argent, son verbe savait attendrir les plus coriaces, et le contraste était tel entre le pugiliste littéraire, le virtuose de la savate satirique, que l'on connaissait, et le faiseur de madrigaux qu'il savait être le cas échéant, que les accents... orphiques, pourrait-on dire, qu'il trouvait sans effort, circonvenaient souvent jusqu'aux squales du Croissant, lesquels, en s'entendant flagorner tout à coup dans un langage magnifique où l'Arétin semblait avoir collaboré avec Racine, sentaient leur nageoire ventrale frétiller d'orgueilleuse satisfaction. Mais pour extirper cent francs à un quelconque potentat du journalisme, Tailhade dépensait le décuple de trouvailles et de bons mots. Chef-d'œuvre plus éclatant que le Pays du Mufle, *il parvint, un jour, à extraire cinq cents francs du plus coriace des directeurs de quotidiens.*

Quelques années avaient suffi à Tailhade pour se ruiner. Mais c'était là à ses yeux conjecture sans importance aucune, puisqu'il venait d'être présenté à Théodore de Banville, à Edmond de Goncourt, à Hérédia, et que, toutes grandes, par les soins d'Alphonse Daudet, venaient de lui être ouvertes les portes des salons littéraires. Celui-ci avait été, de suite, conquis par son talent aux facettes éblouissantes. La vraie fortune n'était donc pas l'argent mais bien la possibilité de se produire en poëte-né. Au cours de toute sa vie, Tailhade n'oublia jamais ce qu'il devait à l'auteur de Tartarin. Par respect pour le père, son caractère félin, qui ne permettait à quiconque, pas même à ses meilleurs amis de se croire à l'abri de sa polé-

mique, devait toujours ménager le fils, Léon Daudet. Si entre intimes, dans le privé, il nommait ce dernier le " serpent Sputator " — qui crache le venin — jamais, en public, il ne lui décocha ses traits mortels de sagittaire.

Banville préfaça son livre de début : Le Jardin des Rêves. *" Chante, je t'écoute ", dit-il au néophyte apparu devant lui, paré de sa radieuse jeunesse et d'un verbe nouveau. Déjà, en Laurent Tailhade, le porteur de lyre avait fait despotiquement table rase de tout ce qui n'était pas l'amour exclusif de l'art. Comme ces initiés de certains rites antiques, il s'était pour ainsi dire dépersonnalisé, voué " au culte auguste, le plus noble de tous ". La flamme sainte du talent qui le galvanisait, la fièvre sacrée qui le brûlait, avaient corrodé, annihilé pour un temps, en son cœur tout entier asservi à l'esprit, les fibres normales des affections purement humaines.*

A Paris, Tailhade avait pris son tournebride d'écrivain à l'hôtel Foyot. Grand disputeur d'esthétique, il vivait, tel un artiste de la Renaissance, un contemporain de Lorenzaccio, curieux de luxures rares, d'érudition encyclopédique, amateur de festins somptueux, et jetant volontiers sa bourse dans la poche d'un ami, en proie aux coups du sort malgracieux.

Lié avec Verlaine, Papus, Stanislas de Guaita, Moréas, Maurice Barrès, Pierre Quillard, du Plessys, Rachilde et Valette, il était resté Parnassien au milieu du Symbolisme et décochait maints brocards aux tenants de " la licorne " et de " l'asphodèle ".

> Dans les cafés d'adolescents,
> Moréas cause avec Frémine.
> L'un d'un parfait cuistre à la mine,
> L'autre beugle des contre-sens.

Ces vers furent écrits au lendemain de sa brouille avec l'auteur des Stances, *un de ses premiers frères de lettres pourtant. Bien qu'ayant collaboré avec lui pour quelques pièces de vers, jamais Tailhade n'avait goûté ces strophes dénuées de couleur et de sentiment, d'une rhétorique laborieuse mais parfaite, qui semblent évoquer ces images funéraires et bébêtes, que les coiffeurs, pour le souvenir attendri des familles, perpétuent avec les cheveux des morts. N'avait-il pas, sans rien de personnel, tout emprunté aux grands morts de notre littérature ?*

Chez les limonadiers du Quartier Latin, Moréas faisait courir le bruit que les " quatorzains d'été ", qui venaient de paraître, avaient été " sinon écrits, tout au moins inspirés par lui ". Un soir, chez Vachette, comme Tailhade lui reprochait cette imposture et cette trahison à l'amitié, Moréas le qualifia de " provincial ", lui, le métèque Pappadiamantapoulos ! C'était un comble. Tailhade riposta en... latin : " Græculus ". Et ce péjoratif si juste lui coupa la figure comme un coup de revers. Éperdu, devant les rires de la galerie, ne sachant plus à quoi se raccrocher, Moréas fit appel à sa " beauté ", à son sens apollonnienne : " Moi, je suis bô, toi, tu n'es pas bô ". Et il prononçait le mot en abusant de l'oméga. Pour bien prouver ses dires, il menaçait de réclamer le verdict de l'aéropage présent et de se déshabiller comme Phryné. On eut toutes les peines du monde à l'en empêcher.

L'amitié, que l'un et l'autre renièrent sauvagement, avait été cependant des plus touchantes. Avec Verlaine, ils avaient formé pendant longtemps un trio inséparable. Les étudiants et les artistes qui vécurent au " quartier ", vers l'an 1891, se souviennent peut-être encore, à ce sujet, d'avoir assisté coucher de à ce qu'on appelait couramment : " le Verlaine ", coucher qui n'était pas moins cérémonieux, quoique d'une pompe différente, de celui de Louis XIV.

A l'heure où la sortie de Bullier, vers deux heures du matin, balayait les trottoirs de ses bandes d'escholiers et de ribaudes vociférant des chansons grivoises, un groupe sur lequel semblait planer une auréole remontait à pas lents dans la direction du Panthéon. Ouvrant la marche avec son masque de Louis XI, et orgueilleux d'une chemise à lui donnée par le maître et qu'il avait juré de ne jamais quitter, renouvelant à peu près ainsi le serment d'Isabelle devant Grenade, marchait Bibi-la-Purée, truand bien connu de la jeunesse d'alors, dont la profession consistait à cirer les souliers aux terrasses des cafés et à faire les courses d'amour. Drapé dans une cape de torero et avec un air de grandesse espagnole, Laurent Tailhade soutenait " Poor Lelian " à l'aisselle droite ; la gauche étant dévolue à Jean Moréas qui, avec son profil d'épervier, ses cheveux laqués, sa moustache de janissaire, évoquait un palikare qui aurait abdiqué la fustanelle, le jupon en abat-jour de sa terre natale, pour un pantalon moins romantique de la Belle Jardinière. Avant d'atteindre la rue misérable, toute proche de la " Mouffe ", où gîtait le poëte de Sagesse, souvent le groupe avait fait une dernière station chez la " mère Cadavre ", ainsi nommée à cause de son teint qui rappelait la couleur des pièces anatomiques de Clamart, et débitante de vins et tabac. Verlaine puisait chez elle le réconfort d'un ultime spiritueux avant de gravir, titubant, la rampe de la rue Soufflot. Parvenus en son taudion, ses amis le couchaient et le bordaient maternellement dans le grabat, comme un enfant égaré, à leurs soins commis. Et chacun, d'une obole, s'efforçait ensuite de tempérer les cris sauvages de la concubine échevelée et dépoitraillée de fureur, qui hurlait sur le palier visqueux : " Sûr qu'il ne pourra encore rien f... de la semaine ! "

Un peu plus tard, Laurent Tailhade devait décerner l'immortalité à la " mère Cadavre " en lui vouant une pièce d'Au Pays du Mufle.

Laurent Tailhade était *superstitieux comme un Apulée.*

Souvent, il se plaisait à rappeler qu'après lui avoir pris son enfant, le sort, par un nouveau coup, en lui enlevant sa femme, avait voulu lui montrer que le " poëte est seul ", et qu'il n'a pas à s'attarder sur les pas du troupeau servile fouaillé par les maîtres d'ici-bas. Prétendre à vivre comme ses congénères d'une vie placide et sans pathétique est un sacrilège envers la Muse. Quand le poëte paraît ne point entendre la voix profonde qui lui trace sa route solitaire, l'Esprit de la nuit accourt et le frappe. Tailhade nous confia que sa jeune femme mourut après avoir introduit au foyer, contre son gré, un petit chien noir qui s'échappa un soir sans qu'on pût jamais le retrouver. Trois jours après mourait sa compagne ! Pour Tailhade, il n'y avait aucun doute que cet animal eût été le jettatore !

Depuis, il prit en horreur toutes les bêtes domestiques : la pie du savetier, le sansonnet de la blanchisseuse, le chat de la concierge, baudelairien sans le savoir, et surtout le chien qui, disait-il, " se délecte d'excréments et de servitude pareillement à l'homme, son ami ".

En ces années qui vont de 1890 à 1894, Laurent Tailhade avait alors un pied au Quartier Latin et un autre pied " dans le monde ", dirons-nous, si toutefois nous osons risquer cette image qui évoque le colosse de Rhodes. A vrai dire, les chambrées où il se produisait étaient quelque peu " à côté ". En y faisant paraître un cœur trop humain, un esprit trop compréhensif, un bel esprit qui sont tenus pour incongruités dans la vraie gentry, la maîtresse de céans y avait dérogé. Muée en belluaire patricienne, la " grande dame " y dressait les fauves d'une ménagerie de gens de lettres. Sous les lambris dorés, souvent elle les empêchait de s'entre dévorer et, de son mieux, préservait de la griffe féroce des jeunes phénomènes encore inédits la crinière rongée de pelade et la fourrure poussiéreuse des vieux lions poussifs de l'Institut.

C'eſt ainsi qu'il se produisit chez la marquise de Maleyssie, Mᵐᵉ d'Osmont, la comtesse de Broussac, alias, comtesse Diane, que hantait Sully-Prud'homme, et la princesse de Lauskoy.

De la marquise de Maleyssie, Laurent Tailhade reçut, un jour, une confidence hiſtorique. Familière de Frohsdorf, comme celle-ci queſtionnait " Henri V " sur l'étrange détermination qui lui avait fait refuser la couronne que lui offrait l'Assemblée de Bordeaux, le Prétendant lui aurait avoué que sa conscience de chrétien et de Bourbon lui avait intimé d'avoir à repousser un trône dont il n'avait été que l'usurpateur. Car, d'après sa conviction profonde Louis XVII n'était pas mort au Temple. Tailhade, ayant par la suite fait état de cette confidence, se vit opposer un démenti courtois, mais sans doute diplomatique, par le secrétaire du feu prince.

C'eſt en ces chambrées que Tailhade fut déleſté de ce qui lui reſtait encore de gaucherie provinciale, qu'il fut façonné dans la manière ariſtocratique, au point que le portrait qu'a laissé Saint-Simon d'une des grandes figures des lettres s'adapte parfaitement à lui : " Il avait cet air de bon goût qu'on ne tient que de l'usage de la meilleure compagnie qui se trouvait répandu de soi-même dans toutes ses conversations, avec cela une éloquence naturelle, douce, fleurie, une politesse insinuante mais noble et proportionnée, une élocution fraîche, nette, agréable, un air de clarté et de netteté pour tout entendre dans la matière la plus embarrassée et la plus dure ; avec cela un homme qui ne voulait jamais avoir plus d'eſprit que ceux à qui il parlait, qui se mettait à la portée de chacun sans le faire jamais sentir, qui les mettait à l'aise et qui semblait enchanté, de façon qu'on ne pouvait le quitter ".

Cette courtoisie de Tailhade charmait non seulement tous ses familiers, mais désarmait souvent ses pires ennemis, étonnés de se trouver à l'improviste devant un si parfait galant homme. Cette civilité d'un extrême raffinement, il l'avait peut-être surchargée d'un peu d'afféterie musquée, qui le faisait apparaître dans notre époque rustaude comme un courtisan attardé de la Cour des Valois.

" Pris dans le tourbillon mondain ", comme a écrit l'auteur de tant de chefs-d'œuvre qu'il serait téméraire de ne pas citer lorsqu'on doit évoquer la vie élégante telle que s'en délectent calicots et midinettes, Laurent Tailhade, deux fois par an, au retour de la belle saison et à l'automne, ne manquait jamais d'accomplir ce qu'il estimait un devoir sacré. Quel que fût l'état de ses affaires, il allait embrasser " sa vieille maman ", qui, retirée à Lannemezan, au pied des Pyrénées, où " croissent l'édelweiss et la gentiane bleue ", priait avec ferveur pour son enfant devenu " l'ennemi de Jésus ".

L'École parnassienne jetait alors les derniers éclats de son déclin. Dans l'Académie du Passage Choiseul, une pléiade, hélas ! la dernière peut-être des lettres françaises, se réunissait pour donner un modelé nouveau aux belles formes, pour ébarber enfin le " bronze lyrique " de toutes ses bavures de fonderie. Laurent Tailhade, présenté par Auguste Ledrain, son ami, y fut chaudement accueilli par Alphonse Lemerre. Hérédia, Sylvestre, Leconte de l'Isle, Léon Dierx, Mallarmé, lui donnèrent l'investiture, le touchèrent de la lyre à l'épaule. Il y rencontra aussi Ménard, l'auteur injustement méconnu des Rêveries d'un Païen Mystique, qui, au diapason de Louise Ackermann, chantait :

> Heureux qui, sans regrets, sans espoir, sans amour,
> Tranquille et connaissant la fin de toute joie,
> Marche en paix dans la droite et véritable voie,
> Dédaigneux de la vie et du plaisir d'un jour !

Vitraux *parurent bientôt sous la firme de l'homme à la bêche.*

Nul mieux *que Tailhade ne pouvait formuler les tendances, définir l'esthétique un peu froide du Parnasse, camper sur leur mode compassé les " impavides ". L'École, comme on sait, avait été fondée par Louis-Xavier de Ricard, poëte aristocrate tombé dans la bohème, qui devait finir dans la plus noire misère, après avoir été contraint de vendre, pour vivre quelques jours, le drapeau que son père, blessé, avait sauvé de Waterloo !*

Dans La Touffe de Sauge, *Laurent Tailhade, plus tard, écrira :*

" Ecœuré *du vague à l'âme dont, selon un mot irrévérencieux de Tristan Corbière, Lamartine, depuis quarante ans " graziellait " sa clientèle, des redondances prud'hommesques du garde national épique, auteur des Châtiments, et de tout ce mauvais goût, mi-partie confiseur et perruquier, dégradant les plus chaudes effusions de Musset, le public demandait une tenue plus haute, un art plus objectif, laissant oublier le " dompteur de mètres ", un art exempt de phrases et de larmes, un art impersonnel, exclusif et dédaigneux, un art sans autre fin que la Beauté ".*

L'indifférence *dont témoigne la Nature vis-à-vis de sa créature, dès qu'elle est sortie vivante et souffrante des creusets ou des matrices de la Matière ; cette sérénité dans la gestation de tout ce qui est ; cette volonté partout exprimée de tenir la tristesse, la douleur ou la joie des êtres, le subjectivisme en un mot, pour une dissonance, une sorte d'attentat à son équilibre universel, allaient permettre au Parnasse, qui avait discerné ces faits, de se composer une science du Beau et du Vrai. Désormais, le vers, porté à l'apogée de sa perfection plastique, ne devait plus être qu'une musique sortie de la bouche des Olympiens. Mais hélas ! le divorce avec " l'humain " était complet. Engagé sur cette* voie, Laurent Tailhade, poète, ne faillira pas à ce décret de l'impassible Harmonie.

Auguste Ledrain, que nous avons cité plus haut, était lecteur chez Alphonse Lemerre. Ancien oratorien, il avait quitté les ordres pour éviter la capitulation de sa conscience d'érudit devant les erreurs et le caractère apocryphe des Écritures, dont le procès devant la philologie n'est plus à faire. Disciple de Renan et professeur à l'École du Louvre, Ledrain était un Assyriologue réputé. Le premier il déchiffra les caractères cunéiformes. Savant exégète, il donna bientôt des fondements inébranlables, une indestructible assise à l'athéisme de Tailhade. Textes en mains, il lui dévoila, dans son entier, l'imposture de cette superstition asiatique connue sous le nom de christianisme. Il lui démontra que si le mystère de la Trinité est sorti tout entier, sous la forme des trois hypostases, des imaginations de Plotin et de Jamblique, de l'École d'Alexandrie, Jésus est issu de Krisna, son devancier plusieurs fois séculaire, et que Iahveh, son père dénaturé, nous est venu, en droite ligne, des mythes solaires, ayant pour ancêtres Mithra, Horus et Diaus-Pytar : Zeus pater — Dieu le père.

Après Courier, Laurent Tailhade fut peut-être le plus redoutable adversaire du mensonge galiléen, dans le cours du xviiie siècle. Cette fois, la froide raison, l'implacable logique de Paul-Louis ont été trempées dans un style de lave incandescente qui dévore tout ce qu'il atteint.

A quelque temps de là, en un thé de la " Comtesse Diane " il rencontra celui que, toujours depuis, il nommera son maître et que beaucoup plus tard, lors du procès du Libertaire, où il fut un de ses témoins, Gyp, amazone du camp adverse, mais admiratrice impartiale de Tailhade, qualifia dans un article de " délicieux vieillard ". C'était M. Jacques de Boisjoslin, membre de la Société des recherches historiques. Fervent du xviiie siècle, de cette *époque prodigieuse où la mentalité humaine jeta la plus vive lumière de tous les temps, le sort contraire l'affectait chaque jour, à d'absurdes besognes : il était, en effet, chef de division dans un ministère, parmi la descendance de Bridoison.*

Cet homme qui détenait une des intelligences les plus curieuses de l'époque devait mourir parfaitement ignoré : ce qui est normal dans un temps où le talent réel est un défaut d'adaptation et où, " pour réussir, " comme dit M. Prudhomme, il faut se prêter à toutes sortes de charlatanismes et de prostitutions. Avec Ledrain, Jacques de Boisjoslin mena Tailhade aux sources impolluées de la compréhension supérieure. L'auteur du Jardin des Rêves, *les retrouva avec le même enthousiasme que les soldats de Xénophon retrouvèrent la mer salvatrice et toute baignée d'ardente lumière : O Thalassa !*

Tous deux avaient mis à la main de Tailhade le flambeau sacré qui perce la ténèbre moyenâgeuse, la flamme sainte de savoir et de raison que rien désormais, ni forces mauvaises, ni déceptions multiples, ni douleurs imméritées, rien, pas même l'incompréhension des multitudes, ne pourraient plus arracher de sa dextre frémissante. Pour les bêtes de la nuit, pour les obscurantins de robe ou de plume, vouloir de leur souffle cafard éteindre ce rayon d'Athénée qui a avivé sa lumière au cœur ardent de notre race, n'est-ce pas vouloir éteindre le soleil avec des crachats ?

Causeur charmant, anecdotier philosophe, Jacques Vielh de Boisjoslin, était un esprit de la qualité des Grimm et des Holbach. Papillonnant dans l'onction du bien-dire, frottant l'une contre l'autre ses mains à la finesse épiscopale, sa bouche de vieillard était pour les femmes, dont il recherchait la compagnie, un drageoir à madrigaux et, pour les hommes, une fontaine intarissable de doctes enseignements.

Ecoutons l'adieu touchant de Tailhade à son ancien maître, lorsqu'il se sentira, à son tour, frôlé par l'ange de la mort :

" Et qu'il me soit accordé aussi, à l'âge où mes saisons déclinent, où sur ma route, déjà, traînent les ombres du crépuscule, de joindre à ces lauriers quelques fleurs amicales, pour la tombe du philosophe, à qui je dois le meilleur de ce que je peux être, de l'éducateur qui, dès le matin de ma jeunesse, me montra les constellations d'après lesquelles j'ai, du printemps à l'automne, orienté ma conscience et ma vie ".

Ce furent, à proprement parler, Ledrain et Boisjoslin qui, pour Tailhade, déchirèrent tout ce qui restait encore du voile de mensonge que les éducations tendancieuses interposent entre les yeux de tout être et le vaste monde, comme si la vérité était la suprême inconvenance. Le Président Tailhade avait créé l'homme ; Ledrain et Boisjoslin créèrent le penseur, et mirent entre ses mains les clefs d'or du savoir.

Ce que Tailhade a célé, peignant son personnage dans la manière pathétique du disciple peignant son maître, c'est que M. Jacques Vielh de Boisjoslin, en même temps que philosophe, était un délicieux humoriste. Il lui arriva de s'ouvrir à nous d'un projet longtemps caressé. Alors que les sources d'énergie actuellement utilisées sur la planète sont, au demeurant, rares et précaires ; alors que la houille fera totalement défaut, avant un siècle peut-être, et que l'Humanité se voit menacée ainsi de retourner à la période glaciaire, il avait pensé, à transformer en force motrice, à l'aide d'un totalisateur, les piétinements et la reptation des solliciteurs dans les antichambres ministérielles. Ancien mandarin administratif, n'était-il pas au courant des mœurs de ces endroits ?

— Il y aurait là un dynamisme susceptible de soulever le monde, interrompîmes-nous, émerveillé.

— Vous l'avez dit… Le point d'appui qui manquait au levier d'Archimède serait ainsi trouvé sur la bêtise, la servilité et l'avidité humaines, conclut M. de Boisjoslin, en nous serrant la main…

En deux années, Laurent Tailhade s'était complètement ruiné. Sa folle prodigalité, sa vie de patricien romain, et quelques spéculations conçues par un cerveau de poète lui infligèrent diligemment l'état de pauvreté.

Alors qu'il lui restait encore quelques billets de banque, il était allé les jouer à la roulette de Monte-Carlo, dans l'espoir de refaire romantiquement sa fortune par un coup de chance. Avec une gravité attristée, il nous déduisit un jour son procédé spécieux, le " système " qu'alors il avait cru infaillible. Il avait partagé son maigre pécune en six masses et successivement placé cet enjeu sur le numéro 15 plein. " Suis bien mon raisonnement, " nous dit-il, " six fois 15 donnent 90 et, inversement 90 divisé par 6 fournit le chiffre 15. Or l'an 90 marque une des périodes de la littérature latine que j'aime entre toutes. Voilà pourquoi j'avais choisi ce nombre que m'avaient révélé les dieux bafoués mais toujours immortels. Si donc le sort était quelque peu poète, il devait m'assister ".

Hélas ! le destin témoigna, ce jour-là encore, de sa hargne particulière contre les purs artistes, et Tailhade sortit complètement décavé du claque-dents monégasque.

Le Jardin des Rêves *et* Au Pays du Mufle, *sans compter le dizain de sonnets et nombre de pièces éparses dans* Le Décadent, La Plume *et* Le Mercure de France *avaient paru. Malgré le succès de cénacle de ces œuvres, peut-être Laurent Tailhade aurait-il été condamné longtemps encore à la pénombre des arrière-plans, si un incident fortuit n'était venu l'imposer à l'attention du public.*

Son nom éclata tout à coup, fit pétard avec l'explosion de la bombe de Vaillant lequel, avec son engin, n'avait tué ni blessé personne mais n'en devait pas moins devenir bientôt, malgré les protestations des intellectuels, le Damien de la Troisième. Une interview de Jules Huret donna l'essor à la phrase historique : " Qu'importe la disparition de vagues humanités si le geste est beau ! "

On était alors en pleine époque du Symbolisme. Des esthètes à longs cheveux, poudrés de pellicules comme les courtisans de Versailles l'étaient jadis de poudre à la maréchale, ne juraient plus que par Ruskin et le " divin Sandro ". A leurs vagissements hébétés, à leurs bêlements cocasses en faveur de la Beauté, heureusement rebelle à leurs étreintes malodorantes, Laurent Tailhade substitua une formule lapidaire, un aphorisme à la Callistrate, qui fit le tour du monde. Depuis, blasonné de cet apophtegme, il fut, pour la multitude et surtout pour tous ceux qui ne l'avaient point lu " l'Homme au beau geste ".

En cette phrase définitive, la préoccupation qui a toujours régi Tailhade : celle de mettre l'amour, la science des belles formes, des nobles attitudes de l'esprit ou du corps, en un mot l'esthétique, au-dessus de toutes autres préoccupations contingentes, est enfin exprimée, formelle et impérative.

Peut-être, en nos âges prosaïques, concevons-nous mal cette subordination des facultés du cœur, cet asservissement de la sentimentalité au culte de l'unique Beauté dressée sur le monde en dominatrice impassible des hommes et des choses. Ce sacrifice de toute morale à la déesse, prise comme seul criterium ; ce mépris de tout ce qui est vulgairement humain, nous ramène très loin en arrière, jusqu'aux temps bénis où l'Art était le seul tyran qu'acceptaient les intelligences affranchies.

C'est un état de l'entendement assez rare et qui, par cela

même, apparaît aux masses inéduquées comme insolite et choquant. Notre éducation sentimentale découlant du christianisme et d'une littérature apparentée, qui a plus exalté la sensiblerie, le subjectivisme, les pleurnicheries égotistes, que la pure spéculation intellectuelle, fait à priori *repousser cette optique, ce paroxysme de l'aspiration vers le beau, en ce qu'ils nous paraissent avoir de cruel, d'implacable et de despotique.*

Pourtant, cette mentalité était fréquente dans la Rome des derniers empereurs, lorsque dans le fracas des temples, des bibliothèques et des cités s'écroulant sous les pieds vaporants des Barbares, une seule idole restait debout, ceinturée par les bras pieux de ses ultimes fidèles qui lui criaient, dans leur dernier souffle : O Beauté, tu ne peux pas mourir !

Ce sentiment fut plus tard celui des Préraphaélites et du Vinci. Seul, il permet à l'artiste de créer l'œuvre définitive qui procurera les plus nobles joies aux générations futures. Il n'est, d'ailleurs, pas moins vrai, moins spontané, physiologiquement, que psychologiquement, car la Nature n'a donné aux hommes le goût impérissable de la Beauté que pour conserver dans sa pureté, autant que faire se peut, le type de l'Espèce. Il existe, au surplus, à l'état obscur, confus, jusque dans l'âme des brutes ou des criminels. Nous permettra-t-on, à ce sujet, d'avancer un fait que beaucoup, peut-être, qualifieront de paradoxe, bien qu'il n'en soit pas moins rigoureusement acquis ?

On conte, en effet, que vers 1830, une jeune poétesse d'une grande beauté que Balzac a crayonnée dans Illusions perdues, *voulut ne rien ignorer des hideurs qui servent de repoussoir romantique aux beautés de la vie. C'est pourquoi, un matin, elle assista à une exécution capitale.*

Descendu de fourgon à la barrière Saint-Jacques, le condamné lui apparut bientôt, tel un pierrot titubant et

blafard, entre les bras des aides. Un affreux rictus bala-
frait en dents de scie sa face de porcelaine. Mais comme on
le portait plus qu'il ne marchait, vers le couteau, son torse
se cambra soudain, pendant que sa tête, d'un brusque
mouvement, se rejetait en arrière. Il venait d'apercevoir la
poétesse dont la beauté était la dernière vision qu'il devait
emporter dans la tombe ! Alors son rictus se mua lentement en sourire, et la poitrine contre la planche prête à
basculer, il murmura : " divine ! "

Au temps de la Terreur, à la place d'André Chénier,
peut-être Laurent Tailhade serait-il mort ainsi, saluant
d'une même parole la grâce d'une des aristocrates de sa
charrette.

Au milieu de l'Age symbolique, Tailhade sut rester
parnassien. De ces jours cocasses, il nous brossa une
fresque qui, en notre souvenir, brille aussi vive qu'au premier jour, dans les couleurs éclatantes dont sa palette
était toujours chargée.

Pour lui, il ne faisait aucun doute que les Forces
Obscures qui mènent les sociétés, la clandestine Sainte-
Vehme des financiers, des congrégations et des réacteurs,
eussent discerné enfin le danger que la méthode expérimen-
tale, les procédés d'analyse, mis au point par l'effort d'un
demi-siècle et alors en grande faveur dans la littérature,
faisaient courir au statut social. D'un jour à l'autre, avec
la technique du naturalisme, pouvait s'écailler la dorure
des idoles et la réalité des choses apparaître aux
yeux dessillés des foules. Déjà, après Zola, les
multitudes prêtaient l'oreille aux accords dévoilés de
la grande symphonie en pourceau majeur qu'est la vie du
Riche.

Coûte que coûte, il fallait maintenir l'inconscience des

masses qui, seule, permet aux maîtres de ce monde de se
comporter comme le fourmilier qui, d'un seul coup de sa
langue vorace, dévore des millions de fourmis laborieuses.

Donc, de toute nécessité, une diversion, suivie bientôt
d'une réaction, s'imposaient. La physiologie du corps social
n'est pas sans analogie avec la physiologie du corps humain.
N'est-elle pas une suite de dépressions succédant aux
périodes d'hypertension dans un mouvement indéfini? Les
coffres-forts déifiés, les ventres dorés aux aguets, aidés par
leurs séculaires complices, les Ignaciens, fomentèrent bientôt
une réaction pour eux salutaire, et cette réaction, d'après
Tailhade, fut le Symbolisme.

Voyait-il juste, où s'était-il fourvoyé en s'imaginant un
complot si machiavélique? A faire état des événements qui
suivirent dans ce dernier quart de siècle, à évoquer l'état
actuel où est tombé la littérature avec ses cacographes
spiritualistes, ses érotiques de bénitier et tous les infiniment
petits qui grouillent dans le roman contemporain, le Sage
ne pourrait que répondre " Qui sait ? "

En traits incisifs, avec sa verve corrosive, Tailhade
nous composa une eau-forte de ces temps. Par ministère
d'éditeur, ordre fut donné à la nature d'avoir à se faire
disparaître au plus tôt de l'art français. Le Symbolisme
fut quelque chose comme les Mystères d'Eleusis de l'im-
puissance et de la sodomie. Dupes ou conscients, des personnages de chienlit médiévale apparurent pour organiser un
concours de grimaces sur les tréteaux de la publicité. Un des
plus fameux exerçait la profession de sorcier dans un
meublé du Panthéon, se livrait à la magie noire, envoûtait
par téléphone, et, derrière le rideau graisseux de sa marin-
gote, se coagulait chaque soir avec l'Androgyne. Un rival,
mieux doué, second fils du Paraclet à n'en pas douter, et
concierge apocalyptique, par surcroît, déclarait n'écrire
qu'avec un tremblement de terre, et, moyennant cent sous,

s'offrait à prendre la Pensée moderne au collet pour l'enfermer au couvent des Filles Repenties.

Des théories de trismégistes, de mystagogues, d'époptes, de mages, d'hiérophantes, de nécromants encombraient les salles de rédaction, traînant derrière eux les cadavres compissés de Flaubert, de Michelet, Zola et Renan. Afin que leur élocution fût " hermétique aux bourgeois ", ils s'exprimaient en un langage de nègres tombés dans la Kabbale. Après avoir fouillé le dictionnaire d'archaïsmes et les vieux grimoires, comme l'escarbot coprophage fouille le bran, ils s'étaient composé un pathos sept fois verrouillé de pédantisme bouffon. Dans les chambres de bonnes du quartier Croulebarbe, dans les sixièmes de la Butte-aux-Cailles, de nombreux " souffleurs " avaient installé les cornues et les athanors du moyen âge, et cherchaient à réaliser non seulement la transmutation des métaux, mais encore celle beaucoup plus ardue de leur néant en fulgurant génie. Car la Rose-Croix florissait concurremment avec la sodomie.

Occultiste notoire, Stanislas de Guaita rêvait alors de conquérir " la Main de Gloire ", qui confère à son possesseur un pouvoir quasi divin de faire des miracles à volonté. Sur le bord de sa fenêtre, il cultivait des mandragores et, avec beaucoup de difficulté, s'approvisionnait de la liqueur qu'en leur dernier spasme éjaculent les pendus, et sans laquelle ne peuvent éclore ces fleurs étranges que les fidèles de l'Arcane cueillaient jadis aux pieds des gibets. A chacune des fêtes somptueuses qu'il donnait en son entresol de l'avenue Trudaine, car il était très riche, il ne manquait point de conduire ses invités devant le placard aux fantômes où les spectres qu'il avait enfermés par incantations et sorcellerie étaient plus nombreux, à son dire, que les cadavres dans l'armoire de Barbe-Bleue.

Un doigt sur les lèvres, il déclarait : " Souvent les

ombres se battent entre elles, comme les vivants ; alors, c'est la terrifiante tragédie ésotérique ".

Pour avoir fait long feu, la fougasse mouillée d'eau bénite montée contre l'esprit d'examen par le Symbolisme n'en avait pas moins semé la division dans le camp adverse, gagné du temps et ainsi atteint son but. La grande plongée dans le chaos et l'hébétude que fut la guerre était désormais possible, concluait Tailhade, lorsque, devant nous, il discourait à ce sujet.

Peu après l'Ibsénisme gagna le Paris des lettres, de tradition pourtant si misonéiste, Laurent Tailhade en fut un des meilleurs ténors, comme il fut, par la suite, un des plus redoutables gladiateurs de l'Affaire Dreyfus.

Avec Ibsen, la condition intellectuelle et si misérable de l'homme trop socialisé ; le vice et l'immoralisme des institutions acceptées ; la carie profonde des dominateurs de foules, des dignitaires de tout ordre, que dissimulent imparfaitement le lustre de la fonction et l'émaillage du respect extorqué ; le néant des penseurs officiels ; l'incurable crédulité des masses au cerveau cureté de toute lucidité par la presse d'argent, venaient d'être mis à jour par un chirurgien dramatique d'un émouvant génie.

La Fatalité que faisait apparaître le maître scandinave n'était plus celle des Grecs. A l'opposé de l'obscure émanation de la volonté des Dieux, c'était, cette fois, le Fatum contemporain, né de tout l'inconscient, de tout le potentiel de malfaisance, de tout l'automatisme aveugle du " Social " contemporain.

Une immense acclamation se leva parmi les élites à l'apparition sur la scène française du Révélateur. Le monde abstrait, le monde des idées, le monde du subconscient, aussi vaste, aussi pathétique que le monde du tangible, du concret, venait de trouver son Shakespeare. Ce que n'avait pu exprimer le symbolisme, ce à quoi il n'avait pu *donner forme, couleur et vie, se trouvait enfin formulé et créé.*

Hélas ! les planches françaises ne devaient pas se maintenir longtemps à une si haute altitude d'idéalisme, sur un pareil sommet de compréhension. Bientôt, elles rechutèrent jusqu'aux bas faiseurs, jusqu'aux artistes capillaires de l'art dramatique, qui frisent la bêtise au petit fer. Bas manœuvres qui transforment en arlequins les reliefs de cuisine des Dumas, des Augier, des Feuillet, ou qui emplissent d'une leucorrhée sentimentale le bidet d'adultère, le Boulevard leur appartient encore.

Mais pareil à un flot tumultueux qui en se retirant, dépose parfois, sur la plage, une pépite d'or de provenance inconnue, l'Ibsénisme avait, si on peut ainsi s'exprimer, déposé sur la plage de l'art, M. François de Curel, auteur de La Fille Sauvage *et de* L'Ame en Folie.

Aux péripéties sentimentales sans grand relief, à l'invariable et bébête histoire d'amour du théâtre contemporain, qui servent, hélas ! de contexture à ses drames, il excelle à donner l'involucre des idées pures, l'axe des théories darwiniennes. Mais la trame fruste et simpliste de son affabulation détonne sous les fils d'or et de soie tissés, ceux-là, sur le métier éclatant de l'intelligence supérieure.

L'alliage sans proportion entre l'anecdote vulgaire en soi et la thèse prétentieuse est disparate ; l'amalgame imparfait. La lumière de ses cimes intellectuelles ne brille pas sur une Alpe de granit, comme avec l'auteur des Revenants, *mais bien sur un éboulis de gravats littéraires. La force des éléments philosophiques qu'il met en œuvre, par rapport à l'aventure futile de ses personnages scéniques, fait songer à un formidable appareil de préhension, qui entrerait en action pour soulever un fétu. Ne pense-t-il pas, non sans audace, que l'âme bourgeoise est conjuguée par la métaphysique ? Elève imparfait du maître scan-*

dinave, M. François de Curel est un Ibsen métissé de Francis de Croisset.

La conférence que Tailhade donna sur L'Ennemi du Peuple, aux Bouffes du Nord, à l'orée de la Goutte-d'Or, quartier de Coupeau, est restée célèbre parmi les lettres. Ce fut une belle soirée des temps à jamais révolus, des temps où l'on se prenait encore aux cheveux pour la littérature. Vaudevillistes et Ibséniens en vinrent aux mains, comme les classiques et les romantiques à la première d'Hernani. Le patron du lieu ayant fait éteindre le lustre dans l'espoir d'arrêter le pugilat dommageable à son matériel, la parole de Tailhade continua à tonner, dans la ténèbre, comme le verbe fulgurant de la nuit orageuse.

Si malgré les batailles d'un soir sans lendemain, l'art n'avait plus malgré tout le même empire sur les foules qu'aux grands jours de 1830, c'est que, depuis soixante ans déjà, " le bourgeois avait posé son pied gras chaussé de pantoufles sur le cœur du peuple, pour l'empêcher de battre ", comme dit Vallès. Mais ne pourrait-on pas se demander aussi dans quelles sales copulations ont bien pu verser les bousingots pour avoir engendré les publics amorphes et la littérature en décomposition d'à-présent ?

À quelque temps de là, aux Mille Colonnes, les mêmes scènes se reproduisirent. La tribune fut emportée d'assaut ; le verre d'eau jeté à la tête du président Henri Bauer. Mais comme celui-ci, staturé en géant à l'égal d'Alexandre Dumas, son père, tendait vers le public un poing formidable, et, tout en s'ébrouant sous l'aspersion d'eau sucrée, menaçait de traiter les colonnes, dont la salle populaire tirait son nom, ainsi que Sanson avait traité celles du Temple, Laurent Tailhade, impassible et dressé sur les débris de l'estrade, clamait : " J'étais venu ici pour combattre des tigres et des hyènes ; mais bien qu'elles ne figurassent point au programme, les punaises de sacristie ne me feront point reculer ".

Par la suite, il partit avec la troupe de l'impressario Baret pour une tournée des Revenants, en province. La conférence que donnait Tailhade, avant le lever du rideau, eut des fortunes diverses. A Limoges, dans sa chambre d'hôtel, il réalisa sans le vouloir, le plus gros effet du théâtre comique, c'est-à-dire qu'il culbuta, les deux jambes battant l'air, sur une chaise boiteuse soudain effondrée sous lui. Exaspéré, il jugea cette ville indigne de son éloquence.

Le soir, sur le " plateau ", il s'approcha avec circonspection de la table, vérifia minutieusement la solidité du siège sur quoi il devait s'asseoir, en le secouant plusieurs fois. Puis le sourcil coléreux, la voix menaçante, il parla, une heure durant, non point sur Les Revenants, *mais sur* l'Art du vrai confort, *faisant grief à ses auditeurs de tolérer dans leur ville des hôtels aussi inhospitaliers et pernernicieux à l'étranger.*

Comme les assistants, stupéfaits, manifestaient leur improbation en toussant, de-ci de-là, il s'interrompit pour dire :

— Mesdames et messieurs, la rigueur de la température inhérente à votre ingrate région m'a fait conjecturer que les enrhumés, les bronchiteux, les catarrheux, les pulmoniques, seraient, ce soir en grand nombre dans cette salle. En cette prévision, j'ai acheté plusieurs flacons de julep gommeux dont ils pourront, de suite, aller prendre quelques cuillerées au contrôle où je les ai fait déposer...

A Toulouse, ville artiste et qui se souvenait de lui, il fut porté en triomphe et déposé dans un café de la place du Capitole, devant une cour de jeunes poëtes. Comme ils ne tardèrent point à le laisser paraître, chacun d'eux ambitionnait pour le moins de renouveler la face du génie français. Tous le questionnaient sur les vedettes du jour :

Ainsi qu'un vin béni que l'on boit à la ronde
Le Sage répandait son discours embaumé

*Les rochers de Sunium étaient, cette fois, remplacés par
des marbres gluants d'estaminet ; les "myrtes en fleurs"
par des pots d'allumettes, et, à vrai dire, c'était moins
Socrate ou Platon qu'Aristophane qui parlait, faisant
mousser sur ses lèvres une salive au vitriol.*

— Maître, que pensez-vous de Jean Lorrain ?

*— C'est le chef du rayon de la lingerie pour bardaches
aux Grands Magasins du Parnasse.*

— Et Georges Rodenbach ?

— Peuh !... un André Chénier du rhume de cerveau...

— Verlaine ?

— Un talent fait de contrition et de mal aux cheveux.

— Maurice Barrès ?

— Le Charlot s'amuse de l'onanisme intellectuel.

— Léon Bloy ?

*— Voici une anecdote : Lorsque Paul Bourget eût reçu
la lettre qui ouvre Le Désespéré et y eut opposé la fin de
non recevoir que vous savez, il éprouva non point un remords
de sa ladrerie, mais bien la peur judicieuse d'être avant peu
écartelé par Bloy aux quatre chevaux de l'Apocalypse.
Si le père de Bloy était bien mort et que celui-ci fît, comme,
il le proclamait tragiquement sans argent pour l'enterrer,
quelle vengeance Bloy ne tirerait-il pas de cette affaire ! Il
fallait voir. Donc, Bourget résolut non de porter les vingt-
cinq louis réclamés par le sous-Veuillot, mais seulement
deux cents francs.*

*Il courut chez Bloy qu'il trouva attablé devant une
grosse fille rousse, un monceau de portugaises et trois litres
de "blanc". "Votre père, Bloy, n'est donc pas mort ?"
Bloy tendit négligemment le pouce au-dessus de son épaule,*

désignant ainsi la chambre mortuaire et répondit : " Mon père, il est là... il pue... "

Il était écrit que toutes les incidences des attentats anarchistes porteraient sur Tailhade. Le 4 avril 1894, sur l'entablement d'une fenêtre de la rue de Condé, éclatait la bombe du restaurant Foyot. Laurent Tailhade qui, dînait en l'endroit, fut grièvement blessé. La tempe ouverte comme une grenade trop mûre, l'œil gauche sorti de l'orbite et brinqueballant au bout d'un muscle rougeâtre comme un monocle au bout d'un cordonnet, il fut transporté quasi mourant à l'Hôpital de la Charité. Bombe libertaire ou bombe de police ? On doit avoir souvenance, en effet, que le Sénat hésitait à voter les lois scélérates, et que la rue des Saussaies pouvait chercher à l'impressionner par un coup à la Fouché.

Sorti imparfaitement guéri, quelques semaines plus tard, de la maladrerie municipale, Laurent Tailhade fut, depuis cette date, surtout un journaliste. Mais après Veuillot et Vallès, il fut le seul de la profession à chevaucher Pégase dans le quartier du Croissant.

" Je ne suis plus qu'un faiseur de centons ", disait-il, tristement, plus tard, en parlant de ses articles réunis chaque année en volume. C'était vrai; mais quels centons ! Les siens, comme ceux d'un Chamfort, ne valent-ils pas mieux que les trente ou quarante volumes que se croient obligés de pondre ici bas tels auteurs médiocres ?

Dénué d'imagination dramatique, " ne voyant pas vivre les autres, mais seulement soi-même ", comme il nous le déclara plusieurs fois, il eut la sagesse d'ausculter son être intellectuel, de se bien connaître, selon la formule antique, et de ne pas verser dans le roman ou le théâtre dont les dons lui avaient été refusés.

De l'époque dite " dreyfusarde ", datent Imbéciles et gredins, *recueil de ses articles de* L'Aurore *et des* Droits de l'Homme, *ainsi qu'une plaquette de vers et proses :* A Travers les Grouins, *où se trouve ce délicieux petit chef-d'œuvre qu'est* La Fête chez Simon le Pharisien.

A l'automne de 1901, on assista au mariage morganatique de Marianne avec Nicolas II. C'était le temps où le Tsarisme secouait fortement le poirier de la Troisième, si on peut dire, le poirier symbolique qui a remplacé l'arbre de la Liberté. Les banques, les politiciens, la grande presse vidaient, une fois de plus les poches du populaire, tout attendri à la prnsée que le Tsar condescendait à accepter son argent. " Qui prête à la Russie, prête à la France ! "

Pour aider au ruissellement du pactole français et dénouer les cordons des bourses les plus rechignées, l'Autocrate en personne, avec ses grands-ducs, ses généraux, ses mouchards, ses popes et ses sicaires, devait se montrer de loin, à Bétheny, aux jobards éblouis, cependant que sa femme, la Messaline Allemande, rentrée au pays moscovite, rapportait l'odeur des prostibules et des plus crasseux moujicks " sur l'oreiller de César ", comme dit Juvénal. A ce moment, un matin de fin septembre 1901, le compagnon Matha, directeur du Libertaire *s'expédia à Montfort-l'Amaury où Tailhade était alors en villégiature, pour lui demander de troubler la fête déshonorante, la saturnale de la servilité, par un article sensationnel où l'on entendrait hurler la juste voix des Erynnies.*

On ne demandait jamais vainement à Tailhade d'être le verbe. Il entra de suite dans une fureur quasi sacrée et prophétique. " Déjeunez ici ", dit-il à Matha, " l'article sera prêt lorsque vous devrez prendre le train du retour ".

Aussitôt il s'enferma avec nous dans sa chambre qu'il

se mit à arpenter à grands pas. Pareil à Flaubert dans son " gueuloir ", il éprouvait à haute voix les phrases qu'il courait ensuite confier au papier. L'émotion divine de l'art, la colère vengeresse, la conscience qu'il avait de porter la parole au nom de la liberté humaine, le soulevaient. Son œil unique, son œil de cyclope, jetait des feux rouges. Comme galvanisé par une force tyrannique, il semblait, de ses fortes mains, vouloir déchirer, ouvrir le sein de l'avenir, pour le montrer aux hommes, pour leur faire toucher du doigt la gestation de catastrophes dont était grosse déjà la politique d'aberration.

Dans un morceau admirable, d'une éclatante couleur, d'un lyrisme ample et fougueux, dans une péroraison d'un rythme et d'un nombre parfaits, que l'on trouvera dans ses œuvres complètes, il exalta un des plus nobles sentiments de l'antique, adopté d'ailleurs par le classicisme français, à savoir la haine du tyran. Sa dialectique était celle que durent se faire entendre à eux-mêmes, mais avec moins d'éloquence peut-être, les Aristogiton, les Brutus, les Chéréas. Dans les académies grecques, aux écoles des rhéteurs latins, ce morceau eût été cité en modèle aux disciples des stoïciens. Parvenu à cette hauteur, l'art sublimé échappe à tout contrôle de morale, surtout de morale politique : le fond disparaît et seule la forme adorable subsiste pour se livrer à l'étreinte de l'esprit subjugué.

Avec des griffes de diamant, Tailhade y déchirait le Romanoff mené en laisse par la Messaline hessoise. Et le fouet de la satire brandi par sa main d'artiste, faisait tournoyer, comme des lanières sifflantes, les périodes de feu qui laissaient sur la chair du despote apathique des zébrures grésillantes. Sortant de sa tombe, Juvénal aurait pu lui crier : " Bravo, mon fils ! "

Il fut dénoncé par l'abbé Garnier, qui dans son journal,

Le Peuple Français, *appela sur lui les foudres du Parquet.*

Condamné à un an de prison, sous la pression occulte de l'ambassade russe, comme auteur de cet article, par le Tribunal Correctionnel de la Seine, en vertu des lois scélérates, Laurent Tailhade fut incarcéré à la Santé, le jour de la Toussaint de l'an 1901, et privé du droit d'écrire dans les gazettes, c'est-à-dire de gagner le pain des siens.

A cette époque, Waldeck-Rousseau régnait. Il pensait qu'un certain libéralisme dans la manière n'était pas inconciliable avec l'exercice du pouvoir. Idée qui a été reconnue fausse depuis par la plupart de ses successeurs du faux-monnayage. L'homme d'Etat, qui avait projeté de faire paraître chez nous les élégances intellectuelles, la froide correction parlementaire d'un William Fox, avait donné des ordres à ses geôliers pour que Laurent Tailhade fût traité avec quelques égards dans la Bastille de la Troisième.

Une surprise y attendait Tailhade. A la Santé, il rencontra Lhérot, le garçon du restaurant Véry, celui-là même qui avait livré Ravachol et qui, pour se soustraire aux vengeances des anarchistes, s'était fait guichetier. Lhérot ne sortait jamais, partageant volontairement la claustration des prisonniers. Même, l'administration refusait impitoyablement toute lettre à lui adressée, dans la crainte qu'elle ne fût romantiquement empoisonnée, à la manière florentine d'antan, ou ne recelât quelque subtile machine infernale. C'était Lhérot qui assurait le service de porte-clefs au quartier des " politiques ", ne parlant à ceux-ci qu'avec la plus extrême déférence, à la troisième personne, prenant leurs ordres pour les repas apportés du dehors, et chauffant leur bain quotidien.

" A Rome ", disait Tailhade, " ce garçon-là qui a sauvé la société eut été fait sénateur. Ayant maintes fois servi la friture d'éperlans dans la popine de Suburre, qui mieux que lui pourrait aider le Sénat à prononcer

sur la sauce à laquelle César doit manger le turbot?
Chez nous, on ne saura jamais utiliser les compétences ".

Waldeck-Rousseau avait, d'ailleurs, été fort touché
par une lettre que lui avait écrite Laurent Tailhade et
dans laquelle celui-ci avait fait jouer toutes les fontaines
lumineuses de son style. Amant glacé de la Rhétorique,
il n'approchait cette maîtresse chérie qu'avec les sens
frigides du parlementaire. Peut-être ce grand bourgeois
admirait-il, en secret, ceux à qui l'Aimée ne pouvait,
comme à lui-même, reprocher d'avoir laissé leur virilité
au vestiaire.

Grâce à l'intervention auguste du Maître de l'Heure
aux yeux d'esturgeon à la gelée, les amis du captif purent
le visiter, journellement, tout en étant l'objet dans leurs
propos de la surveillance discrète indispensable, paraît-il,
à la sûreté d'un grand Etat.

Au quartier des politiques fréquentèrent donc, chaque
après-midi, des artistes, des journalistes, des gens de lettres,
des gens du monde, de jolies femmes et de petits jeunes
gens presque aussi jolis. La Santé était devenue un des plus
brillants salons littéraires de Paris. A côté de Zola, Gyp,
Descaves, Naquet, Frantz-Jourdain, de Max, de Suzanne
Avril, de la marquise de Maleyssie, on vit — silhouette
tragique — Sidonie Vaillant, la propre fille du guillotiné
que Tailhade avait vengé par la phrase historique. Sept
années auparavant, Sébastien Faure et la duchesse d'Uzès
s'étaient disputé la tutelle de celle que le bourreau avait
faite orpheline. La victoire était restée à l'orateur libertaire dont Tailhade disait : Sébastien Faure est un
remueur de foules et un homme très courageux. Lors du
sac de l'Eglise Saint Joseph, il harangua les manifestants,
sur la place de la République, ayant choisi comme tribune
la plate-forme d'un tramway. La police vint à charger,
le tramway se mit en marche emmenant Sébastien qui, de

loin, continuait son discours pendant que les agents assom-
maient ses ouailles ".

*Ainsi, malgré la rigueur de ses tribunaux répressifs,
la République du " Bloc " se montrait humaine envers
les hétérodoxes. La Santé n'était point Montjuich.*

*Mais il se trouva qu'un jeune anarchiste, bra-
vement anonyme, estima que les lois scélérates qui avaient
fait verrouiller Tailhade n'étaient pas assez scélérates,
et que, malheureusement, le régime de la Santé ne repro-
duisait qu'imparfaitement celui des Plombs de Venise
ou de la Maison des Morts. Trop de jolies femmes, trop
de fleurs, trop de gâteaux, trop de propos spirituels, trop
d'éphèbes ! Sous la signature " Pipe au bec ", il qualifia
ce scandale :* La saison de la Santé. *Jamais encore, dans
aucun clan, fût-ce celui des apaches on n'avait encore entendu
s'élever pareille voix pour exciter férocement le geôlier
à exagérer le* carcere duro. *A l'Harmodios inconnu
qui avait contre lui brandi le fer, ou plutôt le stylographe
couronné des myrtes de ses fautes de français, Laurent
Tailhade répondit de sa plume magique par la lettre sui-
vante adressée à Matha, alors directeur du* Libertaire.

PRISON DE LA SANTÉ
QUARTIER DES DÉTENUS
POLITIQUES
—

3 *février* 1902

Monsieur Louis Matha, au *Libertaire,*
15, rue d'Orsel, Paris.

Vous nous faites insulter dans le *Libertaire,*
tandis que nous sommes en prison — ce qui est
lâche; en prison, pour vous avoir servi — ce qui
est bête.

Qu'un morveux, Rau, dit " Vert pré ", dit " Pipe au bec " cèle son nom pour empêcher que monsieur son père lui botte le bas des reins, ou que son chef d'administration lui baille ses huit jours, cela n'a pas le moindre inconvénient et préserve la face du jeune drôle des nasardes méritées. Il appartient à l'espèce des roquets envieux destinés à l'anonymat sempiternel, d'autant plus obscurs qu'ils se trémoussent davantage afin d'être connus. Mais, en ce qui me concerne, j'ose dire que je n'attends pas du deuxième *Libertaire* (le vôtre Matha !) un surcroît de notoriété. Ce canard chétif n'a émergé qu'une fois de ses limbes, n'a dû un soupçon de vie qu'à la page dont Louis Grandidier et moi subissons encore, après un trimestre, les conséquences douloureuses.

La Saison à la Santé, comme dit le jeune m..... tombé de votre belle barbe, nous coûte assez cher : à Louis Grandidier, son emploi, dont la perte laisse dans le besoin sa mère et ses petits frères avec l'angoisse d'un *aléa* perpétuel; à moi ma collaboration au *Français* (neuf mille six cents francs par an, la séparation de ma femme en couches, l'impossibilité de travailler aux bibliothèques, etc.) Il vaudrait mieux, à tous points de vue, passer l'hiver au golfe de Naples. Je ne parle pas de l'absence des êtres aimés. Le Credo anarchiste de la rue d'Orsel ne doit pas admettre que l'on s'attarde encore à de pareilles billevesées.

Mais il y a les convenances : *L'Echo de Paris*, d'où je suis sorti en claquant les portes, au début de l'*Affaire*, n'a parlé de nous, au 10 octobre, que sur le ton le plus courtois. Vous êtes directeur (et propriétaire ?) d'un journal. Vous devez des égards confraternels à votre rédaction. Cela est de pure forme : et je ne parle pas de solidarité. Le nom de cette vertu représente un lieu commun dont se délecte volontiers la bêtise anarchiste des palabres intimes et des réunions à grand orchestre. Mais une fois de retour dans la vie, il n'en est plus question. Cependant, ô Matha ! s'il faut inéluctablement frayer avec des mufles, souffrez que j'aime autant les " bourgeois ". Leurs cravates sortent de chez Charvet et leurs façons ne manquent pas de savoir vivre.

Nous écrivons à Georges P..., à Fernand D..., à Jean M..., à Francis J..., à Daniel G..., enfin à tous ceux qui nous aiment, pour leur demander de vous rendre leur tablier, avec d'autant moins de scrupules que tout ce qu'on gagne au *Libertaire*, ce sont des injures et des mois de prison. Louis Grandidier en sait quelque chose qui pendant longtemps a travaillé pour vous, sans la moindre rémunération.

Encore une fois, il ne s'agit que de politesse, d'une déférence extérieure. Vous ne comprenez donc pas que vous êtes astreint à ne parler de nous *que sur un ton de respect absolu ;* que laisser le premier vaurien venu nous jeter à la tête les turpitudes ancillaires du Procureur P..., tandis que nous sommes incarcérés, c'est vous asperger vous-même d'une boue ineffaçable.

Il est aussi malaisé de conduire un journal que de mener à bien une demi-capoul (1). Tandis que les grands, les Ed.... les P.... opèrent sur des millions, sur la ferme de l'opium, sur le Métropolitain, vous

____

(1) Le camarade Matha exerçait la profession de garçon coiffeur.

vous restreignez au pied-de-biche des personnes à
leur aise, ô bon ange de Sidonie Vaillant ! Mais
puisque vous avez les bénéfices de votre état, ne
manquez pas d'en exercer les devoirs. Soyez poli
dorénavant.

Signé :
Laurent Tailhade.

Ainsi qu'on le voit, il était du destin de Tailhade d'être toujours abandonné par ceux qu'il servait d'un cœur chevaleresque et d'un talent qui apparaîtra aux générations futures comme un des derniers éclats du génie latin. Si l'on s'élève au-dessus des sarcoptes, tel que " Pipe au Bec ", le Bolchevisme au pouvoir, maître absolu des hommes et des choses, a-t-il songé seulement à payer sa dette envers le grand écrivain disparu ? Tailhade avec Le Triomphe de la Domesticité, fit entendre le premier coup de tonnerre de la Révolution russe. Il marqua le Tsar du signe de la mort, du " noir théta ", comme disaient les Grecs. Renvoyé comme un laquais du Matin où il collaborait et n'ayant jamais pu, depuis, reprendre pied dans la grande presse, les bolcheviks se sont-ils tournés vers la femme et la fille de l'écrivain que sa mort laissait démunies ? Moscou a-t-il pensé à donner tout au moins le nom de Tailhade à une de ses voies, en reconnaissance platonique de celui qui consentit à la misère pour lui et les siens, afin de sauvegarder, dans la mesure de ses forces, la dignité d'un peuple, réputé libre, que ses maîtres inclinaient à la servilité envers le despote étranger, et acheminaient lentement à la catastrophe mondiale.

Peut-on espérer que Paris réparera jamais cette injustice et dévouera une de ses rues à la mémoire de Tailhade, qui fut un des plus purs fleurons des lettres françaises, en même temps qu'un des moments de la conscience universelle ?

Au sujet du séjour de Laurent Tailhade à la Santé, nous ne croyons pouvoir mieux faire que de publier quelques-unes des lettres adressées à sa femme.

QUARTIER
DES POLITIQUES
—

6 *janvier* 1902.

Ma chère Ninette,

M... veut bien se charger pour toi d'un mot qui ne sera pas " douané ". Si vous n'êtes pas sur des roses, croyez, mes pauvres amis, que je dors sur des épines. Je dois à Grandidier 25 francs argent et 6 francs timbres-poste, soit 31 francs. Il faut manger; or, depuis six semaines en dépit des suppléments, mon état ordinaire est d'avoir faim. Quand les angoisses quotidiennes me laissent quelque répit, mes insomnies sont pleines de gigots saignants, avec trop d'ail; de rumsteaks, noirs au dehors comme des crocodiles et rouges à l'intérieur comme le sexe d'une jeune mariée...

Tout cela ne serait que peu de chose si je pouvais te voir. Je m'ennuie à périr. Si tu savais comme je t'aime. Dis ce sera un grand bonheur de te revoir enfin libre, mais quand ?

Le parloir d'aujourd'hui fut aussi brillant que possible en ton absence. Naquet, Boisjoslin, Frantz-Jourdain, Margueritte.

Naquet sachant la noire débine où je suis va me faire traduire avec sa collaboration le livre de l'économiste américain dont il a parlé un jour devant nous et que nous ferons précéder d'une longue préface où nous exposerons toutes nos idées économiques et sociales. Il a donné parole en m'autorisant à traiter immédiatement avec Fasquelle. C'est peut-être un grand succès de librairie, en tout cas, l'annonce d'un pareil ouvrage disposera Fasquelle à attendre mon Pétrone.

14 janvier 1902.

Ma chère Ninette,

Francis Jourdain ne vient que jeudi. Sans doute n'auras-tu pas oublié de lui recommander de remettre en main propre ton envoi d'hier. Je suis un peu plus d'aplomb, ce matin, ta grande lettre m'a fait un plaisir infini. Ce que tu dis sur les anarchistes est absolument exact : mais ce sont les mêmes raisons qu'on aurait pu faire valoir au premier homme qui s'avisa de manier une hache de pierre polie, ou de faire du feu, ou encore de se donner un bain. Quant à la vie de Reclus, si bien nommé, ou de Jean Grave, à quoi bon la proposer en exemple ? Je ne demande pas mieux que d'abandonner les luttes du forum : cela n'empêchera pas l'humeur querelleuse. Je me suis battu pour Ibsen ou pour Verlaine, comme pour l'Internationale. Je ne suis aucunement un pacifique. Mais le désir de palabrer sur des estrades entre Liard-Courtois, Le Grandais et Libertad ne m'allicie en aucune manière.

La canaillerie de la maison J... est manifeste et
je suis désolé d'avoir augmenté les embarras de
Fernand et les tiens. Prie Fernand de venir demain
ou de m'envoyer la bonne Louise. Voici deux
timbres-poste; j'en dois trente-sept à Grandidier.
J'ai dû, en effet, expédier un nombre considérable
de lettres arriérées. Nous aurons bien autre chose à
faire, quand je serai dehors, que de grossoyer des
compliments en faveur de poëtes généralement
plats.

Je quitte à l'instant le directeur de la prison en
possession d'un grand bonheur. Il veut bien t'au-
toriser à venir demain, à 2 heures. Mets à profit
son obligeance et ne viens pas en retard.

                                16 *janvier* 1902.

Ninette, je t'ai écrit, cette nuit, une grande lettre :
mais je ne l'ai donnée " au gaffe ", comme dit
Grandidier, qu'après le repas d'onze heures : ce qui
fait que le directeur ne pourra peut-être la faire
jeter que vers 2 heures, ayant lui-même déjeuné. Il
ne faut pas qu'un seul moment, tu sois " exhauste "
de mon épistolaire. J'attends aujourd'hui mon
public du dimanche, Bourguignon, la petite Vaillant
et les autres. Ils sont un peu bêtes les anarchistes et
gagnent à être vus en toile de fond. Jusqu'ici je n'ai
guère trouvé que Grandidier avec qui l'on puisse
tenir des discours raisonnables. Je ne parle pas de
Francis Jourdain, d'Olin et de Sylviane, qui sont
des bourgeois, d'éducation, de manières et de pro-
bité bourgeoise, gagnant leur vie à des travaux bourgeois : peintre, comédien, employé de commerce.

S'ils épousent des femmes contaminées de bondieuserie, ils enverront leurs enfants au catéchisme. Francis, peut-être, excepté. Quant à D... ce n'est pas un anarchiste, c'est une femme sensible.

Mais le meilleur de tous, c'est le " gnaff " Bourguignon. Ce qu'il regrette, je pense, plus que notre incarcération, c'est de ne pouvoir licher des petits verres et trinquer avec nous à la santé de l'anarchie. Il avait demandé à faire une petite bombe au parloir. Litres et charcuteries. Mon humeur *fraternitaire,* comme dit Couyba, ne va pas si loin, et je n'ai pas été marri d'avoir échappé à sa requête.

Il est deux heures; je remonte de chez le directeur qui m'a remis ta lettre. Comme il n'avait pas encore fait partir la mienne — heureusement — c'est Fernand qui te l'apportera. Merci pour les chocolats, je n'en donnerai que peu, très peu à mon voisin de cellule et garderai presque tout " pour ce pauvre Tailhade ". Tu es bien gentille de m'avoir écrit si aimablement. Il faut envoyer tout de suite Louise à la place Clichy et faire prendre l'étoffe qui manque.

La neige va tomber, puis geler et le froid reprendre de plus belle. Je ne crois pas qu'il faille compter outre mesure sur mon élargissement conditionnel. Pourquoi ces gens-là feraient-ils une action honorable ? Et puis, vous oubliez trop, ton frère et toi, que je suis prisonnier de la Russie.

Il fait presque nuit et j'écris pour ainsi dire à tâtons. Le jour qu'il fait égaye encore les cabanons de la Santé. Si cela continue et dure quelque temps encore, je sortirai tout à fait enragé. Mon encre fera vésicatoire sur la peau des mufles et des gredins !

Toi, ma chère aimée, occupe-toi de guérir, mais ne veuille pas l'être avant le temps.

Ma chère femme, il n'eſt pas si aisé que vous semblez le croire de vous adresser une longue lettre. J'ai dû vaquer à bien des besognes saumâtres et par surcroît liquider l'arriéré de mon courrier. Reſtent encore, mais seules, cette fois, votre tante de Colnet et Mme Aquarone. Les heures de parloir sont lugubres. Je suis incapable d'un travail quelconque, même, ce qui arrive souvent, lorsque je suis seul. Des visites pour Grandidier; sa mère ou bien quelques anarchiſtes imberbes. Quand tourne la clef et que s'ouvre le parloir, il me semble que je vais voir ma pauvre Ninette retirant son manteau et disant qu'il fait froid. Lorsque j'attendais Fernand qui vous avait vue et m'apportait quelque chose de vous, cela pouvait aller encore, mais jusqu'à dimanche, personne, sinon la bonne Louise.

Donnez-lui pour moi une lettre. J'ai la permission de vous adresser un pli fermé. J'en userai dès ce soir. Avez-vous reçu la boîte de papier gris semblable au mien que j'avais chargé Fernand de vous remettre ? J'ai l'horreur du papier encadré de noir. Dans les plus grands deuils, je n'ai jamais employé que du papier blanc — ce qui, soit dit en passant, eſt le véritable cérémonial : Le " papier de deuil " eſt une invention de boutiquier.

Il m'a fallu demander à Fasquelle un répit de trois semaines pour le *Satyricon*. Vous ai-je dit qu'Armand Dartois a obtenu la permission de m'octroyer des prêts à domicile ? Je vais recevoir, un de ces jours, de copieux bouquins, et pousser un travail qui me permettra d'espérer un engagement chez Carrington.

Avant-hier, nous avons eu Naquet, tout à fait amusant et bon, et la marquise de Maleyssie qui vous rendra visite ainsi que mesdames Karl Boës et Charbonnel.

Je me propose, dès qu'il aura le manuscrit du *Satyricon*, d'offrir une traduction de l'*Ane d'or*, à Fasquelle. Ce serait de quoi nous réinstaller, faire nos visites et, peut-être, aller passer le mois de mai au *Sophora*, à Villennes. Lugné-Poë vient de m'écrire pour m'annoncer qu'A... est un peu bête. Je crains bien que nous ne nous fussions avisés de la conjoncture avant le message de Stockman. La petite B... se truffe de ce bon Raoul qui, paraît-il, emploie ses matinées à doubler le pas aux midinettes de Paquin ou de Doucet. Grandidier le nomme familièrement " le frisé de la rue de la Paix ".

Ma chère femme,

Tes inquiétudes au sujet de la " noire idole " sont absolument chimériques. Il n'entrait pas un scrupule d'opium dans mon abattement des premiers jours. Si, pour égayer (!) ma captivité, j'avais recours au poison, ce n'est pas à la troupe de Grandidier, c'est à Fernand lui-même, c'est à toi que j'en eusse demandé; et vous auriez consenti, *puisque le mal serait irréparable* et très inutile de m'infliger des douleurs superflues. Mais si, dans l'angoisse des jours passés, j'ai parfois (en imagination) invoqué le philtre omnipotent, sois assurée que je n'ai, pas une minute, songé à l'emporter avec moi dans ma cellule. A tort ou à raison, j'estime avoir charge d'âmes et remplir, en ce moment, le devoir civique le plus haut. Ceux que j'instruis dans la révolte et le mépris des lois, ceux à qui j'apprends à penser

comme nous le faisons, que diraient-ils si, au lieu du
père et du maître qu'ils aiment en moi, si au lieu du
combattant et de l'ami, au sortir de ma prison, ils
ne trouvaient plus que le spectre indécis et convulsif
de la morphine ? Je ne pense pas, comme Jaurès,
que les meneurs de foules n'aient d'autres devoirs
que ceux du premier venu. Je me dois à l'idée aussi
bien sous les verrous que sur la place publique. Ce
serait une laide et basse trahison que de me réfugier
dans les paradis artificiels contre l'*acedia* (peu
cuisante) de ma captivité. En outre, il me serait
désagréable de ne quitter la Santé que pour la geôle
beaucoup plus étroite de Sollier, pour les supplices
abominables de la guérison.

Sois sans crainte, l'homme et le citoyen ont également horreur d'une rechute qui les perdrait tous
deux. Quant au mari d'à-présent, au père de demain,
à l'ami de toujours, ils te répondent clairement de
ma sobriété. Le pauvre petit anarchiste n'aura que
moi pour lui donner la becquée. Ni mon cœur, ni
mon esprit n'entendent lui faire banqueroute. Sur
" cette fleur de mon automne ", comme disait
Michelet, je t'assure *que je n'ai point mis de morphine*
et que je n'en demanderai à qui que ce soit (le
médecin excepté dans un cas de douleur aiguë).
Vas-tu m'imputer encore cette morne luxure des
poisons ? Tu sais pourtant que si j'ai pris de la morphine, c'était pour calmer d'épouvantables douleurs.
Elles ont disparu avec mon œil blessé. La mémoire
que je garde — épouvantée — de ces jours d'épreuves
suffirait à me préserver d'une rechute. J'aimerais
mieux une année entière de prison au régime des
cambrioleurs que cet esclavage sans nom de tout
l'être asservi à la plus dure des obédiences. Pour qui

a connu la morphine, il n'est pas d'autre *hard labour*, car, ici, les chaînes si pesantes ne font qu'un avec le condamné.

Ma " migraine " des précédents jours ne fut autre chose que la réaction prévue et la suite naturelle de notre exode à Bruxelles. Pendant cette quinzaine abominable, j'ai marché sur mes nerfs, donnant un effort de beaucoup supérieur à mes possibilités. La détente fut absolue : je suis tombé comme une bête à l'abattoir et j'ai dormi d'un sommeil de brute pendant près de vingt heures. Ce que je dirais par façon de paradoxe à savoir que j'avais hâte de me trouver en prison pour prendre du repos était la vérité même. Je serais mort si cela eût duré plus longtemps. Cesse donc, ma chère femme, de te monter la tête et si Fernand s'occupe à t'aider en ce travail, dis-lui, de ma part, qu'il y réussit trop bien pour ne pas prendre là-dessus quelque mesure.

Si aplati que je fusse, le cher anniversaire du 2 novembre n'est point venu sans m'apporter un peu de soleil. Te rappelles-tu le dîner à Britannia, le café Terminus et la montée de la rue Lepic ? Il n'était pas question alors de morphine. C'est à la Saint-Martin que nous nous sommes parlé d'amour et j'y pus voir un symbole. Tu es mon soleil d'arrière-saison; à toi seule de faire que la neige et l'hiver ne me prennent point trop tôt. Je t'écrirai ce soir une longue lettre. Réponds-moi, car tes messages rompent délicieusement le déplaisir de ma solitude.

A la suite de la lettre adressée par Tailhade à Waldeck-Rousseau, celui-ci, munificent, lui fit largesse d'une courte liberté. Il obtint de quitter, pendant quarante-huit heures, son ergastule pour assister aux couches de sa femme.

Pour cet élargissement momentané, Tailhade sortit de la Santé accompagné de deux policiers qui avaient reçu l'ordre de ne le point quitter d'une semelle où qu'il se rendît. Pourtant, il avait donné parole de ne point chercher à s'enfuir, et cette parole le tenait captif mieux que les murs du Mont-Saint-Michel les prisonniers d'Etat d'autrefois. Son mari à peine descendu du fiacre qui l'avait amené à la maison d'accouchement de la Cité des Fleurs, où elle était en traitement, Mme Laurent Tailhade mettait au monde un enfant qui vécut quelques heures à peine, payant ainsi de la vie les affres et les douleurs de la mère pendant cet affreux trimestre du procès et de la séparation. " Le pauvre petit anarchiste, " ainsi qu'écrivait Tailhade, n'avait pu recevoir la becquée de son père, car la mort avait clos ses lèvres dès leur premier souffle.

Comme Tailhade devait passer la nuit dans la maison même, les deux argousins, qui étaient relayés trois fois par jour, furent remisés dans une pièce voisine et deux fauteuils dévolus à leurs ronflements. Ainsi, Mme Laurent Tailhade accoucha comme une infante, sous une protection de sbires toute pareille à celle qui, jadis, dans l'Escurial, veillait à ce qu'il n'y eût point substitution d'enfant.

Le lendemain, les deux gardes du corps firent escorte à Tailhade qui se rendait avec nous, son beau-frère, déclarer à la mairie le décès de l'enfantelet. A la sortie du siège du Municipe, Tailhade était entré dans un grand magasin de la place Clichy pour y faire quelques emplettes. Soudain, au détour d'un rayon, un jeune homme au teint de banane, aux yeux verdâtres, avantagé d'une cravate rouge, de souliers jaunes et d'un feutre marron, s'approcha de lui et lui coula dans l'oreille :

— Camarade, il y a deux " bours " après tezigo. Jacte… et avec trois potes on va les sonner à la sortie, pendant que tu t'esbigneras en douce…

Après un salut, une révérence de l'Œil-de-Bœuf, Tail-hade répliqua :

— Mon ami, je vous remercie de votre offre si géné-reuse digne des preux d'autrefois, et même de Don Quichotte qui mettait sa vaillance au service des prisonniers. Mais je vous serai obligé de ne faire aucun mal à ces " messieurs ", car j'ai répondu, sur mon honneur, de leur sécurité.

Peu après, ayant été prendre son repas dans une taverne voisine, il fit discrètement servir aux deux " bours " un dîner copieusement arrosé. Et lorsque ceux-ci, marchant professionnellement à cinq pas derrière lui, l'eurent reconduit à la Santé, Tailhade, spontanément, leur tendit la main. Peu habitués à être qualifiés d'un pareil geste, les deux roussins devinrent cramoisis d'émotion et, flattés de tant d'honneur imprévu, secouèrent à la briser la dextre de leur chevaleresque prisonnier.

Après plus de six mois de détention et malgré une pétition signée d'un grand nombre de parlementaires, de littérateurs et d'intellectuels, le Gouvernement, influencé par l'ambassade tsariste, refusa à Tailhade sa libération conditionnelle, légalement acquise pourtant, puisque la peine avait été subie au régime cellulaire. Nous suggérâmes alors à Tailhade l'idée de se porter candidat, aux élections légis-latives prochaines, contre M. Millerand. Aussitôt informé, le directeur de la prison, M. Pancrazi, se précipita au ministère de l'Intérieur. Il en revint comblé de promesses pour Tailhade et de la Croix de la Légion d'honneur pour lui-même. D'abord, après retrait de sa candidature, mise en liberté immédiate et réintégration de Tailhade dans son emploi de collaborateur à l'officieux Matin... Faut-il dire que la moitié au moins de ce programme n'était qu'impos-ture, car Tailhade, libre, ne récupéra jamais sa plume au grand quotidien précité. Mais le ministre socialiste de Waldeck-Rousseau l'échappa belle. En mai 1902, il ne fut élu qu'à 312 voix de majorité ! Tailhade, dressé devant lui, l'eût fait battre à plates coutures.

En l'année 1906, Laurent Tailhade, il faut le dire, fut pris, lui aussi du prurit de reniement et d'apostasie qui, aux yeux des historiens futurs, sera la caractéristique de cette époque. Il suivit le contagieux exemple des bas agitateurs, des Messies " à la noix " du socialisme, qui, ayant, par fallaces et impostures, promis au Pecus de le mener brouter enfin dans les pacages d'un Chanaan social, l'avaient, d'une pirouette, restitué à la tonte ou à l'abattoir. A la porte des grandes banques, on avait dû créer un service d'ordre pour permettre aux Iscariotes, qui faisaient la queue, de toucher leurs trente deniers. On se marchait sur les pieds au champ d'Haceldama. Et les plus hauts postes de l'Etat étaient dévolus aux rénégats, sans qu'un moraliste, un seul maître de l'Université, aucun éducateur de la jeunesse, élevassent la moindre protestation, dérogeant à la tradition séculaire de leurs aînés, et attestant ainsi par leur silence servile, devant la génération montante, que la mauvaise foi, le parjure, la trahison et la vénalité méritent toujours, ici-bas, d'être récompensés.

Laurent Tailhade, hélas ! n'était pas impunément le compatriote de Henri IV. En son pays, depuis le Béarnais, chacun cherche de son mieux à conquérir un royaume, ou, à défaut, quelque chose d'approchant, au prix d'une messe ou d'une abjuration.

Ce n'était pas une couronne que convoitait Laurent Tailhade, mais seulement la subsistance de chaque jour. Malgré un très dur labeur, le parti qu'il servait la lui mesurait chichement. Un soir, saturé d'amertume, il suivit les conseils perfides de son ami, Aristide Bruant.

Avec forces protestations, celui-ci lui affirma que l'amitié *fervente qu'il lui portait lui avait permis de discerner qu'il faisait depuis longtemps un métier de dupe dans les milieux révolutionnaires. Chevronné, couvert de blessures, ses frères d'armes, méprisants, crachaient chaque jour sur ses plaies vives ! avançait-il.*

L'idéal qu'avec tant de fougue et de talent servait Tailhade n'était-il pas mensonger, utopique, puisque ses fidèles n'avaient même pas la foi nécessaire à nourrir et conforter un de leurs meilleurs écrivains ?

Il n'y avait donc qu'un parti à prendre : changer de camp et se présenter en défectionnaire à l'ennemi. Une personne qui l'approchait de très près, lui Bruant, s'offrait à arborer le drapeau blanc et à intervenir ainsi, en parlementaire auprès du Gaulois, d'Arthur Meyer.

De nombreuses circonstances atténuantes peuvent, en cet acte de sa vie, militer en faveur de Laurent Tailhade. Parmi les jeunes anarchistes de l'époque, dont certains sont à l'heure actuelle devenus les pires réacteurs, il n'était aucun d'eux, alors sans gîte et sans pain, qui ne fut assuré de trouver sous son toit, aide morale et secours matériel, Pauvre, mais portant sa pauvreté en panache, Tailhade partageait avec eux sa maigre bourse. Et ce parti l'avait laissé insulter alors qu'il était en prison !

L'un d'eux, Almeyreda, s'était maintes fois, entre intimes, gaussé des multiples malencontres qui étaient advenues à Tailhade. Venu d'outre-monts pour conquérir Paris avec de beaux yeux et une conscience de moindre éclat, Almereyda fut, pendant de longs jours, hébergé par lui.

Quand cet outlaw fut devenu, comme il se qualifiait, le " nouveau Saint-Just ", sans tenir compte, dans la satisfaction de son beau physique, que l'ami du " divin Robespierre " faisait paraître avec moins de narcissisme une culture et un talent supérieurs à ceux qu'il nous révéla ;

quand il eut commencé à avoir des journaux à sa disposition
quand il se fut mis en devoir d'atteler la Révolution à la
poussette du Planteur de Caïffa, qui le subventionnait en
secret, jamais il ne proposa la moindre collaboration à
Tailhade.

Écœuré jusqu'à la nausée par le fumet de quelques-
unes de ces jeunes hyènes de la fausse anarchie, son indigna-
tion, hélas ! échappa peut-être au contrôle de sa volonté
et pour un temps il signa son abjuration.

Au surplus, déclarer à Tailhade, avec une mimique appro-
priée, comme l'avait fait Aristide Bruant, qu'on l'aimait,
c'était en faire son prisonnier. Sur ce point, il était sans défense
comme un enfant au cœur trop tendre. Le mensonge, l'hypocrisie, dans le privé, le circonvenaient aisément, car l'admirable esprit critique dont il témoignait dans ses écrits
lui faisait défaut, parmi ses intimes. Combien de fois, certains qui l'approchèrent se jouèrent de lui, le blousèrent avec la
plus grande facilité, en le manœuvrant par ce besoin presque
morbide d'affection !

Pipé, circonvenu, il entra bientôt dans une colère furieuse,
comme si le discours cauteleux de Bruant lui avait enfin
découvert un monde machiavélique, jusque-là caché à ses
yeux et qui complotait contre lui.

— Paul-Louis Courier a été tué à coups de fusil, par
les agents des Jésuites... Lui, au moins fut assassiné par
ses ennemis... Mais moi... moi... je suis lâchement assassiné par ceux que je sers ! dit-il, les jambes et les bras
trépidants de fureur.

Alors, sans aucune préparation ni mesure, avec un
éclat frénétique, une brutalité forcenée, qui prouvaient sur-
abondamment qu'il avait abdiqué la possession de soi-
même, il rompit net, d'un seul coup, la belle unité de sa vie,
renia sauvagement son idéal, insulta ses compagnons de
luttes, les traita d' " imbéciles " ou " d'épileptiques ", fit

courbette et amende honorable devant tous les adversaires qu'il avait, la veille encore, traînés sur la claie, écrivit enfin l'affligeant article que Le Gaulois se hâta de publier.

L' " abjuration et la messe " rapportèrent à Tailhade deux cents francs, exactement.

On lui prit deux articles encore, au rabais, cette fois ; puis on l'espaça, on lui fit " faire du marbre ". En somme, il avait été acheté par le sémite à aussi bon compte que les ancêtres de celui-ci, dans le ghetto allemand, achetaient jadis les vieux pantalons et les fillettes à revendre. Et quand Tailhade, déconfit, reprenait l'escalier, le défenseur circoncis de l'autel et du Roy devait se regarder dans une glace, esquisser à son image crochue un sourire d'homme supérieur : tel ce personnage d'Edgar Poë qui, devant son miroir, se riait à la muette, à soi-même, d'avoir magistralement jobardé un quidam.

Quoi qu'aient pu écrire, au lendemain de sa mort, les journalistes en mal de copie romantique, Laurent Tailhade ne connut jamais la misère au sens propre du mot, la misère des Malfilâtre, des Gilbert, des Hégésippe Moreau, des Gérard de Nerval ou des Henri Becque. L'existence de Tailhade, en pantoufles, fut toujours celle d'un bourgeois sybarite, extrêmement sensuel, mais extravagant et incohérent par-dessus tout. Il connut des jours fastes où il se glorifiait de n'avoir pas mis moins de cinq louis à son dîner et des lendemains où " il avait l'incongruité d'être sans argent ".

Le désordre et le déséquilibre de son administration personnelle provenaient d'un excès de vie, d'une surabondance de sensations, d'une extrême faculté vibratoire sur quoi il n'arrivait pas à prendre le dessus.

Car l'extraordinaire sensibilité de Laurent Tailhade

paraissait avoir traversé tous les temps : le siècle d'Auguste, la décadence latine, la souffreteuse civilisation romaine, les ténèbres méphitiques du Moyen-Age, la renaissance florentine et les jardins du Magnifique. Elle avait hanté tous les décors : Suburre, d'abord, à l'air poissé de l'haleine chaude des ruelles scabreuses, de la puanteur des latrines mêlée à l'odeur des jasmins, où, sur les larges dalles feutrées de détritus et de pétales de roses, grouillaient les gladiateurs bombant des poitrines énormes et recevant les avances de sénateurs et de consulaires énamourés, les prostituées aux seins nus et frottés d'antimoine, les bestiaires, tout imprégnés encore de l'odeur des fauves, les esclaves ivres barbouillés de noir falerne, les gitons enlacés qui se baisaient sur les lèvres, la bouche fleurie des vers de Catulle, de Martial ou de Pétrone, les matrones vendant des fillettes infibulées et des herbes cuites. Plus tard, beaucoup plus tard, elle semblait avoir vaqué, cette émotivité, dans les rues du vieux Londres, parmi le clair-obscur de suie et de brouillard amalgamés, dans lequel Cromwell concerta la mort du Stuart et mit au poing de la jeune Liberté le flambeau qui ne devait plus s'éteindre. Elle erra par la suite encore dans les parcs de Le Nôtre, effeuillés par l'octobre roux, ou sous les ciels de Paris, tour à tour nacrés, lilas, d'un rose pareil à l'aile d'un flamant du Nil, et plus beaux, aux yeux de l'artiste dans leur grâce légère, que les ciels de Naples ou de Bénarès.

Sa prose était riche de toutes les alluvions d'art, de pensée et de beauté qu'ont roulées les siècles. Tantôt éclatante de couleurs somptueuses ; tantôt jetant des feux assourdis de brocart vénitien ; tantôt damasquinée comme la lame d'un sabre persan ; tantôt bombardant d'extraordinaires métaphores, comme le radium des effluences, ultra moderne et toujours antique, sa phrase, apte à saisir et à rendre les plus fugitives émotions esthétiques, les nuances et *les dégradés les plus délicats, semble avoir été battue sur l'enclume, forgée par un formidable et subtil ouvrier de la langue qui aurait coulé l'âme des mots dans le scintillement des gemmes, le reflet des métaux. Et c'est avec cet instrument que Laurent Tailhade a exprimé la joie dyonisiaque de vivre unie à la volupté de comprendre !*

Humaniste, frère des grands érudits de la Renaissance, son amour des formes pures, son panthéisme, son goût païen de la Beauté, coulent dans sa prose une ferveur contenue, un pathétisme discipliné, une grâce virgilienne, qui font battre sa phrase de pulsations rythmées comme un cœur qui s'émeut. Mais dans la vie, Tailhade se heurte bientôt à la bassesse, à la laideur, à la vulgarité, à l'oppression. Alors, cesse l'ardent cantique à la magnificence du monde. La haine naît d'un trop violent amour. La satire s'élève et emprunte la voix et le fouet des Euménides. Les flèches fulgurantes, trempées dans le ridicule comme dans un curare mortel, sifflent ; la période s'ouvre et se referme pour cracher des bordées d'extraordinaires trouvailles : une mitraille de mots étincelants frappés en relief comme des médailles, et fait penser ainsi à ce corsaire barbaresque qui, sur la frégate ennemie, crachait les bordées de ses caronades chargées jusqu'à la gueule de sequins, de doublons, de piastres et de ducats d'or.

Car Tailhade travaillait ses injures, ses blasphèmes, ses outrages, avec le même soin et amour qu'un maître-émailleur ou un maître-ciseleur du moyen âge une châsse, un ostensoir ou un reliquaire. Son burin, fouillant un métal jusqu'à lui inconnu, était manié d'une main aussi fervente que le ciseau du sculpteur des cathédrales qui, jadis, fleuronnait une rosace, festonnait, feuillageait une ogive.

Un jour que de sa part, nous étions allé trouver Anatole France pour une affaire qui était sienne, le Maître le résuma d'un mot, encore que ce mot ne fut pas tout à fait dans sa manière habituelle de simplicité.

En la maison socratique de la Villa Saïd, sous la conduite d'un valet de chambre sans morgue et vêtu d'un habit noir tuyauté de plis qui le faisait pareil à un " extra " de guinguette suburbaine, nous avions gravi les marches de l'étroit escalier, dont les panneaux disparaissaient sous le dos des livres étagés en rayons, afin, sans doute, que les murs, eux-mêmes, pussent s'imprégner d'intellectualité. Dans un petit salon, entouré de sa cour d'adulateurs quotidiens qui observaient le plus parfait silence, car ils eussent considéré comme sacrilège d'opposer la parole vulgaire à celle du génie, l'auteur de Thaïs recevait, tout en gardant la pose pour le crayon déférent d'un dessinateur ami.

Avec son atmosphère d'affectation, de préciosité, la scène avait un caractère florentin, et rappelait une de ces grandes heures de l'intelligence où les penseurs, les artistes de la Renaissance, disputaient aux princes l'attention du monde et laissaient choir de leurs lèvres, touchées par le divin rayon, la parole que les élites attendaient pour vibrer. Conscient de n'être qu'un barbare à venir troubler un rite pareillement auguste, nous expliquâmes brièvement l'objet de notre visite. Anatole France érigea alors, dans la lumière indigente de cette matinée de frimaire, le profil doux et acéré qui semblait être celui d'un moine des Primitifs, et proféra son verdict en quatre mots que ses courtisans, les yeux pleins de ravissement, parurent siroter comme avec un chalumeau, et auxquels, sans comprendre, ils applaudirent à l'unisson : " Tailhade est un coquillard " avait laissé tomber la bouche auguste.

Et c'était vrai ! Tailhade, sans qu'il en eût conscience, peut-être, était dans la vie privée, un " coquillard ", un compagnon de Villon. Mais sa bohème, si extravagant qu'elle pût être, n'était pas celle des coureurs de popines médiévaux. Il se souvenait toujours du salon de la comtesse Diane. Il détestait le mauvais ton. Ses " franches lippées " ne se déroulaient que dans les tavernes de bon aloi, où le chef signait pour ainsi dire ses plats comme un grand poëte ses écrits. Il ne s'agissait, d'ailleurs, pour lui, que de bien manger, car à l'exemple de tous les morphinomanes — hélas ! malgré ses protestations il était retourné à la " noire idole " — il ne buvait ni vins, ni spiritueux. Jamais pour ses manières du commun, son relent populacier, la Belle Heaulmière ne se fut assise à sa table.

Gourmand comme Cambacérès ou Gambetta, les rois gastronomes, qu'il évoquera plus tard, dans Le Petit Bréviaire de la Gourmandise, l'eussent convié à leurs agapes, rien que pour leur servir d'entraîneur et sans préjudice des bons mots qui, à travers la sauce et les bouchées fines, crépitaient sur ses lèvres, comme les étincelles fusantes d'un soleil d'artifice. Doué d'un estomac à double fond, Tailhade engouffrait à l'accoutumée la même quantité de mangeaille que Louis XIV, et savait comme lui user aristocratiquement de la fourchette, criterium qui servait aux princes du XVIIIe siècle à discerner les gens dignes de leur faveur et des emplois publics. A son déjeuner, il pouvait déglutir couramment une douzaine d'œufs, deux côtelettes et un faisan. Son dîner était de même étoffe. La serviette jetée, après le repas du soir, il s'endormait aussitôt d'un sommeil d'enfant, qui durait neuf ou dix heures de suite, sans désemparer. Ainsi, il se reconstituait avec une déconcertante facilité, et les déceptions, les rancœurs, les souffrances glissaient sur lui sans laisser trace d'usure apparente, dans un optimisme indéfectible et une faculté de lutter sans défaillance contre l'âpre vie.

Au demeurant assez snob, il ne se pourvoyait que chez les plus réputés et les plus onéreux fournisseurs, esquissant une moue de commisération, dès qu'on venait à évoquer devant lui des firmes plus démocratiques. Avant la guerre, pour se faire raser, il dépensait couramment une vingtaine de francs. Quels que fussent l'heure et le temps, il prenait un fiacre " vert comme un refrain de hautbois " pour se rendre, de Passy où il habitait, chez un barbier de la rue de la Paix lequel accommodait quelques gentilshommes du crottin, membres du Jockey-Club, et Arthur Meyer lui-même. Sur le fauteuil ennobli par des contacts pareille-ment augustes, il succédait souvent à ce dernier : ce dont il n'était pas sans témoigner quelque fierté. C'était là une de ses faiblesses d'homme supérieur.

Malgré tout, nous devons dire qu'un travail opiniâtre n'arrivait pas à le faire vivre selon ses goûts, que le moindre usinier ou le boutiquier le plus dénué de génie eussent, par rapport à eux-mêmes, trouvés fort légitimes. Généreux, chevaleresque, sans éprouver aucunement le besoin de le notifier au public, il était accueillant aux plus pauvres et, aux jours où le sort se montrait amène, tenait table ouverte avec les façons d'un chevalier romain. Le souci d'argent, loin de l'abattre, l'aiguillonnait. Pour lui tirer des accents merveilleux, la vie semblait, parfois, le mar-tyriser sciemment, à la façon de ces oiseleurs belges qui crèvent les yeux des chardonnerets captifs pour en tirer les plus beaux chants.

Ce qui manqua toujours à Tailhade, ce fut un intendant, une sorte de curateur qui aurait régi sa vie matérielle, car il entrevoyait toutes choses domestiques sous une optique de prodigalité et d'extrêmes complications. " A-t-on mis de l'or dans mes poches ? " Ce mot que rapporte la Palatine semblait avoir été fait pour lui.

Par ailleurs, si la société de ses rêves, la cité frater-nelle et harmonique ", comme il disait ; celle qu'il bâtissait dans ses articles avec les matériaux d'utopie, le ciment *d'illusion, eût surgi tout à coup, par miracle, il s'en serait trouvé la première victime. Le nivellement des conditions humaines eût été pour lui intolérable. Il aurait exigé du monde nouveau des éphèbes beaux comme ceux de Socrate, des citoyens syndiqués faisant paraître des manières dignes du Régent, et surtout des cuisiniers de génie. Aristocrate en tous ses comportements, prisant fort, dans la pratique, les compartiments sociaux, il aurait été, sans nul doute, pris d'égarement à constater la disparition subite des domestiques. Car il était très chatouilleux sur l'étiquette que ceux-ci doivent observer vis-à-vis des bourgeois. Un soir, dînant chez Ledoyen, comme le maître d'hôtel, pour prendre note du menu, avait posé la main gauche à plat devant son couvert, il se leva, courroucé, et lui cria : " Maître d'hôtel, ne vous* couchez *donc pas ainsi sur la table... "*

Les années de la vie de Tailhade qui s'écoulèrent depuis sa sortie de la Santé furent pareilles à celles qui avaient précédé : tout entières dévolues au pourchas de l'argent sustentatoire. Chaque matin, si l'on peut dire, il ouvrait sa veine d'écrivain pour y pratiquer une saignée de copie. Le métier de journaliste, de tâcheron de lettres, le rebutait entre tous et il se voyait condamné jusqu'à son dernier souffle à ramer sur les bancs de cette galère naviguant en eaux sales. Son plus vif désir eût été d'arracher au destin une courte trève d'apaisement d'esprit et de sécurité matérielle, pour écrire les livres dont il avait le projet. Que de belles œuvres n'a-t-il pas évoquées ainsi devant nous qui sont hélas ! restées à l'état de rêves ! Cette rémission lui fut refusée, et sa souquenille de forçat de l'écritoire porta encore de nombreux matricules : ceux de L'Aurore, *deuxième manière, de* La Raison, *de* L'Assiette au Beurre, *de* Comœdia, *de* La Vérité, *de* L'Œuvre, *de* L'Avenir *et d'un grand nombre de petits journaux, trop pauvres souvent pour le payer et à qui il ne refusait jamais l'aide de sa plume à titre gracieux.*

De taille moyenne, Laurent Tailhade avait un profil aquilin, un nez légèrement busqué et un œil étrange, indéfinissable, couleur brou de noix délavée et comme ensablé de poudre grise. L'âge mûr l'avait rendu replet, lui avait donné " un ventre de théière " ainsi qu'il plaisantait. Sur un front découvert, un beau front au large modèle, aux puissants contours, la moindre émotion promenait une mèche à la Napoléon. Le teint était d'ouate, comme celui des morphinomanes, la moustache circonflexe, rude et épaisse. " Mon poil n'est pas avantageux ", disait-il avec une moue. Quand le dandysme imposa la face glabre, il se rasa, et, avec ses traits déjà amenuisés par la douleur, son masque fut celui d'un Antonin.

Laurent Tailhade, dans la vie privée, n'était pas l'homme de ses écrits. En rentrant chez lui, il déposait ses flèches de satiriste à côté de son parapluie. Il remplaçait le brocard par le madrigal, et usait envers ses hôtes de manières si courtoises qu'elles faisaient dire de lui à maître Henri Coulon, le grand avocat ! " C'est le dernier gentilhomme ".

Nous nous trouvions près de lui, à la maison Dubois, le jour même où eut lieu l'explosion de la Courneuve. En l'hôpital, on crut, un moment, à un raid diurne d'avions allemands sur Paris. Poussés par les internes, les malades valides furent engouffrés, en troupeau gémissant, dans le sous-sol. Tailhade y était à peine parvenu qu'une vieille femme, aux membres décharnés, à la tête chauve de condor des Andes, déboucha, affolée, par l'escalier de la cave et vint choir, en gloussant, sur sa poitrine. Malgré le froid sournois des demi-ténèbres, Tailhade arracha son chapeau d'un geste à la Lauzun, et s'inquiéta :

— Madame, j'ose l'espérer, ne s'est point fait mal...

Et il resta ainsi, un bon moment, tête nue, devant la vieillarde, une quelconque boutiquière périphérique, quasi atterrée d'une pareille urbanité, pour elle insolite.

En réintégrant sa chambre, la berloque sonnée, Tailhade. nous dit :

— Brrou... Il m'a semblé que j'accolais la Camarde. Serait-ce un présage ? Et tout cas, comme cadeau de fiançailles, elle m'a fait largesse d'un joli rhume.

Et il commença à tousser, à cracher, ayant, peut-être, par excès de civilité, contracté la bronchite pernicieuse qui devait l'emporter dix-huit mois plus tard.

Exonéré de tout préjugé, il vivait en poète qui savoure l'heure qui passe. Pratiquant, avec le Carpe diem, une morale largement épicurienne, sa grande joie, le labeur fini, était de réunir chez lui quelques amis qu'il charmait bientôt, par une conversation diaprée, irisée de mille feux alternants ou confondus, qui faisait entrevoir les délices d'esprit qu'ont seuls pu goûter les commensaux de Chamfort, de Rivarol, de Champcenetz et du vieil Arouet.

Qu'on me permette ici de faire un mea culpa. Je lui ai causé une grande peine avec Le Salon de Madame Truphot. Il avait été convenu que nous écririons en commun cette satire qui devait être quelque chose comme Le Moderne Satyricon. Chargé, en somme, d'être le praticien, c'est-à-dire celui qui dégrossit le bloc de marbre à qui le statuaire, d'une touche du ciseau, donnera ensuite éclat et vie, je m'étais laissé emporter par le sujet. Mon encre fut pour moi comme un alcool farouche, un inébriant sans mesure. A la lecture du manuscrit, chez lui, rue de l'Assomption, par devant Louis Grandidier, Tailhade fut stupéfait autant qu'indigné. " Malheureux ! tu as touché à tous mes amis ; tu n'as même pas respecté Jaurès ni Mirbeau, dont je suis l'obligé ! " Quand parut le roman, dont pas une ligne ne peut lui être imputée, il écrivit : " Artistes, orateurs, écrivains, gens du monde tombent sous les coups du sagittaire, aveuglé par la haine. Comme le lecteur le moins avisé le verra, je ne suis pour rien dans ce livre, car j'écris avec plus de cadence, mais avec moins de verve." J'avais, en effet, traité mon sujet en Savonarole nihiliste et fait passer la vérité avant les convenances ! Une lettre de Tailhade que nous donnerons dans la préface du Salon de Madame Truphot, actuellement en cours de réimpression, établit d'ailleurs irréfutablement qu'il n'est pour rien dans ce " crime littéraire ", devenu curiosité bibliographique et dont chaque exemplaire est vendu couramment plus de 100 francs en bouquinerie — sans aucun profit pour l'auteur cela va sans dire ; le droit de suite n'existant pas plus en littérature qu'en peinture.

De Tailhade rayonnait une griserie intellectuelle que ne pouvaient plus oublier ceux qui l'avaient une fois savourée. Serviable aux débutants, sans aliéner sa perspicacité, il encourageait les efforts de ceux qu'il sentait doués, de ceux qui lui paraissaient tourmentés, à l'égal de lui-même, par le pur amour de l'art et de la beauté. De son mieux, et dans leur intérêt même, il décourageait les autres. Un certain nombre de " jeunes " d'il y a vingt ans, de ceux qu'a touchés, depuis, un rayon de gloire, ne se souviennent pas, sans émotion de l'aménité de son accueil. Nous ne pouvons hélas ! citer tous ceux qui profitèrent de ses conseils avisés et que, littérairement, il mit au monde. D'autre part, il serait oiseux d'énumérer tous les infusoires de la croupissante littérature actuelle, les bactéries du puffisme, qui, de son vivant, venaient, si l'on peut dire, grouiller autour de sa sonnette pour obtenir un peu de publicité, et qui n'ont pas cru, depuis sa mort devoir consacrer une seule ligne à sa mémoire.

Un de ses plus fidèles amis, celui dont l'élan spirituel

vers le maître se doublait d'un même élan du cœur, fut M. Louis de Gonzague-Frick. Tailhade avait discerné en lui le parfait modeleur des formes pures, le poëte sans péché, le diamantaire du verbe, qu'il allait devenir ; un de ceux que le Vrai et le Beau n'admettent en leur culte qu'après les multiples épreuves de la Foi et de la Douleur, où, comme un acier en la cuve bouillonnante, se trempe la ferveur de l'artiste initié. M. de Gonzague-Frick, que Tailhade aimait comme un fils, devait veiller, depuis, sur le grand souvenir de celui qui lui avait montré la route de l'art probe et sincère où il n'est de découragement que pour les cœurs faibles. C'est à lui, tout au moins pour une grande part, que les cendres de Tailhade doivent d'avoir été ramenées à Combs-la-Ville, où elles reposaient, dans cette concession du cimetière Montparnasse qu'obtint pour elles, de l'Edilité parisienne, M. Riotor, conseiller municipal — un autre ami — et où tous les admirateurs du maître pourront lui rendre, dans la suite des jours, l'hommage que l'on doit au poëte tombé face aux éternels ennemis des libertés humaines, dans le dur combat pour la civilisation supérieure.

La Ténèbre enveloppe insidieusement
La flamboyante Tour dressée avec le sang
De tous les hommes purs, et par tes chants, Tailhade.
Ah ! Quand la verrons-nous vivre au ciel de jade !

écrit M. de Gonzague-Frick qui, par allusion à la Ballade Solness, a, dans ce marbre lyrique, non seulement ciselé le médaillon du maître, mais traduit aussi l'angoisse de tous ceux qui, en les heures présentes, osent commettre encore l'excentricité de penser.

Tailhade, satiriste, dont l'âme, parfois, semblait néronienne, avait un cœur sensible, qui fondait au spectacle de la souffrance d'autrui. Quiconque venait lui conter sa misère, en recevait, comme nous l'avons dit, l'hospitalité, ou empochait sa dernière pistole.

Un jour d'hiver, un vague confrère démuni, qui grelottait, en décembre, sous une jaquette élimée, emporta son unique pardessus. Tailhade, qui ne pensa jamais avoir fait là un geste à la Saint-Martin, le lui donna en dérobant le bienfait sous un mensonge, pour ne pas blesser la susceptibilité de son obligé, comme lui seul savait le faire. " Mon cher ami, vous ne m'en privez aucunement ; je ne porte plus de pardessus et ne sors qu'en veston, car ainsi que tous les morphinomanes j'ai la peau indurée et suis insensible au froid ".

Pour rester dans la note de vérité humaine, devons-nous préciser qu'en manière de reconnaissance, ce confrère fripouillesque, au lendemain de la mort du maître, dépouilla la veuve de Tailhade de nombreuses hardes et objets mobiliers qu'il s'était offert à négocier ?

Une autre fois, Tailhade hébergea un couple d'adolescents dont l'un, depuis, eut un destin tragique. C'était à ses yeux un couple attendrissant, un couple athénien, dont le poëte grec eût dit comme d'Harmodios et d'Aristogiton : " qu'ils étaient parfaits dans l'infortune comme dans l'amitié. "

Un soir, l'un d'eux fit exploser dans une vespasienne une vieille boîte de conserves emplie de poudre chloratée. A défaut de talent, c'était peut-être son seul moyen d'acquérir la notoriété. En une conférence de l'Hôtel des Sociétés Savantes, Tailhade tenta d'excuser le Roméo de Sodome. Il reprocha au Directeur des recherches, à la Préfecture de Police, de persécuter l'éphèbe " parce qu'il avait les mains blanches et les yeux jolis ".

Mais en descendant du " plateau " Tailhade disait à ses intimes : Déposer une bombe dans une pissotière ! le petit imbécile, il a fait sauter son gagne-pain ! "

Laurent Tailhade travaillait avec une extraordinaire facilité: d'un seul jet. Les pensées lui venaient sans recherche, dans un bel ordre discipliné ; le mot propre s'offrait à lui, spontanément, et son manuscrit toujours d'une monture unique, ne portait presque pas de surcharges. Sur toutes choses, il pouvait écrire et parler sans préparation comme sans livres, car son érudition, servie par une remarquable mémoire encore avivée par l'opium, était étourdissante. Positivement, il semblait posséder dans l'esprit une bibliothèque alexandrine échappée au vandalisme des évêques chrétiens. Simple bachelier, sa culture encyclopédique n'était pas celle dont les diplômes universitaires affirment la pseudo-réalité, celle dont se réclame la bourgeoisie avec son doctorat universel, alors qu'elle n'a jamais été plus vide d'idées générales et privée d'individualités supérieures. Laurent Tailhade savait tout. Il vous eut dit combien de plis Alcibiade portait à sa toge au banquet d'Agathon, comme il vous eut exposé le dispositif de combat qu'avaient adopté les galères carthaginoises à la bataille des Iles Œgates.

La lettre de change que la paralysie générale avait tirée sur Tailhade, de par son abus de la morphine, resta heureusement impayée. Le sort lui fut moins cruel qu'à Baudelaire, et, malade, mortellement atteint, il conserva, jusqu'à la fin, l'usage intégral de ses merveilleuses facultés intellectuelles. Aussi alerte qu'aux jours de sa jeunesse, de ses vertes saisons, son esprit assista, lucide et résigné, à la ruine de la matière. Ignorant la peur, et commandant froidement à son enveloppe charnelle en perdition, sa ferme volonté et son calme stoïque, aux heures dernières, évoquaient l'attitude du capitaine d'un navire sabordé qui, sur la dunette, domine le désastre d'une flamme superbe d'héroïsme, et fait que toute la noblesse tragique de l'heure est pour l'homme et non pour les éléments aveugles qui le détruisent.

Sorti non guéri, en juin 1918, de la maison Dubois, terminus fatal de beaucoup d'écrivains où de mauvais esprits prétendent que l'on soigne les malades en série, par standardisation, il se réfugia, en l'espoir d'une convalescence, à Meaucé, petite localité du Perche, voisine de La Loupe. Par l'intermédiaire d'une agence, il vint habiter ensuite, en août 1919, un pavillon à Combs-la-Ville. Ce cottage aux fenêtres à auvents, au pignon chantourné, était situé dans un paysage mièvre et fade, non loin de l'Yerre, au cours sinueux, dont les rives sont bordées de villas style Bois-Colombes et de terrains galeux où parmi le chardon, l'ortie, la ciguë champignonnent les détritus et les vieilles savates.

L'habitation cotoyait la voie du chemin de fer sur laquelle roulent cent cinquante trains par jour. Tailhade semblait vivre ainsi sur un tremblement de terre incessant. Les express forcenés frôlaient les clôtures, faisaient trembler les murs, vibrer les vitres, agitaient la maison d'une continuelle danse de Saint-Guy. C'est dans cette tempête de ferrailles, ce cyclone de stridulations qu'il fit son dernier article. Couché, il n'avait plus la force de tenir le stylographe et dictait ses phrases à sa femme. Il parut, un moment, que le sort lui refuserait la force d'aller jusqu'au bout. Le front emperlé de sueur froide, la main comprimant les battements de son cœur, il haletait, cherchant avidement l'air qui se dérobait à sa bouche. Mais dans un sursaut suprême, il se redressa, et la mort, affrontée, eut peur, sans doute, de cette face illuminée de volonté tragique, car elle recula pour un instant et lui laissa finir la page commencée. Moins sur son oncle, le médecin Jean-Paul Tailhade, sujet de l'article, que sur lui-même, il put conclure : "L'hiver qui vient, les cheveux qui pâlissent, les ombres du crépuscule qui traînent, conseillent de ne pas fonder une trop longue espérance en attendant la nuit".

Le cœur exempt d'amertume, les lèvres sans lamentations, il mourut en artiste, et la mort seule arracha la
plume de sa main. Il mourut en athée, " sans qu'un homme
vint lui tâter le pouls et un autre lui tourner la tête, "
comme dit Diderot. Car ainsi qu'il se plut à l'écrire pour
son vieux maître Boisjoslin, il appartenait lui aussi " à
cette élite intellectuelle dont parle Flaubert, qui seule peut
rejeter le surnaturel " et n'obéir qu'à l'intelligence dans la
compréhension supérieure de ce qui est.

Il ne crut pas décent de faire un long discours, comme
Socrate, de se perdre en conseils à ses proches affligés, ni de
laisser aucun testament intellectuel. Il avait en horreur les
grimaces des romantiques et les larmoiements des élégiaques
toujours occupés à gémir sur eux-mêmes. Sa résignation
était trempée de noblesse stoïcienne. Sa fin fut celle de l'homme
lucide, de l'éphémère, que la Nature, cette grande réaliste,
appelle un moment à la vie, comme pour en faire un témoin
qui attestera sa force et sa splendeur, et qu'elle rejette
bientôt vers le néant, lorsqu'il s'est énamouré de sa beauté,
sans s'attarder sur lui à aucun attendrissement sentimental.

Il expira comme il avait vécu, sans faiblesse, exonéré
des dogmes religieux comme des dogmes de morale. Les
enseignements de l'art, les leçons de la science, la souveraine dialectique de la raison, avaient chassé de son esprit
les superstitions avilissantes, les mythes imposteurs qui ont
bercé l'enfance des civilisations. A l'heure suprême, ses
yeux, plongeant dans la ténèbre définitive, n'y avaient
point aperçu de dieux terrifiants, mais bien le sourire de la
Paix bienheureuse, le sein du Vide aux caresses de silence
qu'espèrent les seuls Justes. Son génie était trop compréhensif pour prêter au Cosmos des lois occultes de folie, pour
croire que l'univers frapperait, torturerait après sa mort,
en une quelconque Géhenne, cette parcelle de lui-même
qu'était l'homme, sa créature.

Lorsqu'ici bas, dans notre course incertaine, la Mort, du sein de la Nuit éternelle, fait l'appel quotidien de ses élus ; lorsque son verbe despotique fait entendre ses funèbres accents ; qu'ils soient penchés sur l'épaule d'une mère, la gorge d'une amante, ou la page inachevée ; qu'ils soient obscurs ou pleins de gloire, il convient, pour ceux que l'Art a trempés de son plus fort amour, de répondre " présent " à l'injonction fatale, d'une voix dont nulle faiblesse n'assourdit le métal. Qu'ont-ils à redouter d'Elle ? Ne s'avance-t-elle pas vers eux, les mains pleines de rémissions ; ne lave-t-elle pas les affronts invengés dans le mépris superbe de l'insensible pour le sensible ; ne berce-t-elle pas l'esprit meurtri du Sage entre les bras ineffables du sommeil sans rêves : et sur les blessures de l'orgueil, de l'ambition et de l'amour ne pose-t-elle pas la bouche divine de l'Effacement ?

Laurent Tailhade était de ceux-là.

Fernand KOLNEY.

Au Pays du Mufle

BALLADE PREMONITOIRE

Habitavi cum habitantibus Cedar...
comparati sunt jumentis insipientibus
et similes facti sunt illis.

PSALM, *passim*.

Mes Quatorzains et vous, Ballade si
Hautainement goguenarde et frisquette,
Benoît lecteur vous ait en grand merci !
Panurge daube et Sannio craquète,
Et ce divin Mondor, pendant la quête,
Objurgue Tabarin spurciloquent.
Et c'est pourquoi je me rigole quand
— Une rougeur pudique sur leurs trognes —
Vous effarez le Mufle ivre de *cant :*

Ce que j'écris n'est pas pour ces charognes.
Est-il bourdeaux, Quatrevents ou Farcy,
Dont Cassagnac n'emporte la conquête ?
Le fin lamper du Mage[1] a réussi

(1) Il s'agit de M. Joséphin Péladan, renommé dans la
littérature pour l'odeur forte de ses pieds.

Tant qu'à Lesbos, pour très cher, il béquète.
Mais l'alkermès, l'ambre ni la roquette
Au jeu d'amour ne l'ont rendu fréquent.
Paul Bonnetain, aſtucieux bacchant
Dont le poignet suscita maints ivrognes,
Passe en renom la chose Barracand.
Ce que j'écris n'eſt pas pour ces charognes.

Gallefretiers et veillaques aussi,
Journaleux chez qui Prud'homme banquète,
Maquerels francs de tout noble souci,
Bélîtres, candidats à la Roquette,
Larbins, truands sans guiches ni casquette,
L'olybrius, le fol et le croquant,
Severin Fauſt, si Belge ! prédicant
Son verbe doux comme peſtes et rognes,
Ah ! loin d'iceux contrevaller son camp !
Ce que j'écris n'eſt pas pour ces charognes.

ENVOI

Prince, immergez l'odieux fabricant
De méchants vers au plus noir des eaugrognes,
Et, retranché parmi vos Quiquengrognes,
Exterminez l'ignare et le pacant :
Ce que j'écris n'eſt pas pour ces charognes.

Les Quatorzains d'Eté

Si tu veux, prenons un fiacre
Vert comme un chant de hautbois.
Nous ferons le simulacre
Des gens urf qui vont au Bois.

Les taillis sont pleins de sources
Fraîches sous les parasols;
Viens ! nous risquerons aux courses
Quelques pièces de cent sols.

Allons-nous-en ! L'ombre est douce,
Le ciel est bleu; sur la mousse
Polyte mâche du veau.

Il convient que tu t'attifes
Pour humer, près des fortifes,
Les encens du renouveau.

VENDREDI-SAINT

Trop de merluche et des lentilles copieuses
— Seule réfection tolérée aux croyants —
Enjolivent de certains rots édifiants
La constipation des personnes pieuses.

Dans l'omnibus aucunement blasphématoire
Montent force nonnains, coiffes et canezou,
Et c'est un air de deuil en les boutiques où
Sourit la poire du Bienheureux — Peyreboire.

Quelques petits enfants, — dirai-je masturbés ? —
Vers Saint-Sulpice, et leurs maîtres, larges abbés,
Du goguenot prochain éjouissent la vue :

Et, près d'eux, obstruant le degré colossal,
Un homme-affiche avec cette annonce imprévue :
" Concert spirituel à Tivoli Vaux-Hall. "

DINER CHAMPÊTRE

Entre les sièges où des garçons volontaires
Entassent leurs chalants parmi les boulingrins,
La famille Feyssard, avec des airs sereins,
Discute longuement les tables solitaires.

La demoiselle a mis un chapeau rouge vif
Dont s'honore le bon faiseur de sa commune,
Et madame Feyssard, un peu hommasse et brune,
Porte une robe loutre avec des reflets d'if.

Enfin ils sont assis ! Or le père commande
Des écrevisses, du potage au lait d'amande,
Toutes choses dont il rêvait depuis longtemps.

Et, dans le ciel couleur de turquoises fanées,
Il voit les songes bleus qu'en ses esprits flottants
A fait naître l'ampleur des truites saumonées.

RUS

Ce qui fait que l'ancien bandagiſte renie
Le comptoir dont le faſte alléchait les passants,
C'eſt son jardin d'Auteuil où, veufs de tout encens,
Les zinnias ont l'air d'être en tôle vernie.

C'eſt là qu'il vient, le soir, goûter l'air aromal
Et, dans sa *rocking-chair*, en veſton de flanelle,
Aspirer les senteurs qu'épanchent sur Grenelle
Les fabriques de suif et de noir animal.

Bien que libre-penseur et franc-maçon, il juge
Le dieu propice qui lui donna ce refuge
Où se meurt un cyprin emmy la pièce d'eau,

Où, dans la tour mauresque aux lanternes chinoises,
— Tout en lui préparant du sirop de framboises —
Sa " demoiselle " chante un couplet de Nadaud.

BARCAROLLE

Sur le petit bateau-mouche,
Les bourgeois sont entassés,
Avec les enfants qu'on mouche,
Qu'on ne mouche pas assez.

Combien qu'autour d'eux la Seine
Regorge de chiens crevés,
Ils jugent la brise saine
Dans les Billancourts rêvés.

Et mesdames leurs épouses,
Plus laides que des empouses,
Affirment qu'il fait grand chaud

Et s'épaulent sans entraves
A des Japonais très graves
Dans leurs complets de Godchau.

CHEMIN D'ÉGLOGUE

Vers le train allongeant ses " bidels " sur la voie,
L'essaim hilare des calicots s'est rué
Dans les compartiments où les gens ont sué
Il s'installe, joyeux d'une émétique joie.

En face de la grue énorme dont le busc
Malaisément contient une gorge bovine,
Les bouquins de Drumont édités par Savine
Délectent un bourgeois qui ne sent pas le musc.

Cela fleure l'odeur des pieds, la caquesangue
Des enfançons et le mégot qui, sur la langue,
Vous fait passer comme un renvoi de Krysinska.

Et, plus loin, les époux Duvedeau qu'accompagne
Leur héritier, couleur de morve et de caca,
Soignent le melon qu'ils portent à la campagne.

EN ISRAEL

La tribu Salomon du faubourg Saint-Antoine,
Autour du père Lang, brocanteur vénéré,
Canoniquement rompt l'azyme consacré
Et bibéronne à s'en crever le péritoine.

Tous bien honnêtes : les Judith, pleines de foi,
Dans un garni voisin sèchent les militaires
Et leurs mâles, par les urinoirs solitaires,
Sur des chrétiens paillards vengent l'antique Loi.

Or, ce soir, comme il est écrit au *Lévitique*,
Ils ont bâfré l'agneau sans tache en la boutique
Des " pons lorgnettes " et des clous désassortis.

Et les ioutres au nez circonflexe, au teint puce,
Avec les femmes, le bétail et les petits,
Chantent le Sabaoth qui rogna leurs prépuces.

QUARTIER LATIN

Dans le bar où jamais le parfum des brévas
Ne dissipa l'odeur de vomi qui la navre
Triomphent les appas de la mère Cadavre
Dont le nom est fameux jusque chez les Howas.

Brune, elle fut jadis vantée entre les brunes,
Tant que son souvenir au Vaux-Hall est resté.
Et c'est toujours avec beaucoup de dignité
Qu'elle rince le zinc et détaille les prunes.

A ces causes, son cabaret s'emplit le soir,
De futurs avoués, trop heureux de surseoir
Quelque temps à l'étude inepte des *Digestes* ;

Des Valaques, des riverains du fleuve Amoor
S'acoquinent avec des potards indigestes
Qui s'y viennent former aux choses de l'amour.

MUSÉE DU LOUVRE

Cinq heures. Les gardiens en manteaux verts, joyeux
De s'évader enfin d'au milieu des chefs-d'œuvre,

Expulsent les bourgeois qu'ahurit la manœuvre,
Et les rouges Yankees écarquillant leurs yeux.

Ces voyageurs ont des waterproofs d'un gris jaune
Avec des brodequins en allés en bateau ;
Devant Rubens, devant Rembrandt, devant Watteau,
Ils s'arrêtent, pour consulter le *Guide Joanne*.

Mais l'antique pucelle au turban de vizir,
Impassible, subit l'attouchement du groupe.
Ses anglaises où des lichens viennent moisir

Ondulent vers le sol; car sur une soucoupe
Elle se penche pour fignoler à loisir
Les Noces de Cana qu'elle peint à la loupe.

PLACE DES VICTOIRES

Les femmes laides qui déchiffrent des sonates
Sortent de chez Erard, le concert terminé
Et, sur le trottoir gras, elles heurtent Phryné
Offrant au plus offrant l'or de ses fausses nattes.

Elles viennent d'ouïr Ladislas Talapoint,
Pianiste hongrois que *Le Figaro* vante,
Et, tout en se disant du mal de leur servante,
Elles tranchent un cas douteux de contrepoint.

Des messieurs résignés à qui la force manque
Les suivent, approuvant de leur chef déjà mûr;
Ils eussent préféré le moindre saltimbanque.

Leur silhouette court, falotte, au ras d'un mur,
Cependant que Louis, le vainqueur de Namur,
S'assomme à regarder les portes de la Banque.

A MARIER

Est-ce une cangue, est-ce un carcan
Qui lui tient le col de la sorte ?
Est-ce une peau de bête morte,
Son collet de vague astrakan ?

Elle parut au monde quand
Monsieur Chevreuil sortait de page.
Et l'haleine qu'elle propage
Mettrait en fuite le grand khan.

Pour le magyare et le cacique,
Elle teignit sa hure ainsi que
L'or grisonnant de ses cheveux.

Tels les maquignons, dans les foires,
A force de vésicatoires,
Maquillent un bidet morveux.

SUR CHAMP D'OR

Certes, monsieur Benoist approuve les gens qui
Ont lu Voltaire et sont aux Jésuites adverses.
Il pense. Il est idoine aux longues controverses
Il déprise le moine et le thériaki.

Même il fut orateur d'une Loge Ecossaise.
Toutefois — car sa légitime croit en Dieu —
La petite Benoist, voiles blancs, ruban bleu,
Communia. Ça fait qu'on boit maint litre à seize.

Chez le bistro, parmi les bancs empouacrés,
Le billard somnolent et les garçons vautrés,
Trône la pucelette aux gants de filoselle.

Or Benoist, qui s'émèche et tourne au calotin,
Montre quelque plaisir d'avoir v.., ce matin,
L'hymen du Fils Unique et de sa " demoiselle ".

QUINZE CENTIMES

L'œil vairon et le nez de pustules fleuri,
Sous l'effrayant amas de son bonnet à coques,
La buraliste, au seuil de l'odorant abri,
Exhale sa douleur en mornes soliloques :

— Injuste sort ! Devant cet Odéon banal,
Me faudra-t-il, sans cesse, aux heures taciturnes,
Offrir aux vieux messieurs des carrés de journal,
O Casimir ! tandis que sonnent tes cothurnes !

Moi qui connus Ponsard et feu Scribe, ô regrets !
Dois-je rincer l'amphore où le client s'épanche !
Malpropres les bourgeois autant pue des gorets !

Et cuire ma pot-bouille au fond des lieux secrets
Sans connaître jamais l'espoir d'un beau dimanche ?
" Dieux ! que ne suise-je assise à l'ombre des forêts ! "

CONSCRITS

(A LA MANIÈRE D'ESPARBÈS)

Aigle de Boustrapa, voici ton jour ! Les Gars,
Ceux de la Haute avec ceux de l'Epicerie,
Se gondolent vers ta loterie, ô Patrie,
Sous l'œil des marchichefs et des maires gagas.

Ils arrivent du claque ou bien des séminaires,
Fils de cocottes chez les Oblats éduqués,

Courtauds de magasins, lopettes dont les quais
Ont vu les jeux, parmi leurs dômes urinaires.

L'âme française chante (ô que faux !) dans leurs voix ;
Ils s'arrêtent pour dégurgiter du pivois,
Tel un cabot perdu que l'on mène en fourrière.

La Victoire, aujourd'hui, leur montre le chemin
Et des boxons épars leur ouvre la barrière.
Vivat ! Le copahu renchérira demain.

TROISIÈME SEXE

En veston gris, en chapeaux mous, par les quinconces,
Avec des mouvements câlins et paresseux,
Rôdent les icoglans parisiaques, ceux,
O Prudhomme, qu'au feu céleste tu dénonces.

Les tantes ! peuple hilare et nocturne pour qui
Tout sergent de ville est un oncle débonnaire,
Près des *Ambassadeurs* où chahute Bonnaire,
Où les gommeux boivent de l'ale et du raki.

Dans les temples indoux que tapisse la cure
Infaillible de tous les bobos, sans mercure,
Ils lèvent les banquiers en rut, impudemment :

Et le poëte Untel, venu de Picardie,
Accordant pour leur los sa syntaxe hardie,
Les célèbres en vers faux, avec étonnement.

RUE DE LA CLEF

Coco, dit Tape-à-l'Œil, professeur de savate,
Camelot et dompteur de caniches, ayant

Sur quelque pante aussi lourdaud que flamboyant
Prélevé le mouchoir, la bourse ou la cravate,

Est dans les fers. Le désespoir règne parmi
Tant d'épouses qu'il asservit à sa conquête
Et ces " dames " du Chabannais font une quête
Pour que soit d'un peu d'or son courage affermi.

Mais, enclin aux repos que lui fait Pélagie,
Le " petit homme " anémié se réfugie
Près des conspirateurs dont brille cet endroit :

Et, fier de ressucer les mégots qu'il impètre
Chez les poëtes et chez les docteurs en droit,
Il savoure l'orgueil de voir des gens de lettres.

INITIATION

A Saint-Mandé. Parmi les badauds hésitants,
Le cornac loue avec pudeur sa marchandise,
Une Vénus d'un poids énorme et, qu'on le dise !
Montrée aux hommes seuls de plus de dix-huit ans.

Des militaires, des loustics entre deux âges
Pénètrent, soucieux du boniment complet,
Sous la tente où, massive et fidèle aux usages,
La dame, en tutu rose, exhibe son mollet.

Seul, un potache ému de cette plasmature
Gigantale, pour voir des pieds à la ceinture,
Allonge un supplément dans le bassinet gras.

Et tandis que, penaud, vers l'estrade il s'amène,
D'un accent maternel et doux, le Phénomène
Lui dit: "Tu peux toucher, monsieur, ça ne mord pas".

HYDROTHÉRAPIE

Le vieux monsieur, pour prendre une douche ascen-
A couronné son chef d'un casque d'hidalgo   [dante,
Qui, malgré sa bedaine ample et son lumbago,
Lui donne un certain air de famille avec Dante.

Ainsi ses membres gourds et sa vertèbre à point
Traversent l'appareil des tuyaux et des lances,
Tandis que des masseurs, tout gonflés d'insolences,
Frottent au gant de crin son dos où l'acné point.

Oh ! l'eau froide ! oh ! la bonne et rare panacée
Qui, seule, raffermit la charpente lassée
Et le protoplasma des sénateurs pesants !

Voici que, dans la rue, au sortir de sa douche,
Le vieux monsieur qu'on sait un magistrat farouche
Tient des propos grivois aux filles de douze ans.

IDYLLE SUBURBAINE

Voici les bicyclistes,
Ainsi que des ballistes
Leurs machines lançant
    Sur le passant.

Voici les dégrafées
Hideusement coiffées,
Telles qu'un hanneton,
    Dans leur veston.

Comme un porc que l'on châtre,
Le calicot folâtre
Hurle, par les faubourgs,
    Maints calembours.

Voici Joseph Prudhomme,
Qui loin, loin de Sodome,
Sans mail-coach de Binder,
   Prend un " bain d'air " !

Dans le bois de Vincennes,
Les magistrats obcènes
Viennent se trimbaler
   Et pédaler.

Ça refait leur échine
De rouler à machine,
Libidineux et gras,
   Sur le *ray-grass*.

Et les dames faciles
Ricanent, imbéciles,
De pister, à vélo,
   Maint gigolo.

Tout le bois en fourmille.
Puis, ce sont des familles
Complètes " d'ouverriers "
   Inébriés.

Ils apportent salade,
Gruyère, marmelade,
Veau, laitue et pourpier,
   Dans du papier.

Une âcre de friture
Egaye la nature,
Qu'emplit ta grande voix,
   Chevaudebois !

Quelque parfum agreste,
La sueur et le reste,

Diversifie au loin
  L'odeur du foin.

La poussière assaisonne
Les macarons. Foisonne
La mouche des cacas,
    Sur le lilas.

Plaisir combien champêtre !
Et qui ne voudrait paître
Ces repas digestifs,
    Sur les fortifs !

L'Himalaya dégoûte
Les humbles. Somme toute,
Tu vaux mieux que le Nil,
    Lac Daumesnil.

Car le tramway du Louvre
Peut, quand le temps se couvre,
Y mener le bourgeois,
    A travers bois.

O douceur efficace !
Lamper un mélécasse
Et le bitter plus dur,
    Devant l'azur !

Ainsi triomphe l'ordre !
Nul n'a besoin de mordre,
Ayant usé ses bas,
    En tels ébats.

Et, toute la semaine,
Les cyclistes que mène
Un rude et tâtillon
    Chef de rayon ;

Les employés moroses,
Ayant humé les roses
Et longtemps baladé
        Par Saint-Mandé,

Acceptent ergaſtules,
Camouflets et sportules
Et les repus grugeant
        Leur pauvre argent.

C'eſt pourquoi leurs équipes
T'émeuvent jusqu'aux tripes
Coppée, ô sacriſtain
        Si peu hautain !

FOIRE AUX JAMBONS
(INTIMITÉ)

Ma mignonne, voici l'avril ! Un air plus doux
Où flotte l'âme populaire du saindoux
Et des frites, ce soir, invite aux indécences
Les troubades sortis avec leurs connaissances.
Les boutiquiers ventrus, aux blairs de tamanoir,
En famille, ont rempli le boulevard Lenoir.
Ils gagnent, essouflés, la barrière du Trône
Et les lutteurs forains sont tous en maillot jaune !
Viens ! nous allons humer des glaces à deux sous,
Dédaignant le concert arabe, où les dessous
Précaires des oulels-naïls sentent le rance.
Comme il eſt pur le ciel de notre belle France !
Viens ! nous irons tous deux, fidèles au drapeau,
Complimenter l' " homme de bronze " dont la peau
Fait voir l'airain si cher à monsieur Déroulède.
Le sabre, le fusil, la dague de Tolède

Figurent, à son poing aimé des caporaux,
Les croûtes de Neuville et celles de Morot.
Nous prendrons notre part de ces plaisirs austères
(Trois sols pour les pékins, deux pour les militaires)
Et notre cœur où Jeanne d'Arc palpite encor
Magnifiera Boisdeffre avec l'Etat-Major.

Nous déambulerons parmi les odeurs grasses,
— Tes bottines à huit francs cinquante, un peu lasses.
Jusqu'à l'heure où, la main dans la main, et suçant
Les berlingots, dont le parfum est innocent,
Nous gagnerons, vers la place de la Bastille,
Les tirs aux macarons, luisants de canetille
Et l'échoppe où l'on voit, telle que nos guerriers,

Une hure de porc ceinte de verts lauriers.

FÊTE NATIONALE
(INTIMITÉ)

Le quatorze Juillet et ses chevaux de bois,
Ses guinches, où les bons zigues, saouls de pivois,
Étreignent, pour l'en-avant-deux, leurs maritornes,
Tandis que les cocus vont aérant leurs cornes,
Me charment. J'ai revu, place du Panthéon,
Le doux vieillard qui jouait de l'accordéon
Dans la rue Oudinot, presque sous mes fenêtres,
A l'heure où la splendeur de Félisque et ses guêtres
Se dérobaient parmi les mégissiers obscurs.
Car j'ai toujours aimé les humbles aux cœurs purs,
Aux pieds douteux comme un vers de *Pour la Couronne*
Car je suis le passant bénin, que n'environne
Aucun rayon, aucun éclair, aucun soleil.
Mes articles me font aux concierges pareil.

Aussi, dès que revient la date fatidique
Où la junte des marinezingues se syndique
Pour imbiber de furfurol le populo,
Je hisse à mon balcon, — ainsi qu'au bord de l'eau
Quelque tremble où le soir ému se décolore

Un étendard fait de flanelle tricolore.

VIEILLES ACTRICES

Toujours belles ! Toujours pimpantes ! Toujours
[fraîches !
Camélias sculptés dans un cœur de navet,
La plupart en étaient à la saison des pêches
Au temps de Rémusat et de Montalivet.

Des princes, morts depuis, chargés d'ans et de gloire,
Sous le bandeau royal écrasaient leur chevet.
C'est par là que devient une enseigne notoire.

Les poëtes d'alors, plus creux que des tambours,
Vantaient leurs cols de cygne et leurs hanches d'ivoire.
Leurs dents de nacre et leurs paupières de velours.

On redisait leurs noms dans les sous-préfectures,
Déjà ! tant qu'au Marais, où vivent des gens gourds,
Le quincaillier tremblait pour sa progéniture.

Comme la Montijo, quand on la couronna,
Elles trouvaient des Cassagnac sous leur voiture.
On ne peut écraser que le mufle qu'on a.

Depuis ces ans lointains de leur âge nubile,
Peintes comme on repeint *Les Noces de Cana*,
Elles se targuent de rester indélébiles.

Obstinément, leurs crins sont d'or fauve ou de jais,
En dépit de la couperose et de la bile
Qui s'infiltrent dans leurs appas découragés.

Leurs crevasses, comme d'un mur sans ravenelles,
Attirent les galants de Nîmes ou d'Angers
Que ne satisfait plus l'amour des péronnelles.

Maintes, pour redonner à leurs fanons pendants
Quelque ragoût et pour égayer leurs prunelles,
Se maquillent de cosmétiques abondants.

A l'heure du coiffeur et de la camériste,
Elles s'implantent des cheveux, des seins, des dents
Et s'imbibent de sucs fournis par l'herboriste.

O nymphes de l'an mil huit cent soixante-sept,
Vous de qui le printemps se conjugue à l'aoriste,
Vous dont la gorge flotte en amont du corset,

Restez jeunes ! Tordez vos croupes sur les planches,
Du cantique d'Eros égrenez les versets
Et déshabillez-vous dans des étoffes blanches !

Prodiguez, prodiguez les gemmes et les fards,
Semez les lis, les boutons-d'or en avalanches :
Et vous garde Cypris des blêmes nénuphars !

Ainsi, perpétuant votre los historique,
Honneur de la province, orgueil des boulevards,
Vous durerez plus que le marbre ou que la brique.

Les nouveau-nés, bétail chéri du *Petit Bleu*,
Délecteront leur adolescence lubrique,
Dans vingt ans, rien qu'à voir l'ardeur de votre jeu.

Et quand nous descendrons la funèbre vallée
Sans qu'ait tinté pour vous l'heure du couvre-feu,
On vantera vos pâmoisons échevelées.

Telles vous possédez le suprême élixir,
Inconnu des Paracelses, des Apulées,
Philtre par qui se peut le Temps même adoucir.

Edulcorant pour vous xénie et ménippée,
Le monde vous sait gré — pourquoi ? — de faire issir
Quelque chose des vers purgatifs de Coppée.

D'avoir pris Jean Aicard, Jean Lahor, Jean Rameau,
Tous les Jean de cervelle ou de gambe éclopée,
Et de dire, en montrant leur fiole : *Ecce homo !*

Vous chanterez leurs vers aux races inconnues
Qui vivront ignorant Jacquelin ou Momo,
Mais qui ne cesseront de vous porter aux nues.

L'arrière-petit-fils du premier Richepin
Dans ses pièces exhibera vos jambes nues
Assumant le cothurne ou chaussant l'escarpin.

Et les Croisset d'alors vous feront voir au bain.

A travers les Groins

CHORÈGE

A Monsieur Jean Rameau,
littérateur francais.

> " La dernière fois que je le vis, ce fut, si je
> ne me trompe, chez une comtesse de la rue Saint-
> Honoré, et l'on raconte qu'une autre comtesse qui
> demeure dans les environs de la gare Saint-Lazare
> et très suspecte de bas-bleuisme, hélas ! le
> comptait parmi ses fidèles. "

Des œuvres complètes de M. J. RAMEAU.
Lettre à *L'Echo de Paris* du 10 mars 1891.

Claudicator ayant découvert qu'il existe
Des comtesses ailleurs qu'aux romans de Balzac,
A chaussé des gants paille et revêtu le frac :
On le prendrait, tant il est beau, pour un dentiste.

Jadis potard, expert à triturer les bols,
Il rêvait, dédaignant le nom d'apothicaire,
A des in-folios connus d'Upsal au Caire.
— Et ses dormirs furent hantés par les Kobolds.

Maintenant, l'œil féroce et la bouche crispée,
Il récite devant l'indulgence attroupée
Des vieilles dames aux appas gélatineux :

Et, surprenant effet des rimes qu'il accole,
Nonobstant la rigueur des corsets et des nœuds,
Sa voix fait tressaillir tous ces baquets de colle.

QUATORZAIN D'HIVER
A LA LOUANGE DE CLAUDICATOR LE BÉNÉVOLE

> *Notre subtil et brillant écrivain à réprouvé...*
> Un Reporter de *La Patrie.*

> *La paix est ton but, ô Pacifique !*
> E. Renan, *Invocation sur l'Acropole.*

Rameau chantait : Je ne suis pas joli, joli ;
Rivarol a trouvé chez moi son antipode.
Ignorant tout français, je beugle mes épodes,
Avec le geste d'un qui fait pipi au lit.

Les plumassières dont j'illustre les soirées
Baillent quelques écus pour m'entendre. Et voilà
Qu'avec Dreyfus, avec Scheurer, avec Zola,
Un marasme soudain alanguit mes rentrées.

Le commerce est dans le marasme ! ce qui fait
Que j'ai, ce soir, lavé la tête et dit leur fait
Aux gazetiers que Millevoye excommunie.

Destin, sauve la France et garde ses *quibus*
Au poëte cagneux qui grimpe en omnibus
Et " va-ten-ville " pour gasconner son génie !

RONDEL

Dans les cafés d'adolescents
Moréas cause avec Frémine :
L'un, d'un parfait cuistre a la mine,
L'autre beugle des contre-sens.

Rien ne sort moins de chez Classens
Que le linge de ces bramines.
Dans les cafés d'adolescents,
Moréas cause avec Frémine.

Désagrégeant son albumine,
La Tailhède offre quelque encens :
Maurras leur invente Commine
Et ça fait roter les passants,
Dans les cafés d'adolescents.

PRIX DE VERTU

Maquillé, solennel, disert et peu joli,
Le frère de frère Yve, entre les vieilles dames,
Pérore. Il a des solécismes tout pleins d'âme.
Et, de le voir si vert, le Beau Frère a pâli.

Feu Monthyon, parrain d'une fâcheuse rue,
Inspire ses discours où de beaux mouvements
Enguirlandent, tels que du persil, les thomans
Dont la vertu est, en grand'pompe, secourue.

Et ce sont des larbins intègres, des troupiers,
Qui remportent la gloire avec l'argent modique,
Puis un frère convers, qui sent mauvais des pieds.

Mais l'orateur parcourt son thème fatidique,
Rythmé par l'éventail au murmure berceur;
Car, le trouvant fardé, comme elles, et pudique,

Les vierges de Prévost disent : " C'est une sœur ! "

MÉLANCOLIE ODÉONESQUE

Sous l'Odéon blafard que décorent les proses
D'Haraucourt et Shakespeare en vers tripatouillés,
Comme un "bougna" pensif, entre de vieux "souyés"
L'Auverpin ne veut plus qu'on effeuille des roses.

Les poëtes, même Paul Fort, sont renvoyés;
Jean Lorrain dont la ménopause a des chloroses
Et Vicaire cousu de longues hydartroses,
Les Montforts, les Leblonds avec les Bouhéliers.

Nul ne chantera plus une ode triomphale !
Pégase inemployé, Chimère ou Bucéphale
Rongent leur frein dans ton étable, ô Ginisty !

Verse-nous maintenant l'ivresse ! Et, dans l'entr'acte,
Ne manque pas d'offrir à la foule compacte,
Pour deux sous, les marrons chers à Pierre Loti.

GENDELETTRES

Cœur de lapin, ventre de porc, nez de gorille,
Incarnation des plus saumâtres Wishnous,
Dubut de Laforêt qu'une gale essorille,
Etant un pur gaga, rayonne parmi nous.

Chez Peter's où le veau de truffe et de morille
S'assaisonne pour les journalistes brenoux,

Le jovial idiot Octave Pradels brille
Et le gros Formentin concague ses genoux.

Voici Pompon ! Richard O'Monroy ! Voici même,
Empereur de la sole et Pape de la brème,
L'unique Poitrasson, le vrai, le maquereau

Qui, pour consolider ses petits bénéfices,
Des putains en renom cote les orifices
Et que les ronds-de-cuir citent à leur bureau.

CANDIDATS A L'IMMORTALITÉ

Quand au poëte incombe ce bonheur,
Bien des forts sont tombés dans l'arène tragique :
Il ne t'ont point élu, barbe pédagogique,
Sully-Prudhomme, honneur des légions d'honneur :

Ni Coppée — un François d'Assise tricolore —
Ni Cazélis qui met en strophes le néant,
Ni Jean Rameau, boîteux pour un écu béant,
Après ces chefs, d'autres, moin grands, restent encore

Plus nègre que ce freux ou vit le preux Arthus,
Moréas qui, le soir, au compte-goutte urine,
Fait couver par Maurras d'innombrables fœtus.

Mais le Pierre Puget du suif, des margarines
Jean Richepin donna l'être à Jéhan Rictus
Qui peint son âme d'or sur le mur des latrines.

Or, ces guerriers ayant poussé le cri d'alarme
Et déterré la hache au seuil de leur gourbi,
Elèves de Barrès et poteaux de Bibi
La Purée, en tous lieux dégobillent leurs carmes.

Les symbolistes, les simplistes, les romans,
Ceux qui riment, à soixante ans, leurs pucelages
Et ceux dont les neurasthéniques mucilages
Pour monsieur de Vogüé sont emplis d'agrément ;

Frémine plus hideux que les têtes de l'Hydre,
Et Vicaire pochard comme une pomme à cidre,
Et ceux qui font des vers pour les cafés de nuit:

Tous veulent sur leur front le diadème esthète,
Ces palmes dont la fleur améthyste leur duit
Et l'orgueil des festins à douze francs par tête.

ODELETTE

(A LA MANIÈRE DE RONSARD)

Chocolatier, faussaire,
Du *Gaulois* émissaires,
Et ce gredin choisi,
Esterhazy ;

Les tantes, les crapules,
Evêques sans scrupules,
Artons déshonorés
Et les curés ;

Et les bonnes sœurs grises
Distillant pour les brises,
Au fond de leurs clapiers,
L'odeur des pieds ;

Les magistrats intègres,
Les cocottes, les nègres,
Les daims, les maquereaux
Et les bistros ;

C'est ainsi qu'on recrute
Voleur, escarpe, brute,
Un personnel classé
  Au quai d'Orsay.

Ainsi qu'une relique,
Meyer, juif catholique,
Arbore avec bonheur
  La croix d'honneur.

Alfred Duquet, Mézières,
Loti, fleur des rizières,
Et les divers Quesnays
  En sont ornés.

Major de table d'hôte
Cassagnac ne fait faute
D'avoir cet oripeau
Dessus sa peau.

Elle orne tes fumistes,
Wilson, les panamistes
Et Gaston Jollivet,
  Ce pur navet.

Ils sont hideux et bêtes,
Ils portent sur leurs têtes
L'air brutal et sournois
  Propre aux bourgeois.

Ils lèchent les derrières,
Les pattes meurtrières,
Les sabres dégaînés
  Des galonnés.

Tous, ruisselants d'extases,
Bénissent les ukases,

Le drapeau tricolore,
L'Etat-Major.

Et c'est vraiment justice
Que ce monde obreptice
Et tous ces bougres-là
Chassent Zola.

12 avril 1898.

MAINTENEUR ÈS JEUX FLORAUX

Ayant coiffé son casque à mèche et revêtu
Le frac des troubadours qu'illustre une giberne,
Perrossier, Némorin compliqué de baderne,
S'escrime après Zola d'un braquemart pointu.

Jéhanne d'Arc, il préconise ta vertu
Et, chez les bons gagas des jeux Floraux, lanterne,
Cueille des fleurs en papier peint puis, très moderne,
Sur leur vieux mirliton, siffle " turlututu " !

Car il est, au milieu de ces gens asthmatiques,
Tenace à ravauder la chanson des lilas,
Sucrant de petits vers, bonbons diabétiques

Dont Peyralade goûte avec un fort soulas.
Et c'est pourquoi, guerrier aux frousses authentiques,
Poëte insuffisant aux plus vils chocolats,

Il épanche sur les Maîtres son déguculas.

CHAUVINISME SARDINIER

> *Or, les Nantais ont fait savoir au
> bureau de l'Association qu'ils refusaient
> de recevoir ses membres, si M. Grimaud
> en restait président.*
>
> Dr Paul ARCHAMBAULT.

Capitaines vaseux, gentillâtres dévots,
Et les sous-offs, et les vicaires aux pieds sales,
Devant Grimaux (un syndiqué !) ferment leurs salles,
Et tous, avec transport, beuglent comme des veaux,

Car la Province, dont les mœurs sont étonnantes,
Prise Judet, Boisdeffre et Pellieux aussi.
Les miracles de Lourdes et l'ange Esterhazy
Conjouissent le cœur imbécile de Nantes.

C'est pourquoi les marchands de thon, les hobereaux
Se rebiffent à la manière des taureaux,
Abominant le juif sur la Loire et sur l'Erdre.

L'eau bénite leur est un " sortilège bu ".
Ce qu'on leur voit d'esprit court en Drumont se perdre :
A ses causes, il sied de dire — tel Ubu, —

Pour la rime et pour la raison : " Vive l'Armerdre ! "

PRÉDICATEURS DE CARÊME
(SONNET ESTRAMBOTE)

Dans l'église ou, béats et crasseux, maints fidèles
Apportent un encens de pieds ou de guano,
L'abbé Vigoureux et son compère Etourneau
De la chaire, en cinq secs, dépassent les modèles.

Bossuet, Ezéchiel et Jocrisse, comme un
Seul homme, à travers leur discours se font entendre
Et la vieille Loti, plus fardé que Clitandre,
Rit au sabre avalé par le comte de Mun.

Hanotaux, en français d'almanach, pontifie :
Et tous, cabots, prélats, ont leur photographie
Dans les vitrines, près de l'assassin du jour.

L'œil somnole, en dépit des contenances roides,
Cependant, que malgré leur gorge faite au tour,
Les dames sans chemises ont un fort béguin pour

Barrès dont la froideur va jusqu'aux humeurs froides.

NATIONALISTES

Couronné de persil, d'ache et de seringat,
Estimé par Forain qui le passe à Defeure,
L'Eminent Ecrivain mijote dans le beurre,
Sous les yeux attendris du père Vascagat.

Cassagnac, tout enfant, aux plages malabares,
Frotté de graisse, avec des plumes dans le nez,
Cependant que ronflaient des peaux d'âne barbares,
Improvisa quelques chahuts bien soudanais.

Judet qui, chaque jour, suinte l'ignominie,
Arthur Meyer faisant manœuvrer son génie
A travers les bidets et les fonts baptismaux.

"Voilà donc quels vengeurs s'arment pour ta querelle,"
Patrie ! et Max Régis choyé des maquerelles,
Et Drumont élu par les dompteurs de chameaux !

VIEILLE DAME

> Inter Socraticos notissima fossa cinœdos.
> JUVÉNAL.

Après avoir morné tant de robustes piques,
— Heureux vaincu de ce combat qui lui fut cher —
Et poussé dans le plus intime de sa chair
" Les dragons chevelus, les grenadiers épiques ",

Ma tante Hippobinos adhère au boniment
Coppéen, par qui va fleurir la Paix aimée,
Sans nul autre désir que procurer à l'Armée
Son amour, en détail et collectivement.

Palpitant des viols subis avec ivresse,
Il imbibe les régiments de sa caresse,
Donne aux tringlots des noms de princes fabuleux.

Son cœur est grand ouvert à leurs jeux délétères,
Patriote comme chausson ! — Les cordons bleus
Et les vieilles putains aiment les militaires.

LA MALÉDICTION DE PALLAS

C'est au Palais-Bourbon plein de vétérinaires
Et de curés aux pieds fétides, que Pallas
Athéné, re .yant ce flot de cancrelats,
Se soulage en des hexamètres débonnaires :

Les voici donc tous ces goîtreux que décapa,
Dans les bourgs ou les préfectures taciturnes,
Le bain mal odorant et propice des urnes.
Voici Paul Deschanel plus veau que son papa.

Mais, hélas ! pour charmer l'ennui des heures flasques,
Je ne reverrai plus Barrès pareil aux masques
D'un Talleyrand dentiste ou d'un Guizot portier.

Et nous pleurons, moi, la Déesse et lui la peste,
Devant le noir Destin qui ne fait nul quartier,
Les deux cent mille francs que lui coûta sa veste !

LA PRIÈRE POUR TOUS

Rendons grâces à Dieu ! La Ligue bien venue
Réunit marguilliers, escarpes, chands de vin
Et journaleux nourris de pâte sans levain ;
La Vérité les scandalisa, toute nue.

Maintenant la Patrie est sauve. Triomphants,
Nous jaculons des vœux intéressés : Dieu donne
Quelques dents à Barrès ; à Coppée, une bonne !
Que Gunsbourg à Loti fasse beaucoup d'enfants !

Nous sommes sans talent, sans honneur et sans sexe.
Le bourgeois nous admire et déguste, perplexe,
Nos mélanges savants de fiel et de saindoux.

Les Jésus sont bons pour les matrulles hagardes.
Prenons, tel un chameau, des calus aux genoux !
— Quand il aura bénit toutes les vieilles gardes,

Puis tous les Ramollots, Dieu finira par nous.

ROCHEFORT AUX GLAVIOTS

Le macrobe de l'*Intransigeant*, le miché,
Vaudevilliste mûr pour les capucinades,
Reçoit du bran et des catharres en tornades
Sur son mufle où tous les bons bougres ont craché.

Restez villa Dupont, marquis, sur cette chaise
Percée où le grand âge et Vervoort vous ont mis,
Utile à votre femme et bon pour ses amis,
Mais ne vous risquez plus vers le Père-Lachaise.

Car les Jacques vous sauraient mettre au dépotoir,
Baladin qui, sur les restes de Victor Noir,
Défaillites, pâmé de frousses colossales.

Votre temps est fini, vieux pitre, ô Rochefort !
Vous êtes désormais, Géronte et non Beaufort,
Le protégé des flics et non le Roi des Halles.

SONNET

Marquis de Vascagat, ô Géronte, ô Gavroche,
Qui de la *gens* Vervoort appuyez le turbin,
Voici le temps pour vous, paillasse et coquebin,
D'exhaler un esprit qui n'est pas sans reproche.

Drumont, le sacristain nidoreux, le larbin
Dont les femmes en mal d'enfant craignent l'approche,
Laid comme un pou, va siéger près d'Ernest Roch,
Votre beau-frère seul clapote dans son bain.

Il ne connaîtra pas, ce phénix des beaux-frères,
La tribune où, deux fois, malgré les vents contraires,
Barrès porta sa tripe à la mode de Kant.

Pour sa croupe d'azur que le claque jalouse
Brummel n'aura de frac ni Thivrier de blouse
Et Lisbonne dira qu'il manque un peu de *cant*.

LES ELECTEURS DE LA MEURTHE
ET DE LA MOSELLE

Les électeurs de la Meurthe et de la Moselle
Curés, pacants, bourgeois aux gants de filoselle,
Mastroquets, tenanciers de lupanars aussi,
Les électeurs de Toul, de Briey, de Nancy,
Marguilliers sur leurs bancs et maçons dans leurs loges,
Se désopilent à déraciner les Vosges.
Car, tandis que Drumont, en Alger, fait florès,
La Moire, le Destin, l'*Anankè* sur Barrès
Exercent des rigueurs à nulle autre pareilles.
    En vain il rebattit sans pudeur nos oreilles
De la Lorraine (cet Auvergnat ?), du drapeau
Et de Hegel, les électeurs disent : " La peau ! "
    O comble de misère ! O douleur forcenée !
Pendant quatre ans encor, nous verrons des *Journées
Parlementaires* et les articles mordants
Où l'Intellectuel aux mâchoires sans dents
Exhale, chaque soir, âme de griefs pleine,
Sa rancune et le faguenas de son haleine.
    Qui pourrait cependant représenter l'émoi
Dont renâcle, en ce jour, le pontife du Moi ?
Avoir léché le... dos clérical de Boisdeffre,
(Rostand demanderait une autre rime en *effre*)
Avoir gueulé, tel un putois, contre Zola,
Etre la crème des pleutres, et rester là !
Cassagnac de qui les grands'mères, par la queue
Se suspendaient aux cocotiers des forêts bleues
Cassagnac, le babouin de Gascogne est élu,
Et Millevoye, et Déroulède qui n'a lu,
    Tant son âme est par le chauvinisme rouillée,
Ni Schopenhauer, ni les bouquins de Fouillée !

Ainsi Barrès, dont le suffrage universel
Goûte modérément le dandysme et le sel,
Récrimine. Un mégot à parfum de lessive,
Un *soutados* puant lui gratte la gencive,
Il prodigue aux cochers de fiacre les saluts

Et l'épicier du coin ne le reconnaît plus !

AUTRE MORICAUD

Avec le pur accent de Castre ou de Lombez
Fatigué de porter un nom de pot de chambre,
Thomas, qui harnaché d'un dolman bleu se cambre,
Fait sous lui des romans et les signe Esparbès.

Les ducs du Trou-bonbon et de la Confiture
L'admettent volontiers dans leur armorial.
Il chante aux calicots le geste impérial :
Coppée appelle ça de la littérature.

Il est gros, il est bête et sur son estomac
Porte un large ruban couleur de curcuma
Sans avoir inventé la poudre pour les mites.

Et, troubade qui met la lune dans un sac,
Il partage avec Paul Granier-de-Cassagnac
L'honneur cocasse d'être un nègre antisémite.

LE " PETIT EPICIER " FAIT SES PAQUES

Les ostensoirs, les Sacrés-Cœurs aux airs dévots
Les cloches et tout le fourbi des cathédrales
Inspirent à mon cœur des sentiments nouveaux
Qui consolent mes défaillances uréthrales.

Des vicaires qui n'ont jamais rien inventé
M'instruisirent sur les douleurs du Purgatoire.
La foi des humbles, la savante humilité,
Angélisent mon rein, que trop supinatoire !

Et c'est pourquoi je vais dans le petit local
Ingurgiter tout mon bon Dieu, le Fils, le Père,
Et l'Esprit, qui souvent, chez Xau, se fait la paire.

Comme Jonas, évacué par son rorqual,
Je bafouille pour la clientèle abrutie :
Ma fistule au " petit Jésus " sert de régal,

Et tous mes fondements sont pleins d'eucharistie

BALLADE

POUR MAGNIFIER LE " CERVEAU-CHEF "

Ernest Lafleur, Labranche ou Lajeunesse,
Et Laverdure, et Poilaunez, et Bec,
Et Jean Rameau vanté pour sa finesse,
Et le cafard, et le snob, et le grec,
Suivent Barrès-psychopompe, leur cheik.
Tous, à l'envi, pour humer la gadoue
Et récolter du pognon dans la boue,
Citent Hegel, avec des mots pédants ;
Mais lui, poussif, bientôt cane et s'enroue :
C'est un requin avec de fausses dents.

Il enviait au temps de sa jeunesse,
Les margotons et ceux qui font avec.
Son estomac, qu'emplit le lait d'ânesse,
Dégobillait cervoise et jérez sec.
Vénus lui fut généreuse en échec.

N'ombra jamais sa lèvre ni sa joue
Le poil follet dont Musette s'engoue.
Mais la Boulange, emmi ses claquedents,
Le vit monter " en esquivant la roue " :
C'est un requin avec de fausses dents.

Les électeurs, de Port-Vendre à Gonesse,
Fidèlement reconduisent son breack.
Lourdauds impurs ! Faut-il qu'on méconnaisse
Gœthe et Morny panachés de Gobseck,
Barrès enfin, tribun, dandie ou mec.
Son avaloire, où le chicot se joue,
Laisse filtrer une adorable moue,
Et, comme il fut nanti d'instincts prudents,
Au milieu des Ramollots, il s'ébroue :
C'est un requin avec de fausses dents.

ENVOI

Napoléon ! Bandit qu'un pleutre loue,
Vois ! Erynnis ton phantasme dévoue
A ce Barrès, frère des Péladans :
Et l'histrion sur ta peau fait la roue !
C'est un requin avec de fausses dents.

RÉSURRECTION

> *Le Salut n'a rien sauvé.*
> **MICHELET.**
>
> *Je n'aime pas les réputations
> surfaites.*
> Jules **VALLÈS.**

En ce temps-là, Jésus s'en revint sur la terre.

Malgré les francs-maçons et les fils de Voltaire,
A grand renfort d'écus, le monde entretenait
Des curés adipeux dans chaque presbytère.

Les moines qui n'ont pas la senteur de l'aneth,
Tant l'usage des bains leurs couennes importune,
Faisaient que le Veau d'Or crachât au bassinet.

Les bourgeois apportaient un louis, une thune
Et les frocards, oblats, maristes, capucins,
Ratichonnaient comme des porcs sur leur fortune.

Ils mendiaient au nom exhilarant des Saints,
Saint Guodegrin ou saint Antoine de Padoue
Et la crotte faisait provigner leurs essaims.

Ils trituraient comme des anges la gadoue.
Car, tu le sais, Mœrdès, vainqueur de Ploudaniel,
Ce ne sont point des lys que leur dextre secoue.

Ils prodiguaient le déjeuner d'Ezéchiel
Aux mécréants que désoblige la cuculle,
Tant leur zèle est fervent pour l'intérêt du ciel.

Donc, Jésus, par un soir d'avril, au crépuscule,
Apparut, tel, jadis, lorsque Rome ferma
Le Temple de la Guerre, au front du Janicule.

Autour de lui, grouillaient talapoin, uléma,
Et les nonnes qui font crever leurs orphelines,
Et ce Flamidien qu'un seul jour proclama.

La troupe noire des monges, des ursulines,
Les épiscopes, les " Mères " du Bon-Pasteur
Se confondaient en révérences patelines.

Toùs, avec de grands mots, attestaient que cet heur
Inattendu comblait leurs âmes de liesse.
Ils chantaient faux : " Noël ! Voici le Rédempteur ! "

Les chanoines, jouxtant leurs bedeaux et leur nièce.
Archedeacon et Syveton, les généraux
Dont l'honneur à l'instar d'un torchon se rapièce ;

Le grand calmacan des mouchards, Puybaraud,
Et Barrès que l'amour comme la politique
Abandonne à moitié chemin sur le carreau ;

Adelsward, collecteur de l'égoût socratique,
Item, Charles Maurras qui sent mauvais du né
Et Coppée, avec sa fistule eucharistique ;

Bruchard dont les yeux cuits, le teint de raisiné
Font voir la crapule et Boubou, le vieux qui bave,
Se ruaient aux genoux du Maître inopiné.

Les cercleux, les putains, les flics et ce burgrave
Arthur Meyer, autour du divin *sleeping-car*,
Semblaient les héritiers de Scapin ou de Dave.

C'était beau comme pour les marins russes. Car
Jésus, par l'Orient-express, avait fait route,
Ayant, pour mieux dormir, lu tes vers, Jean Aicard !

Il voulait, après deux mille ans, purger un doute,
Qui lui restait sur le bonheur du genre humain
Et savoir si son œuvre avait fait banqueroute.

Il entrait dans Paris. Sur son nouveau chemin,
Le public des grands bars et des grandes premières,
Diligemment se présentait au baisemain.

Tous les " honnêtes gens " éclos de leur tanière
Entouraient le nabi vêtu d'un bournous blanc
(Il ignorait encor la Belle Jardinière).

Le cardinal de pourpre, et le juge insolent,
Et le nonce, et la présidente et l'amirale,
Cependant que vibrait un carillon hurlant,

Conduisirent Jésus devant la cathédrale.

N'entre pas dans ce lieu de ténèbre et de mort !

Toi qui pleuras, un jour, d'angoisse ou de remord,
Quand perlaient à ton front des sueurs d'agonie,
Vaincu par l'abandon et par le déconfort :

N'entre pas dans ce lieu d'où ton âme est bannie !
Viens avec nous, avec le Pauvre qui t'aima !
Viens goûter avec nous l'espérance infinie.

Tes prêtres, comme ceux de Zeus et de Brâma
Se nourrissent de vol, de crime et d'imposture,
Et couvent leurs trésors au champ d'Haceldâma.

Ils outragent l'amour, la vie et la nature,
Ils insultent la pécheresse aux tendres yeux
Et dans le fruit naissant cachent la pourriture.

Sur un trône ouvragé de métaux précieux,
Vêtus d'or, ululant des hymnes violentes
Leur cri nocturne aboie au chaste jour des cieux.

Ils te gardent captif sous leurs voûtes croulantes
Et leur haine a planté des épines encor
Dans tes mains que des clous de rubis ensangalntent,

Arrache-les, ces clous ! Brise le vain décor
Du mensonge, de la laideur et de la honte.
Sous les arbres en fleurs pleure la voix du cor.

Le matin rose et bleu comme un sourire monte.
C'est le nouveau printemps, ô frère d'Adonis,
Un avril de douceur et de justice prompte.

Retourne aux insurgés, aux souffrants, aux bannis,
Anarchiste ! L'amour brode sa villanelle.
Viens, te mêlant aux chœurs des hommes rajeunis,

Chanter l'*alleluia* de la Pâque éternelle.

DIX-HUIT BALLADES FAMILIÈRES
POUR EXASPÉRER LE MUFLE

> *Les Dieux s'en vont ; plus que*
> *des hures.*
> (Jules LAFORGUE, *Imitation de*
> *Notre-Dame La Lune*).

BALLADE CASQUÉE
DE LA PARFAITE ADMONITION

> *Voici venir le Buffle, le Buffle*
> *des buffles ! — le Buffle. Lui seul*
> *est buffle et tous les autres ne sont*
> *que des bœufs. Voici venir le*
> *Buffle, le Buffle des buffles —*
> *le Buffle !*

Le verbe sesquipédalier,
Le discours mitré, la faconde
Navarroise du Chevalier,
A Poissy comme dans Golconde,

Essorillent le pleutre immonde.
Mais, loin de tout bourgeois nigaud,
Hurle ta palabre féconde :
Sois grandiloque et bousingot.

Bourget, ce fameux bachelier,
Cultive, pour les gens du monde,
Quelques navets en espalier.
O Will ! monsieur Dorchain t'émonde
Et Paravey joue *Esclarmonde ;*
Qu'importe, fils ! Baise Margot,
Et dona Sol, et Rosemonde :
Sois grandiloque et bousingot.

Décris un geste singulier,
Pousse un juron admirabonde.
Voici venir le timbalier !
Qu'à Hugo Bouchardy réponde !
Conquiers les Iles de la Sonde
Et maint royaume visigoth
Par ta durandal sans seconde :
Sois grandiloque et bousingot

ENVOI

Prince, le seigle a son ergot
Et des poux vivent sur l'aronde.
Pécuchet tient la mappemonde.
Sois grandiloque et bousingot.

BALLADE
POUR EXALTER LES DOYENNES DU PERSIL

« Viennent les marguilliers pervers,
« Les bedeaux porteurs de cautères,
« Les gros messieurs chargés d'hivers
« Je couronnerai d'anothères,
« De lilas et de myrthes verts
« Toute la chambre des Notaires ! »

L. T.

Leurs mamelles où nos bisaïeux se sont plus
Ballottent, à présent, de manière fantasque.
Le henné rouge sur leurs crânes vermoulus,
Leurs crânes pareils à des ris de veau boullus,
Imprime tels magmas qu'on ne rincera plus.
Leurs museaux d'ichneumon, de pieuvre, de tarasque
Bâillent : ainsi le trou punais de l'Achéron.
Voici les dents d'émail sur le chicot marron
Et les robes couleur d'enfants, rose ou citron :

Car ces dames, ayant braguettes soulagées,
De fastueux chichis pavoisent leur giron :
Los aux vieilles putains d'ans et d'honneurs chargées !

En faveur des meschins pauvres et résolus,
Leur générosité vénérienne casque.
Ignorant, comme il sied, Malte-Brun ou Reclus,
Le muletier avec force auvergnats poilus
Affronte de grand cœur ces palus et ces glus
Fétides, nonobstant les huiles bergamasques.

(Est-il bardeau, mulet, viédaze, aliboron,
Pour oser en tel lieu risquer un pauron ?)
Elles défaillent avec les cris de Baron
Au seul aspect des génitoires insurgées
Et monsieur Deschanel à les servir est prompt :
Los aux vieilles putains d'ans et d'honneurs chargées !

Clamons : *Io pæan !* En des bouquins peu lus,
Carmen Sylva, la Ratazzi qui semble un masque
Japonais et madame Adam aux bras velus
Des petits jeunes gens quémandent les saluts.
— O sous vos cheveux bruns Lafayette et Caylus !
Sans parvenir jamais à la dernière frasque,
Elles bouillonnent, tel un magique chaudron,
Cependant qu'imbibé de fards et de goudron,
Loti, cagneux mais beau, darde son éperon
Pour l'ébattement des vétustes Lalagées
Et présente frère Yve à leur décaméron.
Los aux vieilles putains d'ans et d'honneur chargées !

ENVOI

L'arbre caduc, jetez les rameaux et le tronc.
Prince, beau tourmenteur, Ezzelin ou Néron,
Coiffe ton casque d'or, atteste le héron
Et que grands-mères par tes ordres fustigées

Elles payent enfin leur obole à Caron,
Ces antiques putains d'ans et d'honneurs chargées,

BALLADE

TOUCHANT L'IGNOMINIE DE LA CLASSE MOYENNE

Croutelevés et marmiteux
De Nevers, de Chartre ou de Tulle,
Spatalocinèdes piteux
Couverts de gale et de pustule,
Ce bourgeois qui récapitule
— Etant ladre mais folichon,
Le *quantum* de votre sportule,
C'est de la viande de cochon.

Philistins gâteux, ce sont eux,
Les miteux, que chacun gratule,
Malgré leurs gestes comateux,
Leur ventre et leurs doigts en spatule ?
Gazons ceci de quelque tulle :
O Pétrone ! faut un bouchon
Quotidien dans leur fistule.
C'est de la viande de cochon.

Tous, notaires galipoteux,
Monteurs de coups et de pendule
Dentistes, avoués quinteux,
Tous, le jobard et l'incrédule,
Violent, moyennant cédule,
Et tous, pour ne payer Fanchon,
Citent les *Devoirs* de Marc-Tulle :
C'est de la viande de cochon.

ENVOI

Prince dont le boyau flatule,
Paul Bourget et madame Hochon,
Et Deschanel, et sa mentule,
C'est de la viande de cochon.

BALLADE
SUR LA FÉROCITÉ D'ANDOUILLE

> *Le Serpens qui tenta Eve estait andouillicque, ce non obstant est de luy inscript qu'il estait fin et cauteleux sus tous aultres animaus. Ainsi sont Andouilles.*
>
> *Pantagruel*, liv. IV, chap. XXXVIII.

Loups-garous, stryges et harpie,
D'aucuns ont un mufle camard;
Chez d'autres le groin copie
Estramaçon ou braquemard.
Empouse, lion de Saint-Marc,
Amphiptère jamais bredouille,
Crocute aux pinces de homard.
Qui plus est maupiteux ? L'Andouille.

Ogresse léchant sa roupie,
Babeau vêtu de poulemart,
Fane aux yeux clairs et malepie,
Caciques de Gustave Aymard,
Les Cauchemars goûtent comme art
Extasié la bonne " douille ".
Mais, du brucolaque au jumart,
Qui plus est maupiteux ? L'Andouille.

Chimère aux sables accroupie,
Nains cagneux supputant le marc
Du teston ou de la roupie.
Voici, malgré Pline et Lamarck,
Entre Suresnes et Clamart,
Voici l'étrange niguedouille,
Frémine avec son galimard.
Qui plus est maupiteux ? L'Andouille.

ENVOI

Prince, banneret, jacquemart,
Ferlampier et coquefredouille,
Rifflandouillez sur le trimard.
Qui plus est maupiteux ? L'Andouille.

BALLADE PARNASSIENNE
EN FAVEUR DE MONSIEUR JEAN LABÉTE DIT RAMBAU

> *Et, pour comble d'horreur, les animaux par lèrent.*
> L'abbé Delille.

Chœur déchaînés sur l'Oréas neigeuse,
Faune velu, Thyade aux jeunes flancs,
Vous qui menez la cordace orageuse
De l'antre humide aux pics étincelants
Et qui, le soir, par les taillis hurlants,
Crucifiez de vos belles morsures
La chair du faon et des louves, peu sûres
Bacchantes, je chanterai sous l'ormeau
Notre Rameau franc de toutes luxures :
Le meilleur veau, c'est encor Jean Rameau.

Rameau n'a point la mine avantageuse.
Qu'aux seuls gandins prêtent les bons merlans.

Hispide, avec une boule rageuse,
Il " va-t-en-ville " exhiber ses talents
Et naqueter pourboires, en gants blancs.
Doux locatis, il hume les rincures
Du faux moët, des bavaroises sures
Et des orgeats où trempe un chalumeau.
Quelque blanc d'œuf a verni ses chaussures,
Le meilleur veau, c'est encor Jean Rameau.

Muse des bois, sonore voyageuse,
Oncques n'ouïs ce Rameau plein d'élans
Crier d'amour quand fleurit Bételgeuze.
Mais comme il a votre âme, goëlands,
Son vœu chérit les animaux bêlants :
Enfantelets, porcelets, moutons, ures.
Tel palabrait, en dépit des censures,
L'engastrimythe Ursus avec Homo;
Tel, ô Bourgeois, il émeut vos fressures :
Le meilleur veau, c'est encor Jean Rameau.

ENVOI

Prince au bouclier d'or, qui nous assures
Contre l'ennui fauteur d'âpres blessures,
Que Péladan parle du roi Schlémo,
Qu'Ohnet soit lu dans les " Poids et Mesures ",
Le meilleur veau, c'est encor Jean Rameau.

BALLADE

DE LA GÉNÉRATION ARTIFICIELLE

> MÉPHISTOPHÉLÈS. — *Un homme ! Et quel couple amoureux avez-vous donc enfermé dans la cheminée ?*
>
> WAGNER. — *Dieu me garde ! L'ancienne mode d'engendrer, nous l'avons reconnue pour une véritable plaisanterie. — ... Nous tentons*

d'expérimenter judicieusement ce qu'on appelait les forces de la Nature ; et ce qu'elle produisait jadis organisé, nous autres, nous le faisons cristalliser.

Gœthe, Le second Faust.

Wagner, chimiste qu'exténue
Le grimoire du nécromant,
Distille, au fond de sa cornue,
La salamandre et l'excrément,
Et le crapaud que, doctement,
Assaisonne la verte oseille,
Pour que soit clos, en un moment,
L'homuncule dans la bouteille.

Catarrheux, il étreint la Nue.
Fi de la Belle-au-Bois-Dormant !
Fi de la galloyse charnue,
Du mignon et de la jument !
Gaûtama ! le renoncement
Absolu que Ton Doigt conseille
Préside à cet accouchement :
L'homuncule dans la bouteille.

Plus de vérole saugrenue !
Plus d'argent-vif ou d'orpiment !
Hélène, avec sa beauté nue,
Intoxique le jeune Amant.
...vous donc tout simplement,
Au coin du feu, sous une treille :
Puis décantez modestement
L'homuncule dans la bouteille.

ENVOI

Fleurs des gitons, Prince Charmant,
Nonpareille est cette merveille
Offerte à votre étonnement :
L'homuncule dans la bouteille.

BALLADE
QUE FIT L'AUTEUR POUR UNE PÉCHERESSE DE SES AMIES

De Montmartre ou de Villejuif,
De Saint-Omer ou de Beaucaire,
Sintoïste, mormon ou juif,
Clerc d'huissier ou d'apothicaire,
Maçon aux gestes en équerre,
Soudrille imbu de chasselas
Qu'embrase parfois la moukère,
Va dormir chez Saint-Nicolas !

Une odeur de crotte et de suif
Et de ratatouille précaire
Dans l'escalier dégueule bouïf.
Au lit égayé d'urticaire,
La punaise des deux Macaire
Et ces poux que tu régalas,
Benoît Labre, se font enquerre.
Va dormir chez Saint-Nicolas !

Exécrable au doux monsieur Cuïf,
Le boucher succède au vicaire
Alternatif avec le bouïf.
Beauclair, émule de Vicaire,
Dissipant son meilleur calcaire,
Pour dix francs — prix de ces galas —
Rêve aux oulels-naïfs du Caire.
Va dormir chez Saint-Nicolas !

ENVOI

Prince, madame Ségalas
Aux bas-bleus ne la vante guère.
Mais Jean Chouard s'équipe en guerre :
Va dormir chez Saint-Nicolas.

BALLADE
SUR LE PROPOS D'IMMANENTE SYPHILIS

> *Toi, jeune homme, ne te désespère
> point : car tu as un ami dans le Vampire
> malgré ton opinion contraire. En comptant
> l'acarus sarcopte qui produit la gale, tu
> auras deux amis.*
>
> *Les Chants de Maldoror*, chant 1er.

Du noble avril musqué de lilas blancs
Hardeaux paillards ne chôment la nuitée.
Mâle braguette et robustes élans
Gardent au bois pucelle amignottée.
Jouvence étreint Daphnis et Galathée.
Un doux combat pâme sur les coussins
Ton flanc menu, Bérengère, et tes seins
Jusques au temps que vendange soit meure.
Or, en ces jours lugubres et malsains,
Amour s'enfuit, mais Vérole demeure.

L'embasicète aux harnais trop collants
Cherche, par les carrefours, sa pâtée,
— Nourris, Vénus, les mornes icoglans ! —
Ce pendant que matrulle Dosithée
Ouvre aux cafards la porte assermentée.
Las ! nonobstant baudruches et vaccins,
Durable ennui croît des plaisirs succincts.
Au bords du Guadalquivir et de l'Eure,
Il faut prendre conseil des médecins :
Amour s'enfuit, mais Vérole demeure.

Maint prurigo végète sur vos flancs,
L'humeur peccante a votre chair gâtée,
Jeunes héros des entretiens brûlants !

Que l'hydrargyre et l'iode en potée
Lavent ce don cruel d'Epiméthée,
Robé par lui chez les dieux assassins,
Vivez encor pour tels joyeux larcins !
Et Priapus vous gard' de la male heure,
De Krysinska, des lopes, des roussins :
Amour s'enfuit, mais Vérole demeure.

ENVOI

Prince d'amour que fêtent les buccins,
Imitez la continence des Saints,
Jeune Adelsward, gravez la chantepleure
De Valentine au trescheur de vos seings;
Amour s'enfuit, mais Vérole demeure.

BALLADE A MES AMIS DE TOULOUSE
POUR LES REMETTRE
EN GOUT DES FRIANDISES QU'ON Y SERT

> *Lorsqu'il arrivait que quelqu'un admi-*
> *rait la bonté de quelque viande en sa*
> *présence, il ne le pouvait souffrir...*
> Jacqueline PÉRIER, *Vie de Pascal.*

Du Capitole à Saint-Aubin,
La ville où Bonfils se gangrène
Est accueillante pour l'aubain.
Dans ses murs de briques, la raine
Ranahilde jadis fut reine.
Mais les princes du tranchelard
Brillent toujours en cette arène :
On mange du veau chez Allard.

Foin du *puchero* maugrabin,
Des sterlets du Volga, du renne,

De ces grouses qu'offre un larbin
Et des tragopans de l'Ukraine.
Raca sur l'huître de Marenne,
Sur l'huître pareille au molard,
Sur la banane et la migraine :
On mange du veau chez Allard.

Viennent le puceau coquebin
Et la mérétrice foraine
(Ces gens ont-ils l'ordre du Bain ?)
Et Chérubin et sa marraine !
Il sied que la jeunesse apprenne
A conspuer Royer-Collard,
Parmi les coupes de Suresne :
On mange du veau chez Allard.

ENVOI

Prince trop gavé de murène,
Ce maître-queux sinistre à l'art
Des ragoûts à l'huile de frêne :
On mange du veau chez Allard.

BALLADE
POUR SE CONJOUIR AVEC LE "PETIT CENTRE"

Tout renaît ! Le commerce des
bestiaux va reprendre.
Du *Petit Centre* de Limoges.
Le 7 décembre 1888.

Tout renaît ! Sur le tympanon,
Sur l'ophicléï de assassine,
Sur la peau de zèbre ou d'ânon
Et sur le hautbois qui dessine

Maints phantasmes de bécassine,
Hurlons — tel Pompignan Lefranc,
Tel un butor dans sa piscine :
Le commerce des veaux reprend.

Palmes ! Discours et gonfanon
Tricolore ! O la capucine
Que porte au creux de son fanon
La maîtresse chère à Lucine !
Elle eſt bovine, elle eſt porcine,
Elle raffole du hareng.
Son époux la nomme Alphonsine !
Le commerce des veaux reprend.

Babouiné comme guenon,
Ce préfet chauve nous bassine,
Il parle, je crois, de Zénon
Et déclame un vers de Racine.
Pour le guérir, quelle racine ?
Quel bézoard mal odorant ?
Dis-nous, Paſteur, quelle vaccine ?
Le commerce des veaux reprend.

ENVOI

Prince, notre soulas eſt grand !
Posez, devant claires fascines,
Belles spatules vervécines :
Le commerce des veaux reprend.

BALLADE
POUR ASSAINIR LA CHOSE LITTÉRAIRE

*Le sang, la bile, toutes les humeurs
qui s'écoulent des reins et de la peau sont
conſtamment empoisonnés ; la santé, la*

vie même sans cesse menacées par la
production ininterrompue de ces venins
humains, tout aussi redoutables que ceux
des reptiles les plus dangereux.
        Almanach du Rural pour l'an 1890.

Odeur de pieds, senteur de bouches,
Et ridicule énormément,
C'est Péladan-Tueur-de-Mouches.
Pour l'escadre et le régiment,
Pierre Loti, ce diamant,
Quitte Nana, voire Isabelle.
Ces pasquins manquent d'agrément :
Nous les mettrons dans la poubelle.

Pas de phrases, ni de retouches !
Valabrègue prêta serment
D'égayer les femmes en couches.
Pompon gai comme un lavement,
Dubrujeaud couillon alarmant,
Et Poitrasson que ne rebelle
Oncques nazarde au fondement :
Nous les mettrons dans la poubelle.

Oh ! les chasser, telles des mouches
A viande ! Sus, bon Nécromant !
Icelui transforme en babouches,
L'un en porc et l'autre en caïman !
Ils sont le plus bel ornement
Du *Gil Blas !* mais, sous cette ombelle,
Cueille-les rigoureusement :
Nous les mettrons dans la poubelle.

ENVOI

Prince, un dieu les garde. Comment
Les trucider par ribambelle ?
N'ayant plus l'essorillement,
Nous les mettrons dans la poubelle,

BALLADE
DU MARCHAND D'ORVIÉTAN

*Il faut que cet homme-là soit
trépassé ; car il ne dit rien et sent
furieusement mauvais.*

Mᵐᵉ CORNUEL,
apud TALLEMANT DES RÉAUX.

Voici la rue et le plantain,
Le jus de taupe et la merd'oie;
Voici la graisse de putain,
Le cloporte, le ver à soie
Et le bol que Fagon emploie.
Ci la Bête du Gévaudan,
Ecco le fiel de la baudroie :
Voici les pieds de Péladan !

Repiflez un peu ! Ni le thym,
Ni la peau d'Espagne où se choie
L'orgueil ducal d'un blanc tétin,
Ni l'ambre, ni l'huile de foie
Que l'Islande à Barrès envoie,
Ni tes narcisses, Eridan,
Au humer n'offrent tant de joie
Voici les pieds de Péladan.

Quel charme ignoré du Bottin
Envoûte l'amoureuse proie ?
Nébo l'a dit à Trissotin.
Donc, lâchez un peu la courroie
De votre bourse et que l'on m'oye :
Pour que bachelette (à son dam !)
Livre aux mages la petite oie,
Voici les pieds de Péladan !

ENVOI

Prince d'Elseneur ou de Troie,
Fuyez l'œuvre d'Adolphe Adam
Et ces baumes que je déploie :
Voici les pieds de Péladan !

BALLADE 14 JUILLET

Clairons, trompettes et hautbois.
Chant du Départ et *Marseillaise*
Beuglent sur le pavé de bois.
Les rousses-cagnes, dans leur fraise,
S'en vont au pourchas de la braise
Près du quai Michel, ce Lido;
Voici le lendemain du treize :
Ça se fête *degueulando.*

Joseph Prudhomme et Pipenbois,
Les gentlemen de la Corrèze,
Ceux du Perche et ceux de l'Artois
Eructent mainte catachrèse
(Au veau l'on reconnaît la fraise !)
Le roussin avec le bedeau
Se convomissent à leur aise :
Ça se fête *degueulando.*

Mais, où donc est la fleur des pois ?
Montesquiou, Péladan, Barrès-e,
Les Bourget et les Dieulafoy
Sollicitant la diurèse ?
Les ceuss qui viennent de Manrèse,
Bloy vociférant son *credo*
Et mon frère Yve en Navarraise ?
Ça se fête *degueulando,*

ENVOI

Prince, qu'éleva dans Sorrèze
Un moine à tripes de vedeau,
Plus n'eſt besoin de rime en " rèse " :
Notre joie eſt combien française !
Ça se fête *degueulando*.

BALLADE

POUR S'ENQUERIR DU SIEUR ALBERT JOUNET

> *M. Jhouney s'appelle Jounet, mais
> quand il publia* Les Lys noirs, *recueils
> de vers " ivres d'Elohim " et conſternants
> de platitude, il crut devoir adopter cette
> orthographe cabaliſtique, la jugeant plus
> convenable pour un mage qui s'effare " de-
> vant l'obscurité où s'enveloppe Iod-Héva
> l'Inaccessible ".*
>
> L'*Ouvreuse*, lettre **xxx**.

D'ou vient ce thaumaturge pour
Les vieilles gaupes claudicantes ?
De Stockholm ou de Visapour,
Ou du bordel que tu fréquentes,
Guérin aux lèvres éloquentes ?
Sort-il de Tarbe ou de Java ?
Place-t-il du vin, des toquantes,
Jhouney pochard d'Iod-Héva ?

A-t-il, un soir de *Iom Kippour*,
Envoûté le bouc, ô Bacchantes ?
Et sous les gibets — *Alas ! poor
Yorick !* — fané de vésicantes
Aigremoines et des acanthes ?
Quel Brâhmapoutra l'abreuva ?
Quel *liebfraumilch ?* quels alicantes,
Jhouney pochard d'Iod-Héva ?

Le gong, l'archiluth, le tambour
Mugissent toutes fois et quantes
G. Papus lui lit : *A Rebours*.
Ceignez ses tempes coruscantes
De fleurs, marquises et pacantes !
Même, octroyez quelque linve à
Ce bonze honni des cruscantes,
Jhouney pochard d'Iod-Héva.

ENVOI

SAR Nébo, puisque tu décantes
L'escafignon cher à Çiva,
Dégrise en ces odeurs piquantes
Jhouney pochard d'Iod-Héva.

BALLADE DES BALLADES

> *Tous les almanachs portent les*
> *marques de sa muse.*
> RIVAROL.

Tel Macrobe, ce doux gaga
Déjà trop mûr pour Proserpine,
Tel Nana-Saïb qu'élaga
La béate chauve et rupine,
Tancrède, Marseillais, opine
Et propage ce rythme qu'on
Engrosse comme une lapine :
Tancrède Machin est un sot.

La Ballade ! O cieux ! Quel zinc a
Celui qui plante cette épine !
Point n'est besoin de seringa,
De violette cisalpine.

Tancrède a la face poupine,
Il estime l'amer Picon.
La mouche fuit quand il jaspine :
Tancrède Machin est un sot.

Du fleuve Amazone au Volga,
d'Asnière à l'île Philippine,
Quel primate se distingua
Plus que Tancrède en la rapine
Oraculaire et turlupine ?
Que gardé soit-il du boucon,
De l'arsenic, de l'atropine !
Tancrède Machin est un sot.

ENVOI

Prince, dont l'engeance vulpine
Craint les dogues et le faucon
Besogne dru, mange et popine :
Tancrède Machin est un sot.

BALLADE

ITÉRATIVE SUR LA CONCUPISCENCE

QUI NOUS TIENT DU PROBOSCIDE A MA TANTE VIAUD

On ne lit guère au Parc Saint-Maur
L'œuvre Sidoine Apollinaire,
Ni Fulgence, ni Raban Maur.
Mais, loin du muf stellionaire,
Moi qui reviens de Saint-Lunaire
Aux fins d'être un peu diverti,
Parmi les groins qu'on vénère,
Je veux voir la trogne à Loti.

La jambe faite en cyclamor,
Peint d'un rouge extraordinaire,
Et fameux chez les gars d'Armor,
Loti, mignon quadragénaire,
A des brosseurs qu'il rémunère
Et des gabiers d'O'Taïti.
Yann Nibor charge son tonnere,
Je veux voir la trogne à Loti.

A Sinaïa comme à Windsor,
Des rois il eſt le partenaire;
Bourget n'a pas un tel essor.
Jean Aicard, babouin congénère,
Chasse les mouches de son aire
Par l'odeur dont il fut loti.
Ainsi qu'un aſtre sublunaire,
Je veux voir la trogne à Loti.

ENVOI

Prince d'un lourd diƈtionnaire,
Les vieilles gens du quai Conti
Célèbreront son millénaire :
Je veux voir la trogne à Loti.

BALLADE

A MOTS COUVERTS DE L'INFANTILE PARAGUANTE

> Hi sunt qui cum mulieribus non
> sunt coinquinati; et in ore eorum
> non eſt inventum mendacium.   **Les
> SS. Innocents. A nonne.**
>
> *Voici les Bienheureux que la femme
> n'a pas coinquinés. Ce n'eſt point le
> mensonge qu'on a trouvé dans leurs
> bouches.*

Calamiteux et menant la " poſtige ",
Sur le trottoir que Barrès a dompté,

Le camelot secoueur de vertige,
Bardache mais nullement breveté,
Garrulle avec impétuosité,
Journaux, poil à gratter en macédoine,
Préservatifs amoureux pour chanoine,
Que ne vend-il, le ribaud triomphant ?
Son *leit motive* est à charmer idoine :
Joli cadeau à faire à un enfant.

Pierre Loti, par qui Zola s'afflige,
Baisa les Sarimpis couleur de thé,
Aux négrillons infusa la voltige
Et fit crever quelque jaune beauté
De l'Orénoque ou du Palais d'Eté.
Mais, pour bailler à son courtaud l'avoine,
Le conjouir et le tirer d'essoine,
Yves est là que l'Institut défend.
Le matelot de cet écrivain coine,
Joli cadeau à faire à un enfant.

Frère Bitard, dont l'avant-bras fustige
Plus d'un puceau très bas déculotté,
De Sainte-Eglise avère le prestige
Et Rafaroust, magistrat, fut cité
Pour l'ingénu de sa lubricité.
Le gros vicaire avec le paillard moine,
Sans bézoard, jayet, ni calcédoine,
Brisent la porte et le mur de refend.
O leurs engins valant tel patrimoine,
Joli cadeau à faire à un enfant.

ENVOI

Princes, Argis, cueillant sauge et pivoine,
Chez Henri Laus rencontre Papavoine :
Seigneurs bougrins, sonnez votre olifant !

Le mal de Naple et le feu Saint-Antoine,
Joli cadeau à faire à un enfant.

BALLADE
CONFRATERNELLE POUR SERVIR A L'HISTOIRE
DES LETTRES FRANÇAISES

> *Oh ! les cochons ! les cochons ! les cochons !*
> S. M.

Or sus, venez, gens de plume et de corde,
Pauvres d'esprit, cacographes, soireux,
Blavet, Meyer dont la tripe déborde,
Champsaur égal aux Poitrassons glaireux,
Et Wolff l'eunuque, et Mermeix le lépreux.
Montrez-vous sur les foules étonnées,
Cabots, sagouins, lécheurs de périnées :
Attollite portas ! Voici Daudet !
Formez des chœurs et des panathénées !
C'est Maizeroy qui torche le bidet.

Toi qu'un dieu fit, en sa miséricorde,
Imperméable au style, gros foireux
Qui des duels aimes le seul exode,
Formentin ! comme un fessier plantureux,
Haut le cap ! Marche à l'ombre de ces preux !
Sous les fanons aux lances adornées,
Albert Delpit louche des deux cornées,
Et Jean Rameau, très innocent baudet,
Clame des vers pour deux ou trois guinées.
C'est Maizeroy qui torche le bidet.

Monsieur Papus, qu'il ne faut pas qu'on morde.
Fait voir la lune aux pantes généreux.
Ave, Baju ! Sous une chemise orde,

Le Péladan et ses pieds butyreux
Item Sarcey (du genre macareux).
Paul Alexis, en phrases peu tournées,
Mène à Lesbos les gothons surannées.
Noël l messieurs, Noël devant Cadet,
Peptone des gaſtralgiques dînées l
C'eſt Maizeroy qui torche le bidet.

ENVOI

Prince fameux chez les momentanées,
Que son engin à bas prix culbutait
Compilateur de cent macaronnées,
Baron aussi, depuis quelques années,
C'eſt Maizeroy qui torche le bidet.

CHANT ROYAL DE LA MANSUÉTUDE
ECCLÉSIASTIQUE

Ecclesia abhorret a sanguine.

Afin que mieux soit sa bonté connue,
Je veux, Seigneur, sur un rythme ancien,
Chanter l'Epouse à ton cœur bien venue
Que, pour le carme et le sulpicien,
Nabi Schlémô, paillard magicien,
Prophétisa dans les points et cédille
De son *Cantique*. Elle eſt douce, godille
Comme un beau lys par l'aube caressé;
Oncque le sang ne rougit sa mandille :
La Sainte Eglise abhorre au sang versé.

Pourtant il sied que Ferveur maintenue
Avec l'athée ou le pyrrhonnien
De Belzébuth, emplisse la cornue.

Epoussetons juif et luthérien ;
Que l'indévot paie et ne garde rien !
C'est pour très cher qu'on pend, qu'on essorille,
Que le troupeau sustente qui l'étrille.
Nous n'avons pas renié le passé :
Vois ! Dans Montjuich, dans Cuba, dans Manille
La Sainte Eglise abhorre au sang versé.

Père Didon, ta voix frappe la nue
Et Rochefort te vante à Possien :
L'autodafé par vos soins continue.
Ténor pieux, cher au boétien,
Meyer t'approuve et Jamont te fait sien.
Pour toi, Guérin frappe, Thiébaud nasille
A nous, soldats ! qu'on brûle, qu'on fusille
Tout scélérat suspect d'avoir pensé,
Que dans l'ivraie on plante une faucille !
La Sainte Eglise abhorre au sang versé.

Au bois d'Arcueil oû Science est menue
Fleurit le sport peu cicéronien.
En caleçon et la poitrine nue,
Les jeunes veaux ignorants, ô combien !
S'exercent en un match quotidien.
Sous les maillots brodés de canetille,
Un *foot-baller* catholique émoustille
Quelque bedeau prompt à faire *da se*.
Au Racing-Club, l'enfant de chœur titille
La Sainte Eglise abhorre au sang versé.

Ainsi grandit l'engeance biscornue !
Bourgeois, cafard, gâteux patricien,
En baladin le monstre s'atténue
Et Dominique au rhétoricien
Apprend le saut de carpe ou le maintien.

Torquemada sourit dans sa golille
Quand, écuyer de chevaux ou de filles,
Son *alumnus* convomit Pressensé,
Quand sur Zola Cassagnac dégobille :
La Sainte Eglise abhorre au sang versé.

ENVOI

Tourne les yeux vers Alger où l'on pille !
Drumont, chacal mâtiné de gorille !
Ton chapeau bleu rayonne au quai d'Orsay,
Bon constructeur des Ham et des Bastilles,
Cuistre sanglant plus bête que Sarcey,
Dos et convicts te sont une famille :
La Sainte Eglise abhorre au sang versé.

QUELQUES VARIATIONS POUR DÉPLAIRE
A FORCE GENS

A P.-B. GHEUSI
en souvenir des heures de poésie et d'amitié.

COMPLAINTE EN FORME D'ÉLÉGIE
TOUCHANT L'ABSENCE DE MÉTAL PAR QUOI L'AUTEUR
EST INCOMMODÉ

Je suis nu comme un sans-chemise
Qui n'aurait pas de suspensoir,
Hélas ! et je manque de mise
Pour bluffer au *pocker*, le soir.

Les demoiselles incongrues
Qui, dans l'espoir de faire un vieux,
Stationnent au coin des rues,
Sur moi ne jettent plus les yeux.

Pour moi, le veau mue en squelette
Et les gargotiers irrités
Enguirlandent ma côtelette
D'un cresson d'incivilités.

Ces bordeaux auxquels tu veux croire,
Explorateur des tours Eiffel,
N'abreuvent plus ma triste poire ;
Vichy me refuse du sel !

Vous qui jamais ne vous privâtes
Des luxes les plus onéreux,
Qui buvez des copahivates
Pour vos accidents amoureux;

O Philistins de toute robe,
Economistes et cornards,
Dites ! quel océan dérobe
Le clair lingot, parmi les nards ?

Où se cachent les effigies
Qui, sur des écus variés,
Constatent les pathologies
Des potentats avariés ?

Où les Républiques augustes
Mais à poils, inscrivant des lois
Sur l'or des louis d'or,très justes
Quand arrivent les fins de mois ?

Dis, le sais-tu, Clémence Isaure
Dont les fleurs auraient eu le don
De réjouir l'ichtyosaure,
D'estomaquer l'iguanodon ?

Et toi, Sarcey, bedaine vaste
Recteur de tous les odéons ?

Sarcey, ton Apollo dévaste.
L'âme des vieux accordéons.

Le savez-vous, Ohnet, Lemaître,
Toi, Jean Rameau, qui fais des vers
Pentamètre dont chaque mètre
Comme toi marche de travers ?

J'irai, fût-ce en Patagonie,
Chercher ce *reingold*, oui, j'irai
Sur la grande mer infinie,
Car mon crédit est délabré.

Et je préfère vos zagaies,
Anthropophages batailleurs,
Aux réclamations peu gaies
Des mastroquets et des tailleurs.

INTIMITÉ

Julia, a masturbationibus.
Inscription du Columbarium d'Auguste.

Or, Marpha Bableuska trônait en robe verte.
— C'était bien peu de temps après la découverte
Du téléphone et des pastilles Géraudel. —
La Marpha paraissait un sujet de bordel.
Ce néanmoins, et faisant trêve à leurs tapages,
Les pessimistes et les rimailleurs — quels pages !
Ornaient ses vendredis tumultueusement.
Et Marpha qui goûtait des monceaux d'agrément
Popinait au *Bas-Rhin*, luxe cardinalice !
Elle dormait sous des tapis de haute lice
Et le michet, qu'il fût Falstaff ou bien Hotspur,
Trouvait, sous sa toilette, un bidet d'argent pur.

On la payait trois francs, jusques à quatre même.
Pour un tel prix, Fanchon, qui d'aventure m'aime
Fréquenterait avec le plus obscène juif.
Les bottes de la dame étaient pleines de suif
Et le beurre inondait ses épinards.

                                         On dit que,
Pour les reins affaiblis du magistrat sadique
Et le contentement des chanoines pansus,
Tels flagellants secrets par ses mains étaient sus.
Le pianiste Dusautoy, que chacun gifle,
Pour l'amour d'elle eût assumé quelque mornifle,
Nonobstant les garçons du café Roy ; Baju,
Le stupide Baju qui dit : " *Jé, Ji, Jô, Ju* ",
Cet Anatole (si Baju !) que l'on encense,
Tripudiait, affolé de concupiscence
Quand elle éructait sur un chaudron de Gaveau.

C'est pourquoi j'écris l'*Art d'accommoder le veau.*

ÉPITRE A DOM CUCUPHAS
DU TIERS ORDRE DE L'AMOUR SOLITAIRE

Sur le mode ternaire si
Plein de candeur et de merci,
Je vous épistole. Voici :

Tête-Dieu-pleine-de-relique !
Par la caboche de Jamblique,
Je suis bougrement catholique !

Laissant les fils de Bélial,
Pour un Port-Royal lilial,
Je hante le veau cordial

Et j'assume — avec quelles joies !
La fréquentation des oies.
Ma foi rayonne dans leurs foies.

J'invoque pour le mal au cou,
Saint-Maclou couleur de roucou,
Saint-Mitrophane de Moscou

Et j'éructe, d'après les rites,
Toutes les oraisons prescrites
Par quoi s'augmentent nos mérites.

O beata Solitudo !
Ne plus remorquer ce fardeau,
Margot en quête d'un chaudeau ;

Ne plus rencontrer chez Arsène
La congrégation malsaine
Des Ephestions de la Seine ;

Ignorer quand elle opéra,
Le labeur de dire à Clara :
Bell'alma que m'inamora.

Et, loin des quais où la Tour darde
Sa conformation hagarde
De cathédrale pignouflarde,

Oublier quel puffiste los
Maurras, casuiste à Délos,
Prodigue aux Symbolopoulos !

Enfoncer des pointes égales
Dans son cul ! Vivre plein de gales
Mystiques et théologales !

Fuir sa table, ses agréments,
Et parfumer tous aliments,
De petits morceaux d'excréments ;

Supporter le nom d'Anatole
Baju ! pour un quart de piſttole,
Ceindre le cordon et l'étole :

Ainsi, dans les plaisirs dévots,
Sans lire de *fablaux* nouveaux,
Coulent nos soirs auprès des veaux.

Les gens du monde, sur les plages,
Cèdent à maints pensers volages
Et gaspillent leurs pucelages

D'Hendaye à Lock-Maria-Ker,
Tels messieurs d'un équivoque air
Amènent des *fulls* au pocker.

Il en eſt, aux bords de la Manche,
Qui, sans nul respeƈt du dimanche,
Font sortir le Roi de leur manche.

D'aucuns, venus de Bourganeuf,
Pour s'acheter un complet neuf,
Comme des sourds abattent neuf.

Magicien aux sept balsames,
Le Péladoison chasseur d'âmes
Tâte la chair des vieilles dames.

Des gentlemen " tramés-coton "
Que sangle un inouï veſton
Appliquent les lois du boſton.

Mais nous qu'un Lumignon éclaire
Et qui marchons avec Hilaire
Sur tes pas, Agneau vexillaire,

Nous que la pudeur a conduits,
Méprisant ces impurs déduits,
Employons saintement les nuits :

Mugissons la prose et l'antienne,
Frères ! Que ma prière obtienne
Pour vous cette vertu chrétienne !

Et que, l'esprit réconforté,
Dom Cucuphas soit exalté
Dans la benoite éternité.

Son âme que l'Espoir désigne
Montrera la blancheur du cygne,
Les trois Vertus avec le Signe,

A l'heure où, moqués des Vertus,
Quand les buccins se seront tus,
Cherront les pécheurs abattus,

Et que les enfants de Voltaire,
Dans l'enfer plein d'un noir mystère,
Subiront le thermocautère,

La broche et l'écumoire, hélas !
Des cuisiniers de Satanas.
Vale, mon frère Cucuphas.

OISEAUX
(D'APRÈS LA MANIÈRE DE PAPPAHYDRARGYROPOULOS)

Un oiseau rose, oiseau joli,
Oiseau qui parle — tel un homme —
L'on ne sait d'où, l'on ne sait comme
Il entre et dit : " Gagha-Véli ! "

Jean MORÉAS, *Les Cantilènes.*

Le bec rose du cygne noir
Au vermiculeux entonnoir
    Qui s'atramente

Piqué des mouches. Le corbeau,
Scaramouche ailé, fait le beau
      Pour son amante.

O très-alme, vous la verriez
Par les acacias guerriers
      Où l'œil se poche
Et sur l'ombellifère pieu
Du cèdre que monsieur Jussieu
      Mit dans sa poche

Marcassite, chrysobéril,
Saphirs et, comme un ciel d'avril,
      Les escarboucles,
Hydrophanes, turquoises et les
Feux vineux des rubis balais
      Sertis en boucles;

Cinabre par l'Orgueil choisi,
Pur azur, azur cramoisi,
      Epodes bleues
Deux yeux bleus aux jeux onduleux
Ocellant de leurs aveux bleus
      Les vertes queues.

Le flamant et le jabiru,
L'ibis mangeur de serpent cru,
      Mais sans colique,
Le manucode et le hibou
Percogitent sur le bambou
      Mélancolique

Et le casoar vénéré
Dont le plumage écrit en ré
      Mineur, flamboie

Et, nonobstant leur collège ars,
Libidineux, virent les jars
    Autour d'une oie.

Le cormoran, le pélican,
Le pélican qu'Alfred vit quand
    Puait son œuvre,
La cigogne du doux Tou-fou
Le fou raillant la grue au cou
    Long de couleuvre.

Ainsi les empennés vermeils
Habitent l'arche des sommeils
    Exempts de lucres
Et la neige sainte, les Ors
Impollus dorent de trésors
    Tous ces volucres.

Afin que le poëte soit
Chappé d'amour quand il s'assoit
    Sous les pilastres
De la crypte jaune où l'encens
Monte en flocons évanescents,
    Parmi les astres.

DEUX SONNETS
POUR ÊTRE DITS EN EXPECTANT CLAUDICATOR

I

LE LIMAÇON
(D'APRÈS FEU RIMBAUD)

'insénescence de l'humide argent accule
a glauque vision des possibilités

Où s'insurgent, par telles prases abrités,
Les désirs verts de la benoîte renoncule

Morsure extasiant l'injurieux calcul,
Voici l'or impollu des corolles athées
Choir sans trêve ! Néant des sphinges Galathées
Et vers les nirvânas, ô Lyre, ton recul !

La mort est un vainqueur loyal et redoutable.
Aux vénéneux festins où Claudius s'attable
Un bolet nage en la saumure des bassins.

Mais, tandis que l'abject amphictyon expire,
Eclôt, nouvel orgueil de votre pourpre, ô Saints,
Le lis ophélial orchestré par Shakespeare.

II

VIRGO FELLATRIX
(d'apres Laurent Tailhade)

La chasuble des Apostoles,
Dans le cristal incendié
Flamboie. Un cœur supplicié
Attend, vierge, que tu l'extolles.

D'or fin, la Lune, sous ton pié :
Aux accents des luths, des citoles,
L'Ange " ceint de saintes étoles "
Chante l'amour. *O filiæ !*

Canonique ! Mystique ! Unique !
Hors du triptyque, ta tunique
Verse l'âme des Paradis.

Toi, la Pudibonde, sans nulle
Macule, j'ouvre la lunule
Des ostensoirs où tu splendis !

L'AMATEUR D'AMES

Si Barrès avait la beauté du corps,
Il mépriserait la législature,
Drumont et Quesnay qui le bran triture.
Il serait cabot, dentiste ou recors,
Dans les bois ombreux suivrait 'es dix corps
Et, tout près de Gyp, aux accords des cors,
On exalterait sa noble stature,
Si Barrès avait la beauté du corps !
Des courses à pieds battant le records,
Il enjamberait les chiques voitures.
Même il dénouerait, parfois, des ceintures
Et de Bérénice il verrait les cors.
Sur un long divan de Smyrne ou d'Angkor,
Elle, se pâmant, lui dirait : " Encor ",
Toute prête à d'exquises courbatures,
Si Barrès avait la beauté du corps !

Mais Barrès n'a pas la beauté du corps.
Ah ! pour lui, combien marâtre, Nature
L'a fait de tout point en caricature.
Maurras dont le nez se fond en ichors,
Cherche vainement des tropes accorts
Pour louer sa taille ou ses justaucorps
Et pour acclamer sa candidature.
Car Barrès n'a pas la beauté du corps.

ENVOI
Madame, lisez dans Bonaventure
Des Perriers ou chez le sieur des Accords
De tels vieux cocus les mésaventures.
Lui, pour déterger son air de roture,
Vit près de " madame " en parfait accord
Non, Barrès n'a pas la beauté du corps.

DISTIQUES MOUS

La chauve-souris, à l'aile brune,
Danse grotesquement sur la lune.

Galope le lièvre. La rainette
Verte pousse un *mi* de clarinette

Et, dans les fragrances du silence,
La nuit aux cheveux d'or se balance.

Rousse, de balsames attifée
L'abricotier bleu t'ait décoiffée.

Ton ventre, le nénuphar obscène,
A pipé ma chair comme une seine,

Et je chois sur le gazon des sentes :
O les défaillances lactescentes !

Le chéiroptère à l'aile indécise
Fuit la nue où Sélène est assise.

Dormir, le lièvre. En des champs d'ivraie,
Lamentent la sorcière et l'orfraie.

Moi — tout seul — comme l'onocrotale,
M'imbibe l'extase digitale.

PARABASE SYMBOLIQUE
DANS LA MANIÈRE
DES PLUS ACCRÉDITÉS RIMEURS DE CE TEMPS-CI

Pour une exode gagaïque,
Nous nous embarquerons en la
Jongue de plate mosaïque,
Sur l'étang vert du ton de *la*.

Le trombone fauve à coulisses,
Pleure l'hymen du nénuphar
Et les délices des lis lisses.
Innocence, ô le premier fard !

La brique cède à la turquoise
Dans l'occidentale splendeur :
Tour chinoise ! Rive narquoise !
Mont Tai-chan noir de verdeur !

La lune luit. Hors de sa cage,
L'ibis (qu'on incrimine à tort)
Fut le sinistre marécage
Hanté de noir bombinator.

Et dans la vasque où la cuscute
Mire ses pistils gracieux,
Le croissant d'or fin répercute
La courbe exquise de tes yeux.

juillet 1887.

VILLANELLE

C'est l'arbitre du bon ton
Le youtre cher à Gamelle,
C'est Meyer porte-coton.

Bravant le qu'en-dira-t-on,
Aux hidalgos il se mêle.
C'est l'arbitre du bon ton.

Le Chouan, lorrain ou breton,
Ne va point à sa semelle :
C'est Meyer porte-coton.

L'âme atroce de Caton
N'a pas en lui sa jumelle.
C'est l'arbitre du bon ton.

Les coups de pied, de bâton,
Dilatent sa gargamelle.
C'est Meyer porte-coton.

On prise fort chez Goton,
L'empois qui le caramêle :
C'est l'arbitre du bon ton.

Il craint le fer. Se bat-on,
Sa cacarelle est formelle :
C'est Meyer porte-coton.

Il éloigne l'esponton,
La flamberge, l'alumelle :
C'est l'arbitre du bon ton.

A deux mains, contre un séton
Il protège sa flanelle.
C'est Meyer porte-coton.

Chauve de partout, Giton
De mainte vieille andrumelle,
C'est l'arbitre du bon ton.

Il drapa le hoqueton
Chez Antigny, sa fumelle :
C'est Meyer porte-coton.

Il marine comme un thon
Dans la chrème qui grumelle.
C'est l'arbitre du bon ton.

C'est Dangeau, c'est Hamilton,
Brummell dompteur de chamelle !
C'est Meyer porte-coton.

> L'Eglise aime ce croûton
> Et les gaupes font comme elle.
> C'est l'arbitre du bon ton,
> C'est Meyer porte-coton.

BALLADE

POUR CONGRATULER MES BONS AMIS, LES ÉTUDIANTS
DE L'A, SUR LEUR INTERVENTION DANS LES
AFFAIRES PUBLIQUES.

A EMILE COTTINET.

Tigres ailés, feu mâchant par la bouche,
Licorne bleue aux ongles smaragdins,
Coquesigrue, alérion farouche !
Hircocerf plus rapide que les daims,
Ils ont vaincu les animaux soudains :
Aspics, zébus aux flancs tachés de rouille,
L'aigle de mer avec les agamis,
De plus, ils sont très bons pêche-grenouille,
Portant sur eux tous les gris-gris, hormis
Le rameau d'or qui dissipe la Trouille.
En faveur du galon prenant la mouche,
Dans les cafés nocturnes, ces édens,
Ils vengent leur patrie, ou bien font couche,
Entre les draps impayés des catins.
" A bas Dreyfus ! A bas Zola ! " Gandins
Sortis de chez les Bons Pères, arsouilles
Qu'ont les bahuts les moins doctes vomis,
En eux Sottise impudente bafouille :
Mais à leurs mains aucun dieu n'a commis
Le rameau d'or qui dissipe la Trouille.

Pour Deschanel, grand maître ès-fausse couche,
De la Sorbonne, ils ornent les gradins.

Monsieur Barrès leur apprend comme on louche,
Pour éclipser calicots et mondains,
L'air cacatoire et la gigue en boudins.
Leur Président se bat parfois, mais souille
Les caleçons quadruples qu'il a mis
Et, dans la rue, où leur cohorte grouille,
Nul ne présente aux électeurs soumis
Le rameau d'or qui dissipe la Trouille.

ENVOI

Maître-valet, souteneur, niquedouille,
Accueille-les ! Ce sont bien tes amis.
Que chez Vervoort le troupeau soit admis.
Lâches, braillards et tôt sonnant la gouille,
Qu'à leur crapule, un jour tout soit permis,
Fors le rameau qui dissipe la Trouille.

VILLANELLE

Vervoort est un poisson bleu.
Ce qu'il fait n'est guère honnête,
Mieux vaudrait tricher au jeu.

Quand à moi je goûte peu
Son langage, sa binette :
Vervoort est un poisson bleu.

Il bat le rappel, mordieu !
Puis escompte la brunette :
Mieux vaudrait tricher au jeu.

Il vend, comme Gandibleu,
Les tripes de Fanchonnette,
Vervoort est un poisson bleu.

Son odeur tient de l'émeu,
Du putois, de la genette !
Mieux vaudrait tricher au jeu.

A Rochefort, combien feu !
Il dicte mainte sornette.
Vervoort est un poisson bleu.

O l'abject fesse-mathieu
Dévot à la baïonnette !
Mieux vaudrait tricher au jeu.

Que, des talons aux cheveux,
La plus fine l'encornette !
Vervoort est un poisson bleu,
Mieux vaudrait tricher au jeu.

VILLANELLE

André Vervoort nous assigne,
Mon cher Philippe Dubois,
Préparons nasses et lignes.

Comme en août, une maligne
Grièche abattant des noix,
André Vervoort nous assigne.

Et, scombéroïde insigne,
Nous veut réduire aux abois.
Préparons nasses et ligne.

Immaculé, fleur de cygne,
Plus blanc que les palefrois,
André Vervoort nous assigne.

L'amour lui fut une vigne
Pampinante et de bon choix.
Préparons nasses et ligne.

Pour que Boisdeffre s'indigne
Et que l'on nous mette en croix,
André Vervoort nous assigne.

Que nul n'accuse la guigne
Mais bien le retour des mois.
Préparons nasses et ligne.

Il faut bien qu'un dos s'aligne
Dans la saison des bains froids.
André Vervoort nous assigne,
Préparons nasses et ligne.

VILLANELLE

> *On l'a tué comme un César*
> *Comme un Empereur, comme un Tzar.*
>   Aristide BRUANT.

Drumont fut assassiné,
Dans Alger, en Barbarie,
Parce nobis, Domine !

Max Régis est consterné,
Car un pétard l'excorie :
Drumont fut assassiné.

Drumont au blair chiffonné
Drumont, l'enfant de Marie :
Parce nobis, Domine !

D'Augias trop fortuné
Il vidangeait l'écurie :
Drumont fut assassiné.

Et l'Arabe déchaîné
L'abreuvait d'idolâtrie :
Parce nobis, Domine !

Zab-Azoun, illuminé,
Massacrait la juiverie.
Drumont fut assassiné.

Pour dételer son poney,
Tous marchaient en grand'furie,
Parce nobis, Domine !

Mais son carrosse a tourné
Rue de la Ferronnerie :
Drumont fut assassiné.

Qu'on aille chez l'attorney,
C'est un deuil pour la patrie !
Parce nobis, Domine !

Hosannah ! Qui fait un né ?
C'est la franc-maçonnerie :
Drumont fut assassiné :
Parce nobis, Domine !

BALLADE
POUR CÉLÉBRER LE FIASCO DE M. GASTON MÉRY.

> " *M. Gaston Méry, de* La Libre parole, *qui a la prétention de souhaiter à Cyvoct la bienvenue au nom du* Journal des Jésuites, *est reconnu par les assistants, et sommé de sortir de la salle.*
> " *Je suis venu ici pour saluer Cyvoct, au nom de* La Libre Parole, *balbutie M. Méry, et...*
> " *Il ne peut continuer. Un terrible concert d'imprécations et d'injures s'élève. On crie de toutes parts :* " *A bas la calotte ! A bas la* " *voyante !* "
> " *M. Méry est obligé d'abandonner la salle et se retire, non sans recevoir au passage quelques horions.* "

Monsieur Drumont qui, pour aller en masque,
Met un prépuce en guise de faux né,

Des horions, outrageuse bourrasque,
Et du crachat plusieurs fois géminé
Sauve son groin de porc enchifrené.

Mais, souteneur, aigrefin, casserole,
Vont foisonnant à la Libre Parole,
Le bleu des dos y forme un arc-en ciel
Et, comme un lis à travers l'escarole,
Méry fait voir l'archange Gabriel.

Ferrer la mule ou bâter la tarasque,
Prendre une vieille au poil teint de henné,
Jouer du luth ou courir comme un Basque,
Cela se peut à quiconque est bien né.
Mais fournir, chaque soir, à l'abonné,
Sous la lueur du quinquet à pétrole,
Quelque prodige et l'enduire de miel,
C'est à donner la petite vérole !
Tel, néanmoins, sans avis de Fragerolles,
Méry fait voir l'archange Gabriel.

La Couédon qui met son vin en fiasque,
Ne montre pas les lignes de Phryné :
Mais les Kéroubs ont un goût si fantasque !
J.-K. Huysmans en demeure étonné;
Le Sacré-Cœur lui-même est consterné.
Car, attirant once d'or ou pistole,
Gaston, le doux nabi, sur maint Pactole,
Peut intégrer un geste essentiel.
Sans revêtir la chape ni l'étole,
Méry fait voir l'archange Gabriel.

ENVOI

Cyvoct pour vous chanter sa barcarole
Extralucide, il vint comme Ariel,
D'un long eustache apprêtant la virole.

A coups de pied en plein potentiel,
Reconduisez ce nouveau Desbarolle !
Méry fait voir l'archange Gabriel.

BALLADE PATRIOTIQUE
SUR LA LOUANGE DU COLONEL HENRY

Camp du Drap d'Or et vous lice guerrière
Des Beaumanoir ou des Montgommery,
Quelques héros, poursuivant la carrière,
Ont, de nos jours, vos palmes refleuri,
Les camelots mènent leur hourvari.
C'est Rochefort, Thiébaud et Millevoye,
Arthur Meyer, Judet qui semble une oie,
Et puis Barrès gazouillant *da capo*,
Si que Drumont ne se tient plus de joie:
L'honneur fleurit à l'ombre du Drapeau.

Après avoir besogné sa prière,
Boisdeffre, comme un abcès trop mûri,
S'est répandu chez la gent huitrière
Des sacristains patriotes. Un cri
d'amour : " Voici le colonel Henry ! "
Est-ce Roland, sir Pandarus de Troie,
Ou Maugiron en armure de soie
Qui de tranchant et d'estoc fait rampo ?
Tels champions se peut-il que l'on voie ?
L'honneur fleurit à l'ombre du Drapeau.

Le torse nu, portant sous-ventrière
Et maints agnus vantés par G. Méry,
Comme il est beau de rage meurtrière !
Morts du Tonkin et morts de Satory,
Vos officiers (tel Ubu, chez Jarry)

Prennent le sabre et la dague où se noie
Le sang des cœurs, l'atrabile du foie,
Hélas ! Picquart, en lui piquant la peau,
Du sieur Henry le cubital foudroie !
L'honneur fleurit à l'ombre du Drapeau.

ENVOI

Prince Crozier, successeur de Montjoie,
Le protocole est dans la bonne voie :
Chantons Noël de Saratow à Pau !
Que l'iris des trois couleurs se déploie :
L'honneur fleurit à l'ombre du Drapeau

BALLADE
EXÉCUTÉE EN RIMES PARNASSIENNES A LA LOUANGE
DU DRAP BOSVIEL

Chœurs bondissants par l'oréas neigeuse,
Faunes velus, thyades aux bras blancs,
Vous qui menez la cordace orageuse
Des antres sourds aux pics étincelants
Et qui, le soir, sous les rameaux tremblants,
Mêles vos voix au crotale sonore
Je veux chanter, en un ryhtme de miel,
Le drap vainqueur, le drap essentiel,
Le drap cossu dont Bigorre s'honore :
Le meilleur drap est celui de Bosviel.

Bosviel n'a pas la mine avantageuse.
Son ventre gros bedonne et sort des plans,
Son poil est gris et sa face rageuse :
Même il a pour nos regards indolents
L'air abruti des messieurs icoglans

Cependant la flamme interne le dore
Mais, dédaignant tout chic matériel,
Il va tissant la laine sous le ciel.
Et sans qu'il soit besoin de Mandragore,
Le meilleur drap est celui de Bosviel.

Par les taillis ombrés de nuit songeuse,
Le long des bois pleins de parfums troublants,
Nul ne le vit contempler Bételgueuse,
Cueillir des fleurs ou marcher à pas lents,
Nul moins que lui ne mange d'ortolans.
Il parle peu, sans nulle métaphore,
Il aime mieux Gothon qu'Alaciel
Et, des bourgeois sort providenciel,
De couronnes d'or son front se décore :
Le meilleur drap est celui de Bosviel.

ENVOI

Prince, Carrère est beau comme Ariel,
Et l'oncle Uzac se teint avant l'aurore,
Turon fournit l'onguent essentiel.
Mais, de Dunkerque aux montagnes d'Andorre,
Le meilleur drap est celui de Bosviel.

Bagnère-de-Bigorre, 1880.

CRI DE GUERRE DE CLAQUEDENT

En guerre, les guerriers ! Mahomet !
Mahomet !
V. H.

En guerre, les croupiers ! ratissez ! ratissez !
Les pontes auront beau geindre et crier : " Assez "
    Qu'on écrase cette gnognotte

Ramassez, ô servants du directeur Corbin,
L'argent de la voiture avec l'argent du bain
        Et qu'il emplisse la cagnotte.

Meure la Herberie et tous les décavés !
Caissiers, grooms et garçons, jamais vous ne levez
        Devant Desplas au complet jaune.
Méprisez, comme il sied, les poëtes sans or.
Si Monsieur de Panat veut emprunter encore,
        Montrez-lui des nez longs d'une aune.

Un Corbin, père heureux de Gaston, soit en vous !
Que l'un ait son filage et que l'autre, à tous coups,
        Glisse deux louis sur la palette !
Et nous vous conquerrons, ô plaque de métal
Qu'en un langage aussi figuré que brutal,
        Les Alphonses nomment " galette ".

                    Cercle franc-comtois, février 1882.

VILLANELLE

        Ne soyez pas étonné,
        Si Maurras est un peu buse,
        Maurras entend par le né.

        Barrès — que déraciné !
        — Comme Charlot, en abuse
        Ne soyez pas étonné.

        Et Moréas a corné
        Dedans cette cornemuse !
        Maurras entend par le né.

        Un remugle inopiné
        De son proboscide fuse.
        Ne soyez pas étonné.

Qui, pareil au veau mort-né
Le peindra ? Signac ? Mabuse ?
Maurras entend par le né.

Le beau-frère saumoné
Lui rit au fond d'une écluse
Ne soyez pas étonné.

Drumont, bedeau forcené
Vante fort cette méduse.
Maurras entend par le né.

Daudet, sur son raisiné,
Il pleure comme Arethuse :
Ne soyez pas étonné.

Mais que Zola malmené
Gronde, la chose l'amuse
Maurras entend par le né.

Les belles dames, Phryné,
Violante aux yeux de ruse,
— Ne soyez pas étonné. —

Toujours ont rubiconé
Sa punaisie et sa muse.
Maurras entend par le né.

A grands coups de péroné
Fêtons sa hure camuse !
Ne soyez pas étonné
Maurras entend par le né.

ODELETTE POUR LE NOUVEL AN

Dans la brune et l'averse,
Malgré le temps adverse

Et la malignité
 Du ciel crotté;

Malgré le vent, la pluie
Et cette odeur de suie
Inhérente au métro
 Quand il pleut trop.

Quand les dames âgées
D'un corset affligées
S'abattent sur des poufs
 En disant " Ouf ! "

Et que, bleu d'épouvante,
Le conducteur invente,
Pour entasser leurs gras,
 Des tours de bras;

Malgré que le bitume
Soit sale, que maint rhume,
De l'ouest ou bien du nord,
 Vienne aux ténors

Et dans le flot insane
Des juleps, des tisanes
Des mucus, des crachats,
 Item, des chats,

Transmue ô Paracelse ! —
Werther les fils de Welse
En mornes et blafards
 Epicemards;

Malgré ces météores
Qui, pour les égregores,
Les rastas, les faquins,
 Se font taquins;

Malgré que la volaille
Pue, que l'huître bâille
Dans vos mornes réduits,
    Cafés de nuit;

Les heures voltigeantes
Et les lunes changeantes
Des saisons et des jours
    Mènent le cours !

Ainsi qu'un doigt farouche,
La grande aiguille touche,
Sur le cadran minuit :
    L'An s'eſt enfui !

De tant de formes vaines,
Chagrins, bonheurs, déveines,
Triſtesses ou gaîtés,
    Rien n'eſt reſté !

La vieille Année eſt morte
Et le Diable l'emporte
Là-bas, dans les sous-sols
    De son guignol.

Mais la cloche bavarde
Ne veut pas qu'on s'attarde
Aux chemins effacés,
    Dans le passé.

Sous les terres que noie
Un ciel triſte, la Joie,
Avecque le froment,
    Reſte dormant.

De ses voix argentines
Avril, sonnant matines

Viendra, bon sommelier,
La réveiller :

Et loin des jours moroses,
Sous un chapeau de roses,
La conduire au réveil,
En plein soleil.

Donc, cloche carillonne,
Tinte et que réveillonne
D'espérance adorné,
L'An nouveau-né !

DÉPLACEMENTS ET VILLÉGIATURES

Deux amants, internés dans cette solitude,
Achevaient un bézigue et se crevaient d'ennui.
Louis VEUILLOT.

Les rapides sentent le chien et l'houbigant :

En outre le fumet des vieilles dames quand,
Au retour du soleil et des roses amènes
Emigrent les pignoufs, plus ou moins élégants.

Et voici que du nord au midi, se promène
Le touriste, chaussé de blanc, de blanc vêtu,
Qu'il sorte du Japon, du Limbourg ou du Maine.

Thermidor, incitant le mufle courbattu,
Vers la plaine et les monts pousse des cavalcades,
Soleil ! de leurs hymens regonfle la vertu !

Après dîner fumant sénateur ou havanes,
Ils marchent bedonnants et flasques — tel un veau,
Tel encore un dindon qui roue et se pavane.

Ils sont frais comme un air de la *Clef du Caveau*
Mais, nantis la plupart, de chèques, de bank-notes,
Ils perlustrent la Manche ou le pays de Vaud.

Tyrol, Armor, Zéeland aux cités huguenotes
Leur offrent des *gril-rooms* où merles et choucas
Prennent le nom décoratif de gélinottes;

Où saumon, riz au lait, bœuf et tapiocas
Exhalent un bouquet de rincure et d'eau grasse.
Où l'unique melon cause des altercas.

Les vieilles aux fanons de jumart que cuirasse
Un busc rigide, sans molaires ni cheveux,
Entreprennent quelques mineurs, sur la terrasse.

Et, chez les compagnons de leurs petits neveux
Ces " mamans Colibri " que la saison anime
Des puceaux rénitents auscultent les aveux.

Au baccara-tournant les pontes unanimes
Vitupèrent la guigne et le tirage à cinq,
Moyennant des apports qui ne sont pas minimes.

(Certes, mieux vaudrait-il popiner sur le zinc
Tel Verlaine — ayant, pour mitiger nos pituites
La Révalescière et les Pilules Pink.)

Un orchestre forain exécute des suites :
Aux Arènes, l'on voit Monsieur de Max tout nu :
Ainsi, l'ombre d'Hector dans Ilios détruite.

Le bridge, le tennis et le golf saugrenu
Occupent l'intellect des cercleux et les aident
A tolérer le " flot d'azur ", l'Alpe cornu,

La Moraine, le lac plaintif qui les obsède
Et les plages aux sables d'or, que Bædecker,
Pour eux seuls, décrivit depuis A jusqu'à Zède.

Comme Physignatos descendant chez la Kèr,
Ils bâillent à Dombourg, à Carlsbad, sur les Vosges
Et se font des cheveux dans Locmariaker.

Jeune Dieu que le myrthe enguirlande et la sauge,
Est-ce pour leur complaire, Eté, que tu fleuris ?
Vois ! la guenon babouine et le goret patauge.

Ce sont les Riches, vois ! de sottises épris,
Moins bien pourvus encor d'argent que de bassesse
Et plus que le dernier des goujats, malappris.

Bande sur eux ton arc d'argent. Frappe ! qu'ils cessent
D'enlaidir à tout coup le monde profané,
De poindre la Beauté, cette unique princesse !

Que les gâteux, la duègne au casque de henné,
Les cabotins et les *clubmen* de toute sorte,
S'agglomèrent pour un départ concaténé,

Qu'ils disparaissent —(tel un crabe dans l'eau morte)—
Avec leurs yachts, et leurs autos, et leurs discours,
Les larbins du *Palace hôtel* faisant escorte.

De la montagne où Thérèsa gardait les ours
Qu'ils disparaissent ! Qu'ils s'effacent de la grève —
Et qu'ils aillent chanter — s'ils savent — dans les cours

Puisqu'il est peu civil de demander qu'ils crèvent.

Saint-Briac (I.-et-V.) 9 août 1910.

SOIR DE MARCHÉ
(SONNET)

A mes amis Jean Merly et Henri Desperriers.

Sur la table poisseuse où les flots variés   [heures
Des "byrrhs" et des " amers " coulent depuis douze

— Car, c'était jour de grand marché — les mouches
De découragement au fond des sucriers.   [meurent

Les pacants ont vendu leurs œufs avariés,
Leurs cochons, de la margarine pour du beurre :
Donc, très soûls à présent et l'haleine qui fleure,
Ils s'imbibent à l'*Auberge des Deux Lauriers*.

Le vin bleu, le vin blanc, le rhum inauthentique
Emplissent jusqu'au bec ces fumeuses pratiques,
Un jeu de cartes gras fait exclamer ceux qui

Gardent encore, en attendant que l'on vomisse,
La jugeotte qu'il faut pour poser les prémisses
D'un bezigue, en chantant ! Mayol — leur tonki-ki.

APOLOGIE POUR M. DUEZ

15 mars 1910.

Duez, Ménage et Lecouturier
Font exhaustes les marsupies.
On vante du Tchad à l'Erié
Duez, Ménage et Lecouturier
Ils cueillent la poire au poirier
Et, dans vos poches, les roupies.
Duez, Ménage et Lecouturier
Font exhaustes les marsupies.

Edmond Duez était porté sur
Ce qu'on nomme " la douce affaire ".
Lorsqu'on le mit au pied du mur,
Edmond Duez était fort, mais sûr.
Heu ! *Fluctuat sed merditur ?*
A présent, le décri s'avère :
Edmond Duez était porté sur
Ce qu'on nomme " la douce affaire ".

Quel glossateur nous donnera
Les *ménagiana* de Ménage ?
O vieux décors de l'opéra,
Quel glossateur les donnera ?
Connut-il des tantes ? des rats ?
Ce vieux — si propre pour son âge !
Quel glossateur nous donnera
Les *ménagiana* de Ménage ?

O splendide ! ô Lecouturier
Que vers nous le *Matin* délègue
Vos comptes ! Si les apuriez,
O splendide ! ô Lecouturier !
Vous-même et sur le coup, tueriez
Les moines plus cossus que Leygues.
O splendide ! ô Lecouturier !
Que vers nous le *Matin* délègue !

Je ne plains qu'à demi ceux-là
Qu'ont vos talents pris pour chouettes,
Ce sont des riches qu'on vola.
Pourquoi, les plaindrais-je, ceux-là !
Mordez-les jusqu'à l'os ! Voilà
Ce qu'au fond du cœur, je souhaite.
Je ne plains qu'à demi ceux-là
Qu'ont vos talents pris pour chouettes.

SUPPLIQUE

A mon ami C. Pintat.

> *Partir est un destin funeste !*
> *Si j'étais chef d'un grand état*
> *J'aurais pour cuisinier Pintat*
> *Et je me ficherais du reste.*
>
> Armand Silvestre.

Agganipide ! et, moi, je chante aussi Pintat,

Car je voudrais que son pur génie édictât,
Après l'effort de l'*Omelette Armand Silvestre*
Quelque ragoût dont mon orgueil se délectât.

Je voudrais que mon nom, trop longtemps sous
S'en allât tout fumant vers la postérité; [séquestre
Dans la vapeur d'un hochepot ou d'un ménestre:

Que, loin des Francs-Maçons et de la Cégété,
De Maurevert, tel un héros de l'*Iliade*
Mon souvenir fût par les goinfres exalté :

Et que, de Saint-Sauveur omettant la naïade
Ceux qui mangent encor dans ce siècle pervers
Prissent plaisir au *plum-pudding Laurent Tailhade*.

J'ai noirci beaucoup de papier. J'ai fait des vers,
Vers idiots, à la facon de Déroulède
Et, comme Jean Rameau, gambillant de travers,

J'ai dégaîné mon estramaçon de Tolède,
Contre plusieurs moulins. Je me suis escrimé,
J'ai supporté l'odeur de Janvion qui plaide.

Et Bunau-Varilla, seigneur très bien famé,
Laissa tomber sur moi (son fauteuil vaut un trône)
Des conseils par qui fut mon style réformé.

Or, voici que Barrès nargue la fièvre jaune
Et que G. Hagadol pavoise ses habits   [aunes ".
D'un tel ruban qu'on l'a surnommé " le roi des

Voici que Jules Bois, crème et fleur des Nabis
Reboute indulgemment Euripide et Racine,
Poëtes qui ne sont point de son acabit.

Mais moi, plus vague qu'un rescapé de Messine
Je stagne, loin des Hélicon et des Walhall :
Car le Bidet-Volant réfracte à ma houssine,

O Pintat ! dont Carème eut été le rival
Toi dont Cambacérès eut protégé la gloire,
Pour les siècles futurs donne-moi ton aval !

Prends mon nom ! ouvre-nous les portes de l'Histoire !
Et qu'un docte hachis, par ton art mis en train
Nous produise — truffés ! — au temple de mémoire !

A donc, humant les crus du Médoc et du Rhin,
Et, près de tes fourneaux ayant pendu ma harpe,
Non omnis moriar si tu me fais parrain.

D'un lapin fameux ou d'une immortelle carpe.

LE CHAPEAU DE BLADÉ

" Noirci des baisers des rafales ".
Etienne BLADÉ.

Voici venir le temps, où, sur ses ailes jaunes,
Le chapeau de Bladé prend des tons nacarrats,
Et lui, dont chaque vers vaut trente-six carats
Se porte avec la grâce imprudente des faunes.

Le chapeau de Bladé prend des tons nacarrats,
Des tons clairs comme en ont les rouges anémones
Colères de boxeurs, imprudence de faunes,
Le chapeau du poëte est grand comme un haras.

Des tons clairs qu'envieraient les rouges anémones
Font qu'en le regardant on sent tomber ses bras,
Le chapeau du poëte est grand comme un haras
Où brillent des poulains, les gaîtés folichonnes.

Rien qu'en le regardant, je sens tomber mes bras
Et je rêve aux soleils couchants parmi les aulnes
Puis je songe en moi-même aux gaîtés folichonnes
Qu'auront à le manger, les souris et les rats.

VIRGO FELLATRIX
LITANIE POUR ADORÉ FLOUPETTE

Les mains ! palmes du cœur ont tenté les luxures
Que se cherchait la chair de baisers somnolents.
Hélas ! Sans élever, même sous les plus sûres,
L'espoir de s'arracher d'invincibles élans,
Les mains ! palmes du cœur ont voulu ces luxures !

Les yeux ont poursuivi la fuite vagabonde
De l'avenir épars aux *hocus pocus* bleus
De l'horizon livide et cher, où, vague, abonde
Miel et beurre épandu le Fleuve fabuleux.
Les yeux ont poursuivi la fuite vagabonde.

Les lèvres ont rythmé le rituel pensif
Et descendu la lampe aux lampes souterraines
Pour abolir l'écume homicide, ô récif !
De l'occulte parvis où les voix sont les reines.
Les lèvres ont rythmé le rituel pensif.

Car c'est dans l'accord pur des beautés extatiques
Des Lèvres et des Yeux, des Palmes et des Seins,
Qui s'affirme, parmi l'azur clair des portiques
L'adagio de mes réthismes malsains
Le Thème chante sur les accords extatiques.

Dicthame ! Les *Lys* noirs de ma virginité
Emergeant du désir écarlate des pièvres !
Car vous êtes l'autel du dragon respecté,
Car vous êtes les Yeux, les Palmes et les Lèvres
Et vous êtes l'orgueil de ma Virginité.

Nicéphore PAQUERETTE.

VERS LA JEUNE ÉCOLE

A M. François Coppée, *épicier*.

Longuement poursuivi par un tailleur crotté
A qui j'avais souscrit un billet protesté
    Sur du papier à cul-de-lampes,
J'allais voir tous les jours les beaux soleils couchants,
Plaisir économique, ou bien chez les marchands
    Brocanter de vieilles estampes.

Car je dédaigne enfin ces vieux trucs puérils,
Tel que de s'en aller dans d'éternels exils
    Vers la Belgique aux ondes fraîches,
De se lever avant quatre heures du matin
A l'heure où, poussé par son réveille-matin,
    Le facteur porte les dépêches.

Elle est évanouie à jamais la candeur
Qui fait que l'on conserve un reste de pudeur
    Devant la facture poisseuse
Et que l'on cherche en vain des airs indifférents
Pour dire à ses amis : " Prêtes-moi donc dix francs
    Pour payer ma blanchisseuse ".

Et je dis zut ! Mon toit maintenant habité
Me voit candidement lire une " intimité "
    " Plus de sang " la reine des odes
Et tous ces petits vers où Coppée a le don
De débiter avec un geste d'abandon
    Des petites choses nigaudes.

Cependant j'ai blagué tout cela, j'ai blagué
Même le doux recueil si touchant et si gai
    Qui s'appelle " Le cahier rouge ".

Où les gantières et les sous-chefs de bureau
S'abreuvent depuis que Jérôme Patureau
    Ne se lit plus même à Montrouge.

Mais cet espoir, hélas ! d'un avenir doré
D'un hymne radieux par l'amour inspiré
    A duré pendant cinq minutes,
Et, vaincu par le chœur infect des créanciers,
Je vois fleurir enfin la graine d'épiciers
    Et des gens qui font les minutes.

J'en ai beaucoup souffert, mais j'en ai beaucoup ri.
Je ne fais plus de vers, et pour toujours guéri,
    Je te salue, ô doux Coppée,
O poëte vraiment digne du temps nouveau
Qui chante l'amour pur avec le ris-de-veau
    Et la cannelle et l'épopée.

Même je tâcherai de payer dans le mois
A tous mes créanciers tout ce que je leur dois
    Et, puisque nul ne te résiste,
Je deviendrai très propre et très simple ; j'aurai
Dans ma chambre un fauteuil d'acajou rembourré
    Par un menuisier simpliciste.

Je ne lirai plus rien de Baudelaire, ni
De ce Théo qui fait sur l'or rouge ou bruni
    Scintiller d'étranges cratères.
Etant très idiot, j'aurai beaucoup d'amis
Et je pourrai rêver de devenir commis
    Dans n'importe quels ministères.

BALLADE

TOUCHANT LES ABOYEURS ANTISÉMITES

Au gui l'an neuf ! Voici les pitres !
Abbé Garnier, abbé Gayraud

Bedeaux, truands, mouchards, bélitres,
Boulange ! et les hâteurs de rôts !
Ecoliers des gros numéros
Voici venir, emplis de charmes,
Les hobereaux, les maquereaux :
Tout l'effectif est sous les armes.

" Vive la France ! " On boit des litres
Catholiques, chez les bistros
En beuglant à casser les vitres.
Comme un singe, sous les barreaux,
Cassagnac, huileux et gros,
Imite la vigueur des carmes
Et redresse maints généraux.
Tout l'effectif est sous les armes.

Etudiants ou porte-mitres
S'offrent pour valets aux bourreaux.
Drumont, en de nombreux chapitres,
Fait voir à quel point les taureaux
Sans prépuce sont immoraux.
Millevoye imbibe de larmes
Vieillottes plusieurs bordereaux
Tout l'effectif est sous les armes.

ENVOI

Les Trestaillons, les Debureaux
T'insultent ! Ris de leurs vacarmes,
Zola, prince au cœur de héros.
Tout l'effectif est sous les armes.

CARTE POSTALE TIMBRÉE DE MARSEILLE

23 février 1908.

Scheffer qui n'est point laudatif
Et qui, de l'aube au crépuscule

Fait sortir de sa vésicule
Biliaire, un fiel corrosif,

Ma concierge qui, sans motif,
Sur le locataire éjacule,
Et nos Del Sarte ridicules
Approuveraient ce château d'If.

Car, au mitan de la mer bleue,
On l'aperçoit de quelques lieues
Parmi les flammes et les mâts;

Car les c...[1] dont l'esprit s'obture
Y causent de " littérature "
Sur les propos de feu Dumas.

DOCTRINE

L'Idéal éclaté comme une pêche blette...

Atteste l'inane d'Œuvrer !
Dis-en l'amer et le stupide :
Cueille ta bouche, Aganippide !
Et la jette à l'Oubli sacré.

Sois le mouton qui tond le pré
D'une langue toujours avide.
(Un char-à-bancs revient à vide
De la ducasse de Longpré)

Bâffre des viandes, bois des vins,
Vide les mystiques levains...
Une tayole tord ses loques

(1) Je ne sais si je me fais suffisamment comprendre.

Au torse abrupt des portefaix.
— Le bonnet d'Alberte se moque
De la grimace que je fais.

ARTHUR RIMBAUD.

Paru dans le *Décadent*, N° 14.

MARIVAUDAGE SUBURBAIN

Vers le train, allongeant ses vagons sur la voie,
L'essaim folâtre des calicots s'eſt rué
Dans les " compartiments " où des gens ont sué,
Il s'inſtalle, joyeux d'une étonnante joie.

En face de la dame aux traits jadis charmants,
Qui de poudre au bismuth son visage reſtaure,
Un obèse avoué lève et baisse le ſtore
De la portière, avec des geſtes alarmants.
La dame dit : " Il fait beau temps — Très beau,
                              (Madame,
Je vous ai rencontré — je crois — chez le vidame
Du coin — si ma mémoire eſt fidèle, Monsieur ".

L'entretien se poursuit sur ce ton précieux,
Si bien que l'avoué ravi de sa compagne
Néglige le melon qu'il porte à la campagne.

COURRIER DE BIGORRE ET D'AILLEURS

D'un accent libre et facond
Lâchons un poëme qu'on
Murmure sur le balcon.

Et, sans tambour ni crotale,
Que notre génie étale
Une blonde Orientale.

Ni forceps dur, ni trocart.
Prenons le ton avec art
De monseigneur Jean Aicard,

Lorsque, chassant les autruches,
Dans son Désert en baudruches,
Il gagne la course aux cruches.

Non, Pierre Loti n'a pas,
Lui-même, de tels appas,
A l'ombre des ajoupas.

Plus ferme que dromadaire
Son frère est *Yvres !* Modère
Ton allure, ô bayadère.

(Sur la mer, près d'un îlot
Se balance, au gré du flot
Le grelot du matelot.)

Et Strada, vieux ridicule,
Qui sans fin désarticule
L'isof et le dracuncule,

Strada l'homme qui rima,
Féroce autant qu'un puma,
Cent mille vers, sans schéma;

Devant cet Aicard qui glose,
Quand fleurit la cynoglose
Reste coi — telle une alose.

Le savon sort du Congo,
La nacre vient de Burgau
Et ceci du père Hugo.

Cependant Bagnère héberge,
O le vitrail et le cierge !
Laurent Tailhade et Jean Berge.

L'un est blond comme Phébus,
Antinoüs, Combabus
Et vert comme un chou cabus.

Il dompte, en des hypostases,
Le griffon et les pégases
Pour célébrer ses " Extases ".

L'autre (accomplit-il des vœux ?)
Place en un bedon nerveux
Tout ce qu'il perd en cheveux.

Et ces poëtes que gêne
Petitement l'indigène
S'appellent entre eux : " *Ugène* "

Car pour leur chef n'a pas lui
Ce pitoyable meshuy
De lire môssieu Duruy.

MAIRIE DU XIIIe
(Rond-de-cuir)

Le chef grisâtre, le nez sentencieux, les o gles
Bordés de noir comme une lettre de décès,
Le commis aux galas funèbres, par accès,
Se dérobe au milieu des cartons verts, sa jungle.

Car un veuf, réjoui par l'aspect du bureau,
Discute longuement les tarifs et la pompe
Du velours noir et, tels qu'une bizarre pompe,
Les corbillards traînant leur mort, au petit trot.

Mais le jaune employé sur qui le veuf s'acharne
Rêve au banquet des " *Gais Lurons de Seine-et-Marne* "
Et compose les vers qu'il y récitera.

Cependant que, chez la fleuriste provocante,
Son bourreau court choisir, avec un sophora,
Des " regrets éternels " à quatre francs cinquante.

Le Décadent, 1er-15 octobre 1888.

FLEUR DE CASINO

Madame Dindonna, dont la croupe est pareille
Au *dos* de l'éléphant sacré de Bénarès,
De ses doigts secs et noirs ainsi que des londrès,
S'emplâtre du blanc gras de l'une à l'autre oreille.

Pourtant elle séduit jusqu'à l'abbé Mireille
Et même son époux moins vigoureux qu'Arès
Les petits jeunes gens, valseurs *ad honores*,
Exaltent de son busc l'ouate non pareille.

Très chic ! parfaitement ! diavolo ! vieux farceur !
Elle a l'esprit des Mortemart : elle est la sœur
De Boisrobert et des adorables tigresses.

Ses propos ont le tour, et le sel, et le ton
Et son bonheur serait parfait, si quelques graisses
Débarbouillaient, un jour, sa peau de hanneton.

PROLOGUE

Cueillant les nénuphars d'or jaune et les muguets,
J'ai conduit ma douleur morose au fil des berges
Parmi les amoureux quelconques et trop gais
Qui grouillent sur le seuil friturier des auberges.

Photographes rêvant aux lointains Urugais
Canotiers insultant la majeſté des Fleuves
S'ébattent avec des cris fous de papegais
A travers des sérails de modiſtes peu neuves.

Ils sont très gris, sachant que demain, ils pourront
A l'ombre des comptoirs, rasséréner leur front
Sous tes yeux paternels, ô Durand, qui les guettes.

Leur joie obtuse endort ma peine et, quand le soir
Monte dans l'azur clair, près d'eux je viens m'asseoir
Et manger du lapin aux bosquets des guinguettes.

LA BRETAGNE

Grèves d'Armor, flots bleus ! ô rochers ! ô falaise
Que hantent les marsouins avec le cormoran,
Vous nourrissez un autre monſtre dévorant,
Le Prêtre ! ce vautour qui fleure la punaise.

     Elle hait quiconque a les mains
     Propres, l'amour, la vie.
Sa peau jaune ressemble aux très vieux parchemins,
C'eſt une sainte fort chrétienne : Sainte Envie.

     Que regarde-t-elle auprès de l'auberge
     Et quel rêve étreint son front obſtiné ?
     Voici le printemps et l'amour eſt né,

     Le soleil lui rit plus beau que les cierges,
     En vain le reĉteur gras a sermonné,
     Le printemps eſt né qui dompte les vierges.

Quand le dominicain qui prêchait la neuvaine
Et faisait des élus un portrait si charmant,

S'en est allé redire ailleurs son boniment,
Dormir seule ! mon doux Jésus ! quelle déveine !

Tityre aux cheveux gras et Naïs aux pieds sales
Préméditent le geste auguste de l'amour :
Fraîche idylle. Tapis dans la hutte sans jour
Leurs baisers sentiront le bouc, ô pastorale !

Plus rèche que le dos d'un mulet d'Asturie,
Plus formalistes qu'une duègue, leurs propos
Vengent les bonnes mœurs et la tartuferie
Avec le ton des chiens qui gardent les troupeaux.

Les poux de mer, avec les huîtres mal ouvertes
Et les moules d'or jaune, et les beaux congres noirs,
Elles resteront là tant que vienne le soir
A vendre leur marée auprès des maisons vertes.

Ouvre le cabaret sur la noire venelle
Que jamais le soleil du printemps n'éclaira,
Les mangeuses de crucifix, au teint cannelle,
Pressentant qu'au départ, c'est le vieux qui paiera,
Mélangent sans compter un grand bol de cidre à
La source qui jaillit de la vie éternelle.

Le recteur Miel, poisson, viande et céréales,
Il rafle tout en échange de ses gris-gris.
" Repus de graine humaine et de rage maigris ",
Ses pairs mêlent aux *oremus* le cours des Halles.

Ils ont donné pendant les vêpres, c'est dommage,
Pour les âmes du purgatoire et le denier
De Saint-Pierre et, là-haut, n'entendent pas crier
Le corbeau noir, l'immonde et goulu carnassier,
Qui, juché sur la croix, leur a pris leur fromage.

Le vicaire est gras, robuste et fleuri,
La brette l'attend devant sa fenêtre,
Il lui trouvera sans doute un mari
Pour donner un nom au gars qui va naître.

La mer étend ses vagues bleues
Que borde à peine un ourlet blanc
Et la vieille arpente des lieues
Pour donner leur pâture aux corbeaux insolents.

Avant la messe les cagottes
Boivent et reboivent, et après
Naturellement leurs ribottes
Vont de l'église aux cabarets.

A petits pas, avec des sourires comiques,
Appuyée au bras de la commère aux yeux noirs,
La grand'mère, au pardon de Rumenghol, va voir
Le bon Dieu, ce dernier amant des vieilles biques.

Après le boujaron et la chique, voici
Le vrai bonheur, car le tabac en poudre fine
Empeste son gilet, sa bouche et ses narines,
Et le fait puer seul comme trois gas d'ici.

Le Peuple noir. — La Bretagne. — Dessins de Torent. —
Texte et Légendes de Laurent Tailhade.
L'Assiette au beurre, 3 octobre 1903.

L'OR DU RHIN

Les fluides enfants du fleuve qui ruisselle,
Chair à peine, déjà femmes, ondines encor,
Welgunde avec Woglinde et Flosshilde, vers l'Or
Lèvent leurs yeux d'eau verte où le rire étincelle.

Tout le futur du mal gît dans l'Or. Il recèle
(Noire gestation du flamboyant trésor)
Les massacres, les deuils, puis quand s'est tu le cor,
L'extinction des Dieux dans l'ombre universelle.

Mais, près de l'or ouvrant son radieux halo,
Welgunde rit, Woglinde fuit, Floshilde chante,
Innocence mêlée à la fraîcheur de l'eau.

Et tout l'obscur destin — l'âme au gouffre penchante,
Les héros morts, les cieux déchus, la fin, la nuit.
Pour les folles enfants est un jouet qui luit.

BALLADE POUR LA CONSOLATION
DES MONSTRES AMOUREUX

Vous qui passez par la route charmante
Où du matin sont les rosiers fleuris,
Sans redouter que le bonheur vous mente
Et sous vos pas se résolve en débris,
Couples d'enfants, jouvenceaux bien épris,
Rires joyeux ! Regards clairs ! Ephémères !
Tout chauds encor du baiser de vos mères,
Cessez les jeux et ses étreintes pour
Plaindre ceux-là qu'ont brisés leurs chimères ;
Prenez pitié des forçats de l'Amour !

Ils vont parmi les cités inclémentes,
Furtifs, peureux, courbés sous les mépris,
Damnés obscurs chassés par la tourmente,
Faunes hideux et sournois de Paris.
Jamais pour eux, Espoir, tu ne souris.
Leurs messidors sont pareils aux brumaires.
Leurs fronts sont las, leurs lèvres sont amères

Et, sous les crocs d'un immortel vautour,
Leur pauvre cœur saigne, dans quels repaires ;
      Prenez pitié des forçats de l'Amour !

Près des ruisseaux, les calthas et les menthes,
Le souchet vert, l'anémone et l'iris
Offrent des lits de parfums aux amantes
Et des baisers sur leur bouche repris
Mais comme un noir vol de chauves-souris,
Effroi du gendarme et des maires,
Le va-nu-pieds qu'insultent les commères,
Banni par la misère, égorge, autour
Des fermes, les gamines impubères.
      Prenez pitié des forçats de l'Amour !

ENVOI

Prince au grand cœur, laissez les victimaires,
Juges, bourreaux, Lefemas ou Tibères,
Vouer au bagne et perdre sans retour
Ces hébétés, ces fous, ces pauvres hères.
      Prenez pitié des forçats de l'Amour.

LE SATYRE DES KIOSQUES

Offre son numéro, quand les contribuables
      Par les neiges d'hiver et les soleils d'été
Sous l'œil méprisant des contrôleurs intraitables,
      Attendent l'omnibus avec docilité
      Et l'omnibus les mène au garni d'à côté.

MARNE-LA-COQUETTE

      Dans la campagne friturière
      Où, chez le mastroquet clément,

Cuisent les moules marinières,
Coule le Suresnes écumant;

J'ai cueilli pour vous, mes amies,
Ces lilas tout près d'un bosquet
Où des bourgeoises accalmies
Sertissaient, les vieilles momies,
Des pissenlits en un bouquet.

Le Décadent, 1882.

PORTRAITS

BRANDÈS

Les Dudlay, les Mounet, " âmes à s'aigrir promptes ",
De ses talents incriminaient la floraison,
Elle fuit ces vieillards. Molière ta maison,
Quand elle part, devient la maison de Géronte.

RÉJANE

Esprit, sourire, charme insigne,
Elle rythme, tel un beau cygne,
Sans parures et sans décors,
Des poëmes avec les lignes
Harmonieuses de son corps.

YVETTE GUILBERT

Maigre, parlant du nez et laide en cramoisi,
De vergogne plus qu'un babouin exonérée,
Elle inculqua ton los, Vénus iodurée,
Au gommeux qu'enchantait le pus de ses lazzi.

Dans les papiers publics où sa gloire subsiste,
Amour lasse d'avoir tes épines chanté,
Elle s'est faite auteur et NATIONALISTE
C'est ainsi que l'on met force argent de côté.

LAVALLIÈRE

Noirs comme un four et plus hispides qu'une aisselle,
Ennoliés de graisse ou de *Macassar oils*,
Brillent les charmes neufs et ruineux de celle
Pour qui Diéterle a fait le beau nom d'*Os A poils*.

SOREL

A la ville, à la scène, elle brille, étalant
Ce qui fait la splendeur de la parfaite grue.
Le mufle la chérit d'une amour incongrue.
        A quoi bon avoir du talent ?

ANNA THIBAUT

Elle a cette gaîté loufoque et sépulcrale,
        Qui convient aux lieux de plaisirs
        Et pourrait être à son loisir
Commère de Revue ou Dame de la Halle.

MŒURS DE PROVINCE

Sous les saules creux, Cyprès se lamente
Et baise la pluie ardente du dieu
Pendant que Ferrier, la poitrine en feu,
De son clavecin tire une tourmente,
Près du piano sa femme, étonnante,
Lui fait *rubato* plus d'un doux aveu.
Madame Ferrier a le faciès bleu
Et, sans la revoir, je partis pour Nantes
Aussi, mon très cher, vous m'excuserez
De n'entendre pas les airs inspirés
Du pharmacien que chacun envie.
Adieu. Puissiez-vous, dans ce nouvel an,

Marquer, chaque jour, par un caillou blanc
Le stade à courir aux champs de la vie.

Nantes, le 10 janvier 1880.

MŒURS DE PROVINCE

A Georges Desplas.

Ta douleur, Desperriers sera donc éternelle
Tel le sort du chapon
D'abandonner cette parlotte fraternelle
Par le fait de " Pompon ".

Le destin qui d'un sort si pénible te touche
N'a d'égal ici-bas,
En amertume, que ton souffle dont les mouches
Ne se relèvent pas.

Je sais de quels appâts cette charge était pleine.
Et n'ai pas entrepris
De soulager avec l'odeur de ton haleine
Tes larmes et tes cris.

Mais tu le sais, il faut que les plus belles choses
Claquent, un beau matin;
Et tes lèvres ont beau ne pas sentir les roses
Nul n'échappe aux potins.

Puis, quand ainsi serait que selon ta créance,
L'honneur te fut resté
D'agiter la sonnette et d'ouvrir la séance
A perpétuité.

Penses-tu que, toujours, chez Messieurs les notables
Suivi de courtisanes
Tu règnerais sur leurs caboches intraitables
Et sur Lannemezan !

Non, non, mon Desperriers, lorsqu'à la Présidence
Tu fus jadis promis,
Ton gosse après neuf mois, voulut entrer en danse,
Pas tant de gloire Ami.

Ton épouse n'a plus la verdeur nécessaire
Pour de pareils travaux
Et sa gorge, malgré le carcan qui l'enserre,
A l'air du mou des veaux.

Ne te lasse donc plus d'inutiles complaintes;
Mais sage à l'avenir
Garde-toi de chercher dans tes couilles éteintes
Le jus du souvenir.

C'est bien, je le confesse, une juste conscience
Quant un époux blafard
Néglige de frapper la conjugale enclume,
Qu'on le fasse cornard.

Même quand il advient que sa flemme sépare
Ce qu'un maire avait joint
Sa femme aux étalons n'est pas longtemps barbare
Dont braguette la point.

Mais d'être inconsolable, en pareille aventure,
C'est se faire aujourd'hui
Malvenir de chacun et prendre la posture
D'un raseur plein d'ennui.

Pompon qui t'entendit bafouiller sur le trône
D'où ton souffle embaumé
S'envolait, pareil au zéphir entre les aulnes,
Quand vient le mois de mai.

Pompon, dont la valeur inégale à tes armes
T'a néanmoins vaincu,

Aurait pu, songes-y, malgré plaintes et larmes
Te traîter de " cocu ".

Sèche-les donc ces pleurs et rentre sous la tente,
Cessant à l'avenir,
De qualifier les autres de " vieille tante "
Ça pourrait mal finir !

La foule a des rigueurs à nulle autre pareille
Et, le guignon aidant,
Elle tire parfois aux baudets les oreilles,
Item, aux pusivents.

La méchante humeur sait éteindre les camoufles
Couget en fut mordu
Et le souffle punais, ô combien, que tu souffles
Ne t'a pas défendu.

De murmurer en vain, normane ou pédérastes
Il est mal à propos :
Aussi garde à ton chef, jeune homme épris et chaste
Tes cornes en repos ! ! !

5 avril 1897.

CHANT NUPTIAL

Le fils Piet, adorable, a laissé sa ceinture
Tomber sur les tapis du boudoir nuptial
Et sa femme, trois fois heureuse créature
Etreint l'adolescent frais comme prairial.
Les grâces et les jeux fiers de cette capture
Couronnent de son front l'ivoire impérial
Hymen, frère d'amour, salut ! car la nature
A dit tous ses secrets à ce cœur lilial.
L'huile est plus onctueuse et la saumure noire

O transports ! ô splendeur ! Epithalame ! Gloire !
Avec plus de douceur imprègne les anchois !
Mais, ô douleur mêlée à la fête volage !
Le nez rouge, Mary, se demande parfois :
“ Et moi, dois-je toujours garder mon pucelage. ”

janvier 1882.

SONNET DE LA CACARELLE MARCEL PIET

Comme il avait lutté pour les carmes déchaux
Et brouté jusqu’au ras les chardons du martyre
L’héraldique épicier que Lavenère admire
Le fils Piet, en rentrant, trouva ses pieds peu chauds.

Hélas ! Je n’ai jamais eu des mœurs de satyre
Je suis né de parents qui n’étaient pas manchots
Et chaste j’ai grandi, pareil aux artichauts,
S’écria-t-il, pourtant ma vigueur se retire ?

Je ne causerai plus avec de Puysségur
Péré qui parle mal, mais dont l’âme est d’azur
Sera seul à venger tes droits, ô monarchie !

Il pleurait mais sa sœur voyant ses traits pâlis,
Lui fit un lavement avec des fleurs de lys
Et depuis ce moment, il va bien mieux. Il c...

janvier 1881.

MŒURS DE PROVINCE

Bonnemaison a fait entrer dans sa maison
Marcel Piet sur lequel on ne saurait médire

Le père du jeune homme en avait un peu d'ire
Mais Tousse le notaire en eut bientôt raison
La noce fut très belle, et chose non pareille
Madame Piet, le soir, dans un trouble profond
Prit son fils dans un coin et lui dit à l'oreille
Que ce n'est pas par là que les enfants se font.

janvier 1882.

MŒURS DE PROVINCE

Lorsque le fils Duserne te faisais voir ses c...
Pressentais-tu qu'un jour il se ferait curé
Ton vagin fut par lui savamment trituré
Et tu le vis souvent boire avec des fripouilles.

Il avait l'air bêlant d'un mouton dans un pré
Et donnait à l'amour un goût de ratatouilles
Hélas ! maintenant son gazon est tonsuré
Et tous les vendredis il mange des grenouilles.

Tout bonheur, ici-bas, est de rancœur suivi
Dis-moi, regrettes-tu, crème des maquerelles
Le temps où tu suçais son angélique vi ?
Où tu trompais, Armand, baron des deux Tourelles
Pour ce cher jouvenceau qui t'apportait les soirs
Un peu d'amour avec l'argent des suspensoirs.

Contes Satiriques

Uu Souper
chez Simon le Pharisien

CONTE DE NOEL

Or, ce soir-là, neuvième du mois de Tebeth,
Simon le Pharisien régalait quelques amis dans sa
villa des Sycomores. L'assistance était nombreuse,
choisie et respectable, composée d'hommes riches et
de femmes à qui la durée du putanat rechampissait
une virginité. La maison du Pharisien comptait, à
bon droit, parmi les merveilles de Jérusalem. Des
chevaux de race et des valets sans nombre en faisaient
une demeure cossue, majestueuse et adéquate comme
il sied à un notable commerçant. L'usure, le proxéné-
tisme, l'attachement aux dogmes religieux immatri-
culaient Simon entre les plus dignes bourgeois. Ses
opinions prépondéraient devant le Sanhédrin. Les

vierges impubères n'avaient rien que de favorable à ses désirs. Il recevait les gens de Bourse, les marchands du Désert, les trafiquants nomades. Pour les divertir, il amenait à grands frais les Oulels-Naïls de la Cyrénaïque, des montreurs de singes et des ténors. Il louait parfois des académiciens, afin d'essuyer ses babouches dans leur creux poplité. L'on rencontrait chez lui Sully-Prudhomme, fils de Joseph, qui, sourd, timide et vierge irréductiblement, portait en plein visage, sous forme d'eczéma, sa croix de commandeur. Pierre Loti, dans ses voiles de bayadère, y fréquentait, s'oubliant, parmi les antichambres à causer de trop près avec les larbins noirs. Jean Lorrain y crachotait, en suceuse experte des médisances bordelières, de quoi les vieilles dames se pâmaient.

Doncques, pour fêter le solstice d'hiver et l'aube du grand jour annuel, on buvait ferme chez Simon. La salle du festin éclatait de joyaux, d'orfèvreries, de lumières et de vins. Sur une haute estrade, vêtus de costumes bariolés, incommodes et somptueux, des musiciens barbares concertaient doucement. Les sambuques, les violes d'amour et les cymbales qui, jadis, éteignirent la voix d'Orphée, accordaient leurs soupirs aux flûtes adoniques. Sur les crédences mourraient de sombres fleurs, et, des buires violettes, les narcisses, les anémones tombaient en pétales odorants. Plus bas, sur les tables aux nappes de byssus et d'amiante, les fruits, les victuailles s'entassaient : grenades voluptueuses, dattes couleur de miel et raisins d'Engaddi. Les quartiers de chevreaux flanqués de laitues vertes, les pains azymes, les gâteaux saupoudrés de sésame et les fromages, sur un lit de cumin ou de fenouil. Des esclaves aux cheveux nattés offraient, de leurs mains adolescentes, les breuvages illusoires, versaient de haut, en un jet mince, et le vin de Chiraz et les muscats plus lourds qu'aux saisons vendémiaires, apporte de Syrie l'âne robuste et gai.

C'était l'heure où, parmi les odeurs chaudes, le fumet des viandes et l'exhalaison des membres en sueur, une ivresse grandit qui fait les cœurs joyeux et la lèvre confiante. Les convives parlaient tous, d'une voie aiguë et convulsive, aux accords de la symphonie lointaine.

Près du Maître, les Dignitaires s'étageaient, couverts de rubans, de crachats et de plaques honorifiques, chamarrés d'emblèmes ridicules. C'étaient les virtuoses du faux, les professionnels de l'homicide, les surhumains du crétinisme.

Teintes de fard, d'antimoine et de ceruse, avec force chignons couleur de safran ou de henné, les vieilles patriotes contrepointaient leurs gorges blettes de lumineuses pierreries. Bob de Capharnaüm et Lucie de Bethsaïde, la fille du Tanneur, et les saintes femmes du Bal des Vaches montraient, jusques à la ceinture, le faisandé de leurs appas. Mais sous un dais de pourpre et dominant l'assemblée, une femme vêtue de noir causait avec Arthur Meyer, patricien de Venise. Chacun saluait en elle, avec un respect assaisonné d'admiration, la veuve du martyr, l'héroïne des cent mille francs, la Colonelle Henry.

Drumont, sous la robe verte et jaune, dont Véronèse peignit la brocatelle; Francois Coppée, en velours de Gênes (tramé coton); Déroulède en fustanelle tricolore, et Barrès avec de véritables fausses dents, se groupaient, faisaient apothéose, cependant que Judet Iscariote arborait, non sans quelque emphase, son costume d'égoutier.

“ Moi, disait Coppée, je suivis, tout enfant, le régiment qui passe. Ma jeunesse verdoya d'amours ancillaires, tout comme un pot de basilic. Sans effort préalable, je devins bête à manger du foin. Le basilic est mort, le foin est desséché, la fleur de ma jeunesse est caduque; mais la bêtise qu'on me voit permane dans l'éternité.

— Vive l'armée ! exclama Déroulède.

— A bas les Juifs ! hurla Gaston Méry, que Possien, ignoblement ivre, chavirait dans les bras de Pollonnais, par le seul faguenas de sa malebouche pestilente.

— La chère est délectable, notifiait le marquis de Vascagat, redressant d'une main fébrile son toupet légendaire; ce poisson, notamment, vous savez bien, mon cher Régis, le machin au bleu, était si culinaire que je me suis cru, le mangeant, à ma table de famille.

Ah ! ce ne sont pas des dreyfusards, les vidangeurs syndicataires ni l'anarchiste Pressensé qui offrent à leurs amis de tels régals !

— Voilà qui est parlé, mon benoît collègue approuva, ruisselant de graisse, le jésuite Drumont. Sur sa barbe, le vin de cinnaine coulait pêle-mêle avec l'huile de roses, noyant sous un flot de parfums les insectes coutumiers.

— Entre nous, cependant, la chose manque de gaîté. Le maître du logis aurait dû préparer quelque assassinat un peu folâtre et des négociants paisibles à égorger, pour le dessert.

Mais l'oraison du sociologue s'éteignit dans un hourvari formidable. Parmi les coupes brisées et les

sauces épandues, quelques antisémites à poigne maî-
trisaient Alphonse Humbert, écumant, épileptique,
furieux, pour ce que Barrès venait de lui refuser
cinquante centimes qu'il cherchait à emprunter.
Celui-ci, très calme, fourrait dans sa poche les cigares
à trois francs et les mégots entamés pour n'avoir pas
à dépendre, le lendemain chez, son marchand de
tabac

Soudain, un roulement de voiture se fit ouïr, puis
une voix de femme chevrotant un air connu :

> *Arrête, cocher,*
> *J'ai mes trois cheveux pris dans la portière.*
> *Arrête, cocher,*
> *J'ai mes quatre dents sous le marchepied.*

Et chacun reconnut que c'était Marie-Anne de
Kéroubim, la vengeresse de l'armée, la pucelle cocar-
dière aux farouches boniments. Elle entra, comme
Alcibiade au banquet d'Agathon, et, négligeant,
cette fois, de baiser ses compagnes à la bouche, fut
poser sa couronne sur le front de Déroulède qui,
malgré l'héroïsme qu'on lui sait, bondit épouvanté.
Des membres de la Ligue préservèrent sa retraite et
Marie-Anne, un peu confuse, tendit ses violettes à
Drumont qui, du moins, pour la laideur, commé-
morait Socrate.

— Tout ca n'est pas chouette pour deux ciguës,
réitéra Peau-de-Requin, en vidant son petit verre de
coca Marinoni. Ces gens-là sont trop poires. Ils font
pallas et dix de gueule; c'est marrant quand on est,
comme eux et moi, fils de putain, putain soi-même,
forçat ou maquereau. D'ailleurs, la viande kasher
me donne envie d'aller au refile.

Ah ! nous aurions besoin d'un beau jeune homme pour en faire notre dieu et " l'aimer comme papa ". Ainsi chantai-je à Saint-Lazare ! Mais le truc du Nazaréen — un joli mec cependant — choit dans la mélasse. Il ne fait même plus rouspéter les flicks. J'ai vu, aux Quat'-z-Arts et ailleurs le pante Jehan Rictus, un loupiot à l'œil jambonnique. Il affure des pépètes en faisant Jésus-Christ avec les interjections de Bruant et les mots de Richepin. Il la relève en tombant les vieilles Madeleines; on le loue comme un fiacre, chez les passionnées en retraite. Il fait la monte pour un larantque de console, à juste prix, les ventres quinquagénaires, tant la profession de Jésus, à présent, est décharde. Vrai, c'est un bon Dieu qui n'est pas fiérot.

— Vive l'armée ! appuya Déroulède.

— A bas les Juifs ! opina Drumont.

— Crevons Reinach ! dit un souscripteur de la Liste.

— Vous n'aurez pas l'Alsace et la Lorraine, proféra Millevoye.

Pendant ce temps, Humbert ayant trouvé prêteur, libellait un effet à quatre-vingt-dix-jours pour l'Éthiopien de service. Dans la pénombre discrète Lucie de Bethsaïde susurrait à Mme de Capharnaüm ces exclamations melliflues que l'oreille ne perçoit pas.

Alors une draperie s'écarta, révélant un paysage crépusculaire, de bois d'oliviers et de lauriers en fleurs. Dans une buée lumineuse, le Galiléen se montra, tenant son cœur rougeâtre ainsi qu'un massepain. Il porta sur les convives une dextre de lumière et, joyeux de leur union, les bénit avec douceur.

— Chrétiens, mes serviteurs et mon lignage, leur

dit-il, j'ai fait pour vous des œuvres sans secondes.
Je vous ai permis de garder vos membranes et de
vous emplir de charcuterie. Vous avez brûlé le Séra-
péum de Memphis. Vous avez émietté dans les fours
à chaux les dieux tutélaires d'Athènes. Vos moines
ont, sous l'orteil de leurs pieds sales, écrasé la
Raison. Vous avez cuit Savonarole et tourmenté
Galilée. Vous avez léché le crottin de Bonaparte,
larronné la Révolution francaise, restauré les Jésuites
et conquis M. Brunetière à vos desseins. Je suis
content de vous ! Après deux mille ans, je veux
encore vous bénir et vous récompenser. J'abolis, en
votre faveur, les derniers scrupules qui prohibaient
le larcin, le meurtre ou l'imposture. Vous ayant
donné l'Affaire, je maintiens d'autres présents : mon
nègre Cassagnac, la veuve du Faussaire, Jules Guérin
l'assommeur, et Max Régis, l'estafier. Pour une
longue suite d'ans, je vous concède Barrès, Drumont et Flamidien.

A ces mots, la foule reconnaissant combien il était
dieu, se rua aux genoux du Visiteur. Plus rapide que
l'onagre, Marie-Anne de Kéroubin inonda ses pieds
d'eau de Cologne et, d'un geste fanatique les frotta
de ses cheveux.

— Merci bien, dit Jésus, en l'écartant, mais ils
sont par trop rares. Je n'aime pas l'humidité, crai-
gnant les rhumes de cerveau.

Et, d'un geste amical, il offrit ses orteils à la sédui-
sante Capharnaüm qui les torcha, non sans élégance,
dans le dernier numéro de *La Libre Parole*.

Les Mages au Berceau

Conte pour le Jour des Rois

A mon cher maître, Jacques de Boisjolin.

En ce temps-là, Jésus continuait à naître depuis dix-neuf cents années. Sur le chemin de son étable, des andouilles par monceaux et des tripes en charnage, et des lampions versicolores manifestaient la dévotion catholique. Par un miracle inouï, portenteux et spectaculaire, une allégresse frénétique s'emparait du monde civilisé, avec la rigueur d'une échéance et l'ébriété d'un carnaval. C'était plus drôle que Gauthier-Villars faisant des calembours sur Beethoven, plus hilarant que Gyp, reprochant à Israël d'avoir le nez tortu.

Par les chemins durcis de glace et les bois aux pendentifs de givre, sous les sapins à la barbe de frimas, les Gentils pérégrinaient vers Bethléem, car

chacun sait qu'en Judée, on ne voit, en décembre,
ni glace, ni frimas.

L'étable où reposait l'enfant était cossue, majestueuse et balayée. Un bondieusard de la rue Saint-
Sulpice en avait fomenté l'architecture, et, pour la
garnir de foin bien chaud, M. Coppée avait jeûné
longtemps. Des ornements d'un goût saumâtre, où
le genre parfumeur et le style chemisier s'épanouis-
saient à l'aise, accommodaient en pralines le crottin
des animaux, posaient sur le nouveau-né d'atroces
baldaquins. Joseph de Rochefort-Lucay, en robe
canari, tenait la porte ouverte, accueillait d'un bon
sourire les michetons de son auguste Epouse. Personne d'ailleurs n'en eût osé médire, car, d'après une
ordonnance, chère aux Pharisiens, offenser en paroles
un ménage modèle, ainsi que ses beaux-frères,
coûte au délinquant trois mille shikles d'or.

Ainsi, les visiteurs éprouvaient, en ce lieu, des
sensations charmantes. A condition qu'ils appor-
tassent quelque chose, les plus bêtes, les plus sales
et les plus vils accrochaient un sourire de la jeune
Mère avec l'effusive étreinte du Charpentier. Derrière
lui, broutant l'avoine ou l'épautre, le bœuf et l'âne
rivalisaient de distinction. En effet, pour éviter les
cacades inhérentes à ces quadrupèdes, l'on avait
substitué au ruminant, M. Mézières; au solipède,
Jean Rameau. Député juif, larbin antisémite de
l'Etat-Major, M. Mézières somnolait à plat ventre,
mâchonnant de confuses onomatopées. Son mufle,
par une combinaison gracieuse, rappelait à la fois
le P. Dulac au museau de fouine, le P. Didon à la
tête de veau. Pour Jean Labegthe, il hennissait,
remâchait, pétaradait, connaissant que la Prose de
l'Ane fut spécialement harmonisée pour lui.

Ce Rameau peu ordinaire
Clopinant tout de guingois,
Réconforte le Gaulois
De sa vigueur asinaire.
Eh ! sire Rameau, chantez,
Car belles bouches avez,
Aurez de la paille assez
Et des orges à planter. Hi han !

Les pasteurs du voisinage, accourus en foule, contribuaient par maintes viandes hétéroclites au réveillon de Bethléem : grives, dindes aux marrons, poitrines de vieilles dames, plus trois francs soixante-quinze que la *Bonne Souffrance* valut, jusqu'à présent, à son éditeur. Les uns couverts de peaux de bête, comme Jean le Baptiste, d'aucuns portant limousine tricolore, vociféraient en chœur, sans nul souci du ton ou de la mesure, un Noël plein d'ingénuité. Et c'était Joris-Karl Huysmans, remarquable par ses cathédrales en bouchon, et le jeune Thiébaut luisant de gras-fondu; Paul Bourget, habile à couper les chats en quatre et Brunetière, éleveur de sangsues doctrinaires; Sorel qui n'a rien de commun avec Agnès du même nom, que son béguin pour la maison de France et Thureau-Dangin, sans rival pour les cataplasmes historiques et le style invertébré; Lavedan, cavalcadour ès bidets; Jean Lorrain, pasteur d'étalons, peu goûté dans les vélédromes (à cause qu'il n'encourage que les cyclistes à long développements), Barrès, vierge comme Abélard offrait quelqus aureus dans le cabas qui servait, jadis, à madame sa mère pour accomplir son marché, cependant qu'un régiment de vieilles ducailles : les Broglie,

les Audiffret-Pasquier, et autres seigneurs sans orthographe, décoraient, à la façon de magots, les coins
sombres du local.

Soudain une musique retentit lointaine, d'abord,
puis furieuse, immédiate et déchaînée : cymbales,
trompettes, fifres suraigus. Des coureurs frottés
d'huile, des eunuques en robe verte, des cornacs aux
manteaux d'hyacinthe cramoisie, des soldats aux
chevelures empennées s'agitaient, secouant mille
flambeaux autour des palanquins et des bêtes de
somme. Des éléphants, imbriqués de verroteries, de
plaques métalliques et de housses diaprées; des
onagres au pelage de tigre avançaient parmi la foule.
On eût dit, çà et là, de pesants navires sur une mer
où le col sinueux des girafes et la bosse des dromadaires faisaient, par place, ondoyer quelques remous.
Un héraut à dalmatique d'or, chargé de bracelets
et de pendants d'oreilles, vocifère, dans un buccin
de cuivre, son altière fanfare, apprenant aux quatre
coins du ciel que les Rois Mages en personne, daignaient pérambuler à travers la nuit. Dans le ciel
de velours noir éclaboussé de gemmes, une étoile
insolite brillait sur le cortège. Ses feux multiples
irradiaient, bleus comme le saphir, vineux comme le
rubis, troubles comme l'opale, aveuglants comme
l'escarboucle, limpides comme le diamant.

Bientôt les augustes cavaliers mirent pied à terre,
car la fantastique étoile, pareille à un serpenteau
mal dirigé, abattait son vol de flamme sur le toit
néopignouf de la crèche où Rameau ne cessait de
braire les cantiques.

Les mages entrèrent, annoncés par Joseph et
conduits par Arthur, chambellan de toutes les
Majestés, profès en belles manières, pilote ancien de

Blanche d'Antigny et Palinure habituel sur les trirèmes du désert. Et les rois saluèrent l'Enfant-Dieu, qu'ils reconnurent tout de suite pour l'avoir fréquenté dans leurs églises, dans leurs pays respectifs. Melchior, roi nègre, de la nuance Jean Aicard, le prit ingénument pour Horus sur les genoux d'Isis; Balthazar, le jaune touranien, crut revoir Ninus bercé par la grande Sémiramis, tandis que Gaspard, curieux bouddhiste, saluait à la fois, dans cet enfant, les parthénogénèses de Krischna et de Cakia-Mouni.

Seigneur, dit Melchior, en déposant un couffin de résine aux pieds du Nouveau-Né, je t'apporte l'encens agréable aux narines des dieux. L'idole Mama-Jumbo, tous les fétiches, tous les grisgris se résument en toi. Nous faisons cuire dans l'eau bouillante nos prisonniers de guerre, nous offrons le sang des beaux jeunes hommes aux larves des aïeux. Tu syncrétises l'ignominie dévote; nos cultes féroces ou idiots; tu les perpétueras dans le crime et la stupidité. Salut, dernier Christ de la bêtise humaine ! Maître des cœurs tremblants et des fronts aplatis, Dieu des bûchers, du Sacré-Cœur et des Pères de Lourdes, je vénère en toi maints siècles de cannibalisme ou d'abrutissement. Je t'asservirai mes peuples, je t'approvisionnerai d'inquisiteurs. Voici Drumont, le cambrioleur, et le boucher Cassagnac, mulâtre baptisé. Salut à toi, Jésus !

— Pour voler cette pécune, dit Balthazar en faisant rouler sur les dalles pièces et lingots d'or, mes Tatars ont dévasté la plaine, incendié les maisons et saccagé les forteresses. Au galop de nos chevaux, la terre frémissait, les astres tombaient des cieux. Mes fils travailleront pour toi, depuis Attila, maître des

Huns, jusqu'à Napoléon, le bandit corse, voleur de conscience et cambrioleur de cités. La souillure militaire dégradera, pour te les soumettre, les races libres et fières, empoisonnera de chancres irréductibles les esprits et les corps. Mes casernes protègeront tes cathédrales et tes couvents, et tes gymnases. Le sabre de mes pandours favorisera les déprédations de tes ministres. D'un commun accord, nous installerons dans le monde la bassesse, la couardise et la terreur; nous jetterons la nuit sur l'humaine pensée; nous truciderons les innocents. Tu seras le fils de Sabaoth, mon inspirateur et mon esclave. Salut à toi, Dieu profitable, Dieu des faussaires et des armées !

— Moi, Seigneur, dit Gaspard, découvrant à demi un vase d'or précieusement chargé de baroques ciselures, je n'offre pas grand'chose à Votre Majesté. C'est la myrrhe des funérailles, gardée en une coupe d'or, comme ces larmes brillantes que la fille incestueuse épandit sur Guigras. Je vous ai rencontré dans les fables de mon pays, lorsque, au lieu du nom que, plus tard, égayera le vaudeville, je portais celui de Gatha-Spaça, le pénétrant, et qu'un rayon d'Indra éclairait mon génie. Vous êtes venu tard après l'Inde fabuleuse et la Perse héroïque, et les amphyctionies d'Hellas. La beauté des Dieux s'est retirée du monde; mais, pour inoculer aux âges postérieurs ce que leurs prêtres ont d'avarice et d'inhumaine turpitude, nul ne l'emportera sur votre règne.

Mes descendants, épris de connaître et de penser, auront en vous leur plus cruel ennemi. Par le poison, par le bûcher, par le mensonge, vous étoufferez de votre mieux l'intelligence humaine, et sacrilèges thuriféraires, les bedeaux encenseront votre ciel de nos livres consumés. Dieu des lâches, des ignorants et des malades, Agneau cannibale des autels futurs, en attendant que la myrrhe embaume ton cadavre, salut à toi, Jésus !

Ayant ainsi conféré, les Mages quittèrent l'étable, au grand contentement de Jean Rameau qui, sur-le-champ reprit une cantate de formidable longueur. Marie-Anne de Keroubim, ayant brisé sa dent mâchelière contre la fève d'un gâteau, l'interrompit de cris aigus.

Mais au dehors, les esclaves se lamentaient et, pour assembler les équipages, leurs maîtres les appelaient en vain. L'étoile aux feux changeants avait disparu du ciel. Tout en haut, dans le pâle azur, brillait seul un feu rose que l'aube éteignait déjà.

— Cette flamme que tu vois, dit Gâtha-Spaça au nègre tremblant, c'est l'étoile permanente de la destinée humaine, étoile qui survivra aux flambeaux mensongers des rites évanouis. Astre de la volupté, lorsque tombe le soir, elle est, à l'aurore, annonciatrice du travail. Le rossignol la salue d'une plainte amoureuse, dans les crépuscules embaumés, l'alouette, au matin, lui darde sa chanson. Elle guide, sur les flots, l'audace du nautonnier, symbole de la raison éternelle et du labeur fécond et de l'Amour, seul Rédempteur.

A ces mots, le Prince jaune et le Monarque nègre se séparèrent du Mage indien avec horreur, chacun s'en allant, par des routes différentes, vaquer à son métier de potentat.

Contes Inédits

Rien ne va plus

PRÉFACE D'UN LIVRE QUE PERSONNE NE FERA

A Madame •••
        " jens d'esprit torcheculatif".
                            RABELAIS,

Une maquerelle de beaucoup de sens et d'expérience me disait un jour :

" Le principal, mon cher enfant, est d'éveiller le
plus possible dans l'esprit du lecteur des idées de
masturbation, la littérature n'existant plus aujourd'hui que pour les collégiens curieux de s'irriter
l'épiderme, les portières sensibles et les femmes de
chambre désabusées. Le public du vingtième siècle
se soucie de poésie, autant qu'un parapluie de manger de l'ananas, et si l'on prend un livre avant de
s'endormir, les petits romans ne manquent pas qui
s'avalent avec la fumée d'un cigare. Quant à vos
grands vers, ne les lisez même pas à votre cousine,

si vous ne voulez pas qu'elle vous préfère son coiffeur ou mieux encore sa cameriste, ni à vos amis qui ne vous pardonneraient jamais une supériorité quelconque, même celle du ridicule. Si vous avez absolument besoin de faire du papier sale avec du papier propre, faites la connaissance de votre archevêque et écrivez beaucoup de petites choses obscènes qui vous feront une réputation d'homme d'esprit auprès de la magistrature et du clergé. Tâchez surtout d'avoir une de vos scènes de canapé condamnée en police correctionnelle, moyennant quoi les jeunes demoiselles raffoleront de vous et les maîtresses de maison vous prieront de conduire le cotillon et de jouer avec leurs filles la comédie de société ".

Ne croyez pas, madame, que j'approuve aucunement, ces paroles véritablement scandaleuses et que je sois le moins du monde tenté de suivre ces conseils subversifs de tout ordre moral. Si même j'ai fait violence à ma pudeur habituelle pour vous les rapporter dans leur intégrité et les écrire au commencement de ce travail de haute esthétique c'est que je tenais essentiellement à vous démontrer qu'on s'exprime assez élégamment dans les lupanars et qu'on y raisonne avec tout autant de logique que dans beaucoup de sous-préfectures.

Cela posé, permettez-moi d'aborder mon sujet et de vous parler pendant dix minutes d'autre chose que de la chute de M. Constant ou de la tragédie d'Alfred Poizat, que je vous félicite bien sincèrement de ne pas avoir entendu.

Parmi les lecteurs qu'on peut avoir, si vous défalquez le stock considérable des philistins de toute nature et de tous sexes (y compris le troisième), de cocottes littéraires et de bons petits amis qui vous.

lisent avec un véhément désir d'épiloguer sur les mots et d'écorcher vos tartines jusqu'à les forcer de porter leur peau en guise de pardessus comme le Saint-Barthélémi de Michel-Ange, il ne reste plus guère de public enviable et aimable, que les femmes du monde comme ont coutume de dire les calicots ambitieux et les professeurs de troisième, épris de poésie.

Mais vous le savez, Madame, parmi celles de vos pareilles qui font l'ornement des médianoches et qui vont, pendant le carême, se confesser au curé de leur paroisse, emmitouflées dans d'onctueuses pelisses de renard bleu, il en est assez peu qui se soucient de savoir si un poëte s'est préoccupé de trouver des rimes riches et de comprendre l'esprit athénien ou les modes classiques.

Nous vivons dans un temps d'agents de change et les femmes ont depuis longtemps vendu leurs âmes et leurs corps pour quelques grammes de perles ou quelques mètres de martre du Canada.

Quant aux bas-bleus, je me tairai sur elles. Elles partagent avec les jeunes thébains du boulevard Lafayette, le charme et les inconvénients de l'androgénéité. N'étant femmes que par le corps, elles sont tout aussi jalouses que des camarades avec la coquetterie en plus.

Vous voyez bien, Madame, que si je voulais pousser l'analyse un peu loin, il me serait facile de vous servir une petite préface dans le genre Dumas fils, aussi longue que le Ramayana ou que les cheveux du citoyen Rappoport et non moins ennuyeuse que les poésies lyriques du nommé Delavigne, auteur des *Messéniennes* ou de Baour Lormian, qui fit quelque chose, vers l'an 1810.

Mais je préfère vous raconter une histoire qui m'est arrivée au dernier bal du Casino de Bagatellbourg où j'avais l'honneur de valser avec la délicieuse comtesse Nimportekoi. Le père de la demoiselle, un monsieur très bien, en culotte de peau, qui voulait tout savoir, m'avait confié sa fille, à cette heure douteuse où les grands parents soupirent après le punch, d'une avidité à rendre des points à un caniche altéré.

Dans ce temps-là, il y a longs jours (six mois, tout au moins) je passais pour un joli garçon et je portais d'une grâce particulière un habit des plus dithyrambiques, dont l'air vraiment miraculeux ne me nuisait pas auprès de ces dames et contrariait jusqu'au délire cinq ou six de ces excellents ânons que vous savez.

Aussi, et ma mauvaise réputation aidant, j'avais, outre le cœur de la colonelle de Saint-Charabias, à qui ses onze lustres avaient enlevé beaucoup du sien, conquis celui de deux ou trois pensionnaires à monosyllabes qui me faisaient, en dansant, l'honneur de se serrer sur ma cuisse sans doute pour mieux se marquer la mesure à elles-mêmes. Mais ces bonnes fortunes vulgaires me plafonnaient le tempérament et je gardais toutes mes grâces donjuanesques, pour emporter d'assaut, à travers sa blancheur de chairs de neige, aux agrafes de fraise, le cœur héraldique, mais compatissant, de la belle comtesse de Nimportekoi.

Après force marivaudages, et comme elle me demandait un sonnet, j'écrivis sur l'ivoire vert de son carnet de danse la petite ordure que voici, entre le nom de mon ami Chose qui dansait la mazurka

et celui du lion de la semaine, René de Sainte-
Esbrouffe, à qui elle avait promis le galop.

" Pour fixer d'un seul trait la grâce enchanteresse
Qui vous donne ce charme étrange à définir
Et dans des vers subtils et doux, avec adresse
De votre fin profil graver le souvenir;
Il nous faudrait, Madame, aux sculpteurs de la Grèce
Demander leur ciseau divin et rajeunir
Les tons mystérieux dont Jean Hemling caresse
Ses vierges sur un fond d'or pâle et de saphir.

— Monsieur, me dit en rougissant la belle
comtesse, votre sonnet est charmant et je regrette
en vérité qu'il soit si court ".

L'orchestre se tut en ce moment et je la reconduisis
à sa place où vint bientôt la chercher le jeune
Sainte-Esbrouffe à qui je ne me sentis plus le courage
de la disputer.

Vraiment, Madame, je ne sais pourquoi, je vous
raconte cette niaiserie et je vous avoue que j'ai totalement oublié ce que je voulais dire en commençant
ce mirifique ouvrage.

J'ai été me regarder dans la glace et je me suis
aperçu qu'il m'était poussé un bouton sur la tempe,
ce qui a jeté dans mes idées une perturbation totale
et me met dans la triste nécessité de vous dire d'une
façon entièrement dépourvue d'ironisme, pourquoi
j'ai fait une préface, au lieu de me tailler les ongles
ou d'aller manger des rognons à l'Athénée.

Primo pour faire quelque chose, vu que j'ai cassé
mon peigne à barbe et égaré ma maîtresse de la
semaine, ce qui me prive de deux distractions
considérables; ensuite pour vous faire comprendre

qu'il ne vaut pas plus la peine d'écrire pour des gens qui ne nous lisent pas que de faire des bottes pour une langouste, et enfin pour justifier l'opinion de la respectable maquerelle qui daignait m'éclairer de conseils dictés par une expérience profonde.

Je vous annonce, en outre, que je me livre à la confection des dessins orduriers destinés aux demoiselles de bonne famille et que je me propose d'envoyer à tous les journaux un fait-divers, où il sera dit que je me nourris exclusivement de cœurs de cadavres et d'excréments humains ce qui, je pense, me rendra assez satanique pour me permettre d'avoir des dettes, de ne plus saluer les gens qui me sont désagréables et de ne plus vous assurer, comme ce soir, du profond respect avec lequel j'ai l'honneur d'être, Madame, votre très humble et très dévoué serviteur.

Le Petit Ponte

Celui-là s'appelle Légion.

Plus nombreux que la poussière, plus vivace que le corbeau, il pullule et fourmille dans les lupanars du jeu. C'est lui qui entame la partie et rallie autour du tapis vert le troupeau des indécis et des décavés, lui qui amorce l'avarice sommeillante et fait miroiter sous la vive clarté des lampes les premiers jetons. C'est lui qui, chaque nuit, s'assied à la même place et risque la même somme, recommençant ses combinaisons avec méthode, mûri dans un invincible sang-froid. C'est lui qui passe des heures à attendre que la chance se déclare sur son tableau avant de jeter une plaque de cinq francs.

Doué d'un flair de sauvage et de carnassier, il se rue sur les coups gagnants que son instinct devine, et corrige le hasard à force de patience et d'entêtement.

D'autres demanderont aux cartes mystérieuses les délices d'une ivresse et l'enchantement des idéals rêvés. Dans les nuits immondes du cercle, à travers la brume fétide des cigares et la puanteur du gaz allumé, les éphèbes aux longs cils verront voltiger les écharpes des amoureuses, et pour un peu d'or tombant devant eux, sentiront passer dans leur chair, le vent des chevelures dénouées.

Le petit Ponte, lui, n'est pas au jeu pour faire de la poésie. N'ayant d'autre industrie, il opère consciencieusement, décidé à gagner quand même et à partir avec son gain.

Il approche de la table maudite avec la tranquillité convaincue d'un employé honnête qui se rend à son bureau et placide, *fait venir* son pain quotidien. Excellent homme au demeurant, qui n'oublie pas les siens, les jours où il se sent en veine, qui *travaille* souvent une heure de plus, afin de pouvoir offrir le lendemain un bijou à " Madame ", un sac de bonbons au " petit ".

Excellent homme en vérité; intelligent aussi, car il a compris d'abord combien est avantageux ici-bas le métier de parasite. A voir des crabes ronger un cadavre échoué sur le sable, des mouches nettoyer un verre où l'on a bu, il a édifié la théorie de l'engraissement des petits. Pareil aux vermines qui labourent la peau humaine, il s'est senti formidablement armé dans son infirmité. Il s'est dit que là où de plus grands et de plus superbes pourraient sombrer, son abjection lui serait une arme, sa lâcheté une défense. Du jour où, d'un coup d'œil, il a mesuré sa force et sondé ses appétits, il a été créé et a pu commencer à jouer son rôle. Les droits à la paresse étaient acquis. Ayant pour capital la sottise

et la cupidité des autres, il n'avait plus qu'à faire
fructifier ce riche domaine, ce tuf immortellement
fécond.

Et tout de suite, il a pu réaliser le rêve de son
cœur : se lever à deux heures, manger des petits
plats et porter de belles chemises. Et c'est pourquoi,
tandis que de vulgaires malfaiteurs chourinent la
nuit dans l'horreur frissonnante des routes, alors que
la pleine lune fait hurler les chiens et hulluler les
orfraies, quand la vision pressentie de la machine à
couper les têtes fait trembler le surin aux mains des
escarpes, notre personnage, très digne et cravaté de
frais, assassine, en pleine lumière dans des bouges
tolérés par la police, les insensés, assez stupides pour
croire qu'en ce milieu pourri on peut encore compter
un cœur par poitrine d'homme.

Le petit ponte est d'habitude sans profession, le
baccarat suffit à ses besoins.

Comme il a des nuits de peine et qu'il tient à
conserver sa fraîcheur, il dort longtemps et se
nourrit bien. Sa toilette qu'il soigne, son déjeuner
qu'il savoure, le conduisent assez avant dans le jour
pour qu'il ne s'ennuie pas trop des estaminets variés
où il étale sa grâce de joueur de billard et sa faconde
de beau parleur.

Car le café est vraiment le lieu où s'épanouit dans
sa gloire ce respectable monsieur. C'est là qu'il
trône et pérore au milieu d'une cour de petits jeunes
gens. Vautré sur le velours pisseux des banquettes,
c'est là qu'il les initie aux joies de l'écarté et leur
enseigne l'art d'aimer. Il leur raconte ses bonnes
fortunes, leur donne des conseils d'hygiène et leur

explique en beau langage les plus obscurs secrets d'Éros.

Le petit ponte sait toutes les finesses permises, toutes les tricheries licites.

Très utile au chef de la partie qui compte sur son assiduité pour attiser les gros bonnets, il est traité en enfant de la maison par les employés qui ferment amicalement les yeux sur les manèges de tous les soirs.

Lui qui répugnerait peut-être à dérober le porte-monnaie d'autrui, il trouve tout simple d'être payé double quand il gagne et de ne rien débourser quand il perd.

Dans l'orgie du métal épandu à pleines mains, dans le ruissellement de l'argent épanché comme d'une fournaise ouverte, il suit paternellement le sort de son misérable enjeu. Que demande-t-il après tout cet ambitieux modeste ? Les victuailles de la semaine et quelque chose en plus pour acquitter l'arriéré de la blanchisseuse.

En dehors de l'avidité prudente, qui est l'essence même de son individu, ce qui domine en lui, c'est la méchanceté platonique, la joie perverse, toujours renouvelée de voir l'argent se fondre et s'éparpiller devant lui.

Comme les antiques vestales, il se venge de sa continence, par la cruauté, de l'humilité de son désir, par la grandeur des désastres qu'il contemple.

Non content de se chauffer aux tisons de l'incendie, il aime à voir s'envoler les flammèches et la maison s'effondrer.

C'est avec une supériorité moqueuse qu'il raconte la fin de ces décavés, les tragédies auxquelles il a assisté sans s'émouvoir. Cela lui semble drôle que des gens meurent d'une passion dont les miettes le font vivre; un mépris lui vient pour tous ces imbéciles qui n'ont pas su faire leur vie et se sont endormis un beau matin dans leur misère et leur souffrance, plutôt que d'endurer une existence infâme, une déchéance sans espoir.

Tel est le petit ponte.

A part quelques nuances de monde et de pays, il est toujours le fantoche redoutable dont j'ai tenté de fixer la silhouette.

Embusqué dans les repaires du jeu, il guette patiemment et dévore la proie que le hasard, l'ennui ou le besoin d'argent, lui amènent sans relâche. N'étant pas tourmenté de cupidités vagues et sachant ce qu'il vient chercher, il est le plus terrible des partenaires, le plus acharné des vainqueurs.

Si, trompé par les fictions de son cerveau et les nobles mensonges des poëtes, quelque adolescent pénètre un soir dans l'antre abhorré et risque sur un coup de cartes les saintes espérances de l'avenir, soyez sûr que le petit ponte sera là pour profiter de sa déconfiture, quitte à lui donner ensuite les plus sages conseils. Et celui qui était entré vierge dans le cloaque repartira brisé par l'effroyable veille, un frisson de fièvre aux dents, pleurant le rêve mort, encore plus que l'argent perdu.

Car le jeu n'est pas la lutte héroïque où les hardis peuvent dompter la fortune, où la barque du pêcheur Dalti et les lèvres de Portia bercent sur l'Océan, ceux que le sort a vaincus; le duel surhumain où pour avoir étreint les bras invulnérés de l'Ange, les fils de la terre sont appelés forts contre Dieu.

Car le ponte résume et condense tous les vices d'abject désir, toute la sottise meurtrière que l'usage des cartes développe dans l'esprit épais et le cœur des bourgeois.

Car il est le genius Coci du brelan, l'incarnation même de la férocité des joueurs, l'ignoble victimaire, à qui profitent la honte et les douleurs de ceux qui, pour un vertige d'une heure, ont vendu sur la terre et dans le ciel leur part de paradis.

1880.

Du Château de Volapüch

Le 23 d'octobre 1820.

La semaine qui s'achève marque une date la plus avantageuse du monde aux personnes de notre sexe. Le croirais-tu, ma belle mignonne ? M. Aurélien Scholl lui-même, le Scholl du café Tortoni et des nouvelles à la main, M. Scholl, crieur juré de toute baliverne aiguisée en pointe, couronna d'un soupçon de myrthes la caboche d'un Bas-Bleu. Et quel Bas-Bleu, mon Trésor ! J'en suis encore déferrée, malgré mon grand âge et l'habitude qu'on me sait de l'imprévu, ma nièce Balbine qui se mêle de vers ainsi que le chevalier, son père — un grand bénêt, que je soupçonne fort de n'improviser qu'en cha-rades — me fend la tête et veut lire à tout prix les cataleĉtes de la Dame, comme si l'Odéon joutait à Volapück. Tout cela par la faute d'un méchant papier (les gazetiers sont d'impertinentes gens et leur fatras ne vaut pas un geste) que ma péronnelle a ramassé je ne sais où. En cette feuille donc, M. Scholl, agréable comme toujours au même titre que l'almanach liégeois, propose à l'univers les morceaux lyriques de Mme Krysinska, la dernière des Polonaises, oubliée dans Paris. Ombre de Poniatowski ! Vois-tu ce jubilé des bords élyséens ?

Je pense avoir rencontré jadis la lauréate du "très spirituel" chroniqueur, en une assemblée fort pouilleuse où de petits messieurs, d'accoutrement bouffon, s'exerçaient à la poésie légère. Notre muse tétonnière en diable et d'une ventripotence peu commune, hurlait au clavecin des airs de sa façon, remarquables seulement par l'absence de toute musique. C'était le beau temps de Maurice Rollinat, autre élève de la nature, que ses admirateurs comparaient volontiers à Grieg ou à Chopin.

Autour de lui grouillait une Académie de fossoyeurs imberbes, acharnés sur les pianos. Pour ne se distinguer point de ces éphèbes, Marie Krysinska détaillait, à grand renfort de triples croches, le faguenas du cadavre et les helminthes du cercueil. On insinuait que le poëte des *Névroses* l'avait élue, un soir, afin de constater sur modèle vivant, les défaillances de l'humaine plasmature et commenter à ses genoux les octaves de maître François Villon pour la Belle Heaulmière. Plus tard, Maurice Rollinat, que nourrissait peu l'exploitation du Macchabée, se résolut au conjungo et, vers l'an quarante-huitième de son âge, cessa de frissonner. Il plante maintenant des choux en Berry, des choux macabres, comme ceux de Lestiboudois, et continue, je suppose, à bourrer son nez de tabac d'Espagne, ce qui constituait, jadis, un de ses plus irrésistibles enchantements.

Mais Krysinska, du moins, reste près de nous, en son abondante corporéité. Krysinska jute de la prose, comme la reine de Roumanie, et pond des vers comme Jean Aicard. Elle ne rime pas, la chère petite folle, mais elle assonne avec déliquescence. Et chroniqueurs de s'esbaudir, le miracle impossible aux vers de Rimbaud et de Verlaine, les *Proses rythmiques* de Mme Krysinska, l'effectuèrent sans douleur. Elles dessillèrent le monocle d'Aurélien et produisirent sur sa *rétine*, l'effet qui, depuis le bonhomme Tobie, semblait réservé au fiel du cachalot. Lis ce morceau, ma mignonne, et dis-moi sans feinte, si tu n'en es pas charmée :

Quoique très ouvert aux innovations, j'ai peu goûté la prose obscure, entortillée, prétentieuse, d'une école qui a déjà mordu la poussière.

Mes yeux sont-ils dessillés ? Suis-je le Polyeucte d'une poésie nouvelle ? Voici que tout à coup, je m'éprends des Rythmes pittoresques *de Marie Krysinska.*

C'est un plaisir d'enfant — ou de marsouin — de se rouler dans les vagues de sa prose scandée, à laquelle la typographie donne l'apparence du vers et de folâtrer entre ses ïambes. Il y a là une cadence qui berce et qui enivre. On dirait des couplets traduits d'une langue étrangère, et où le traducteur ne met pas de rimes pour conserver la pensée intacte. *La Ronde du Printemps, Les Mirages, Les Résurrections* ont un je ne sais quoi de printannier et d'éolien ".

Lettres Parisiennes

La Chapelle de la rue d'Arras

J'eus quelque peine à découvrir dans le quartier Mouffetard la salle où M. Loyson réunit ses adeptes. L'ancien prédicateur de Notre-Dame semble s'être fait une spécialité des établissements incongrus. Boulevard Rochechouart, il prenait la suite d'un beuglant en déconfiture. Les encensoirs succédèrent aux brûle-gueule et les cantiques aux gaudrioles déhanchées. Rue d'Arras, il habite un local où retentirent longtemps les cris d'animaux politiques en train de réformer la société. Il faut rendre à M. Loyson cette justice qu'il a vaillamment assaini ce théâtre de pugilats électoraux et que sa boutique ne raccroche d'aucune manière indécente les explorateurs de ce pays perdu. Sans la concierge, qui prend la peine de m'aviser que l'hérésie se tient au fond de la cour, je n'eusse pas aperçu l'entrée du sanctuaire, non plus qu'une échoppe où l'on débite les ouvrages du défroqué. Ses photographies s'étalent au milieu d'opuscules dogmatiques et de formulaires à l'usage des croyants. En surplis, en habit de ville, de face, de profil, avec ou sans extase, je ne pense pas qu'il y ait au monde quelqu'un de plus collodionné, hormis Sarah Bernhardt. Ce goût de cabotin le suit dans la rue où la laideur de sa redingote et l'hypocrisie de son chapeau le trahissent aux curieux. L'air cuistre au fond, malgré l'incontestable finesse de son visage, il monte sur les impériales d'omnibus et porte volontiers un sac de pédicure affecté aux ustensiles de sa religion.

Eglise gallicane réformée. Sous l'enseigne, une porte étroite surmontée d'une République de style balourd. C'est toujours un café-concert où le maître-autel a remplacé l'estrade des *artisses*, mais où se trouve encore l'emplacement du *pourtour* et des fauteuils d'orchestre. Une chaire pareille à un grand coquetier, un baptistère à rincer des salades, et, tapissant le fond de la salle, une tenture d'Andrinople contre-pointée d'une croix d'or. Lorsque j'arrive, les fidèles sont en nombre déjà. L'aspect de l'assemblée n'est pas ce qui se peut imaginer de plus mondain. Les zingueurs mystiques des environs forment, avec un nombre restreint de cuisinières en rupture de fourneaux, le meilleur de l'auditoire. Un relent de chat mouillé, l'odeur des tramways, les jours de pluie, remplacent le cinname et l'oliban. Mais l'assistance ne paraît aucunement raffinée sur les plaisirs de l'odorat. D'ailleurs, afin de solenniser la Pâque, l'autel est paré de fleurs. Il y a bien pour douze francs d'azalées et de plantes vertes. Sur les degrés du chœur, quelques roses effeuillées donnent à supposer que la prêtresse de l'endroit ne consacre pas tous ses loisirs à traduire Ignace de Doellinger.

La confession générale, qui, dans la lithurgie galli-

cane, précède ordinairement les vêpres, a déjà eu
lieu. Je ne puis, à mon grand regret, discerner les
concupiscents d'avec les avaricieux, et je m'installe
au hasard dans une tribune où je recevrai la parole
du sermonaire à bout portant. En attendant qu'il
paraisse, la chapelle exécute des hymnes et chante
une version française des psaumes du dimanche sur
les airs grégoriens. Un grand dadais alterne ses
bêlements avec une dame fort mûre, toute pleine
d'intonations séraphiques, tandis que deux péronnelles assez mal en gorge miaulent aux toussotte-
ments d'un harmonium aigre. J'ai pêché cette perle
dans la traduction de l'O *filii* :

> *Voici, Thomas, lui dit Jésus,*
> *Mes pieds, mes mains. Les ayant vus,*
> *Sois fidèle et ne doute plus.*

Il y a une douzaine de tercets de ce goût-là. Le
trop amoureux apôtre du gallicisme rime aussi
ladrement que le grotesque Déroulède, sans avoir
l'excuse de se faire interpréter par Thérésa.

Enfin les vêpres sont terminées et M. Loyson
monte en chaire. Ses acolytes, aucunement jolis, se
tassent pour l'écouter, l'harmonium se détend en un
couac suprême et le silence des fidèles environne
l'orateur. L'âge n'a point épargné le renégat. La tête
latine aux méplats de médaille a perdu de sa majesté.
Des bouffissures ont empâté les contours, des rides
ont mordu les yeux. Les cheveux emportés décou-
vrent le front trop bas, ce front où la honte du parjure effaça l'onction sacerdotale. Tel qu'il est, le
geste robuste, la voix mordante et bien posée, il
retrouve je ne sais quoi du prestige disparu, se

détache en clarté sur son entourage de grimaces.
Cependant, "une vertu s'est retirée de lui", des
nuages ont enveloppé son éloquence, comme les
nuées de malédiction qui s'abattaient sur les villes
condamnées. Du protagoniste chrétien fameux entre
ses pairs, il ne reste plus qu'un histrion récitant des
monologues schismatiques devant une poignée de
crétins. Au Cirque d'hiver, où M. Loyson essaya
l'an dernier une apologie de ses doctrines, le grand
public ne vint pas. Le père Monsabré avait décliné
la controverse en des lettres de haut goût, et les
rieurs s'abstinrent, comme. lui, de cette déplaisante
exhibition.

L'orateur fait son prône sur les Mystères du jour.
Je ne sais quoi de flasque et de réticent dans le verbe
l'empêche de dégager un enseignement quelconque
de ces touchants récits.

Le prêtre fécond selon la chair ne devient-il pas
impropre à tout enfantement spirituel ? Pêle-mêle
avec l'eau tiède de son homélie, il adresse des coquet-
teries serviles aux archontes d'arrière-magasin qui
reconnurent l'apostasie du père Hyacinthe comme
un culte public. Mais cette mise en cartes ne suffit pas
à M. Loyson, qui rêve de quitter le trottoir des
Tertullias pour un sanctuaire en pierre de taille.
Aussi, ne ménage-t-il pas les encens aux farceurs
qui tiennent la queue de la poêle. Pour un peu, il
céderait une place au stupide Grévy dans le tryptique
de Desboutins, entre Mme Loyson, son épouse, et
le scrofuleux potache issu de leurs embrassements.

La musique menace de recommencer. Au scandale
de quelques duègnes pleines de ferveur, je m'es-
quive par un prochain escalier. J'ai hâte de revoir

la rue, le grand jour, et, dans ce paisible coin de province, les enfants jouant le long des trottoirs. Le carrefour Saint-Victor où bruit la gaîté des beaux dimanches est plein de robes rouges et bleues, ces robes d'Italie qui mettent un coin de Transtevère au pied de la montagne Sainte-Geneviève.

Sur les quais, le long du fleuve, une foule de printemps, alanguie en des paresses dominicales. Des groupes boivent sous les lauriers roses des marchands de vin. En toilette claire, des femmes, une touffe de violettes ou de ravenelles au corset. Paris se repose du labeur quotidien, insoucieux enfin des divines jongleries, ayant vomi les dogmes qui l'opprimaient et réduit les hérésiarques aux proportions de queues rouges sans baraques ni public.

avril 1884.

Paris, 23 novembre 1884.

Il faut aimer la musique d'un véhément amour et tenir du ciel une impassibilité farouche pour assister à une exhibition lyrique en l'an de mercerie mil huit cent quatre-vingt-quatre. Les directeurs de spectacles, les entrepreneurs de concerts et tous autres montreurs d'anthropiniens savants n'ignorent pas l'attrait de la difficulté vaincue et se sont avisés, pour mieux attirer la foule, d'hérisser d'obstacles l'entrée des manèges où s'exerce leur industrie. Il est impossible d'entendre vocaliser une primadona du poids de quelques diamants ou d'assister aux jeux icariens d'un violoncelliste connu sans, au préalable, subir les démonstrations indécentes des jeunes anthropophages qui, plus collants que pieuvres, gardent le seuil des sanctuaires musicaux. Marchands de contremarques échappés de Gomorrhe ou libérés de marmites, le malheureux, en proie à leurs hennissements a bientôt fait d'être vaincu et bousculé, assourdi, les mains pleines d'imprimés qui tachent les gants, il est enfin mûr pour les insolences du contrôle et le dédain de mesdemoiselles les ouvreuses.

Notez que je parle ici des gens avisés qui ont retenu leurs places à l'avance et choisi leur fauteuil de manière à être le moins possible écrasés par les grosses dames en retard et les clercs d'huissiers curieux des choses de l'esprit. Les autres, indignes de pitié, se morfondent au guichet, sous le barbotage des parapluies, les injures de leurs concurrents et l'insultante commisération des impériales d'omnibus.

Toujours dans le but d'intéresser davantage à leurs phénomènes, les débitants de doubles croches ont le soin d'installer leur clientèle sur des escabeaux auxquels ne manque guère qu'une garniture de clous pour être le plus parfait des engins de torture. Cependant, on voit assis, là-dessus, des hommes graves qui ne risqueraient pas cent sous pour sauver un poëte en détresse, des financiers, des nègres, des valaques, des économistes, des élèves pharmaciens, des belles-mères réchampies à la céruse, sans compter toutes sortes de déplumés, ceux qui cachent avec pudeur la nudité de leurs crânes sous un duvet de canard et ceux dont la reluisante calvitie serait à peine de mise dans un caleçon.

Paris, 25 mars 1885.

Les ides de mars célèbres par l'expulsion des cravates rouges aux saute-chiens du président Grévy, furent véritablement égayée par quelques affaires criminelles d'un beau sanguinolent. Le tendre Mielle, péripatéticien du boulevard Bourdon et l'éphèbe Gamahut, lutteur du bal Fabour, ont comblé d'émotions fortes les bourgeois habitués de la cour d'assises. Les concierges, à qui Montépin ne suffit plus, les petits rentiers que leur indigence préserve des glapissements de Me Brunet-Lafleur, se sont gavés à plein gésier de détails féroces et répugnants. Malgré le mépris dont les femmes ont accoutumé de charger les dissidents de l'amour, plus d'une s'est pâmée sur l'infortuné Lebon, ce marchand de volailles qui eut le tort de ne pas s'en tenir à la " petite oie " avec son meilleur ami. Les gens graves ont feint d'apprendre les détails scabreux que le procès Mielle a découverts, touchant les icoglans du trottoir, comme si l'industrie de ces jeunes hommes ne s'exerçait pas en pleine lumière sous l'œil encourageant des policiers. Hormi les dames raccrocheuses dont ils entravent le commerce et usurpent les attributions, les représentants du troisième sexe ont, depuis longtemps, su se concilier la bienveillance de la foule et des autorités. De la Madeleine au canal Saint-Martin, des hauteurs des Batignolles au marché de Montfaucon, ils se répandent sur Paris, drus comme les sauterelles d'Egypte, pullulent à la façon des rats dans un égout. Chaque soir, sans que personne s'en inquiète, ils *lèvent* les banquiers en rut et leur extraient la forte somme, par maints procédés ingénieux autant que délicats. Tels ont pour spécialité d'introduire la zizanie dans les familles au moyen d'un chantage habilement organisé. D'autres — moins élégants — coupent les bourses et tirent la laine aux passants curieux de sensations inédites.

La Perdrix et *La Pâtissière* ont acquis dans cette sorte de travail un renom incontesté. D'ailleurs, ce n'est pas seulement la rue qui donne asile à ces adolescents. Les étuves publiques dont ils spécialisent la clientèle, les estaminets de toute sorte, aussi bien les cafés borgnes où s'échouent les mornes " copailles " du boulevard, que les cabarets nocturnes, hantés par les fils de famille à la recherche de cinquante louis, sont les gîtes préférés des ganymèdes contemporains. La *duchesse d'Alençon* accueille à son thé du dimanche les personnages en vue, médecins, avocats, bureaucrates, tous pêle-mêle avec les employés du Bon Marché. Son logis, qu'embellit une vieille actrice plus connue pour ses opinions orléanistes que pour son talent dramatique, est le conservatoire de la galanterie universelle, quelque chose comme un hôtel de Vendôme approprié au goût du jour. Cela, d'ailleurs, n'empêche en rien ce maître de maison extraordinaire d'être reçu partout de la façon la plus courtoise et de vivre sur un pied d'intimité avec les femmes de la plus indéniable vertu. Ce qui témoigne d'un esprit exempt de scrupules chez ces dames, en même temps que d'une certaine astuce chez leurs féaux époux.

Parfois, cependant, un assassinat rompt la benoîte monotonie de ces comportements. Quelque Mielle à court d'argent, lassé d'éplucher le pot-au-feu matrimonial, se divertit un peu à dépecer son " petit homme ". La curiosité s'émeut, puis une semaine ou deux s'écoulent, et, plus que jamais, reparaît, au grand jour des becs urbains, " le persil " des belles sodomites.

***

Après messieurs les surineurs, les masques ont eu l'avantage d'amuser le tapis. La Mi-Carême, qui vide chaque an sur le pavé les survivants de feu Chicard, sembla regorger cette année d'un nombre inusité de crétins. Je ne pense pas qu'il y ait au monde un spectacle plus sauvage que cette foule de calicots rués à contempler le *décrochez-moi-ça* des lavoirs et des bals publics.

La popeline en délire s'ébat au soleil avec des joies qu'abritent d'ordinaire les sentines de la Bouche-Noire ou de Tivoli-Vaux-Hall, et qui, lâchées sur le pavé, font regretter les mœurs polies des gentlemen anthropophages. Oui, certes, bien plutôt que les Bullier, par qui les apprentis notaires se réjouissent des souillons promus à la dignité de concubines, qu'on nous rende les festins guerriers où les chefs botocondos rhythment des saltations victorieuses, tout en grignottant les os d'un missionnaire gras ou bien les côtelettes d'un huissier saisi à point.

L'Opéra donnait aussi son dernier bal et déroulait ce chapelet d'aventures nauséeuses qui n'eurent jamais d'esprit, que celui de Gavarni ou des Goncourt. Les gommeux d'arrière-boutique, les *tendresses* indurées de Péters, un nombre considérable de femmes de chambre, et d'avoués de province, ont une fois de plus savouré ces joies délicates où s'épanouit la fleur de l'urbanité nationale, pendant qu'au dehors la pluie tape ferme et que grelottent, sous les auvents, les pauvres diables sans logis.

***

Un nouveau cirque à l'usage des hommes du monde. Le fils du chocolat Menier ouvre une arène aux clubmen de ses amis et voici que les hoirs des géants possèdent un endroit de plus où recevoir des claques sur leur fessier héréditaire. Les courses ne suffisaient pas avec le baccarat à vider les intelligences de ces garnements. Il leur fallait manger une autre honte à la gamelle des saltimbanques et se prostituer à la curiosité répugnante des créatures et des badauds. Les plus aristocratiques beautés ne manqueront pas, au surplus, d'embellir de leur présence, ces nobles divertissements. Les coureurs de dots possèdent là un débouché nouveau. Pour la grâce à imiter la grenouille ou à sauter sur un cheval nu, les Rastignac de l'avenir sauront toucher les héritières. A moins que la baraque de l'avenue Gabrielle ne s'écroule sous les sifflets, et que M. Menier n'apprenne à ses dépens la vérité de la belle maxime que lui transmirent ses aïeux. *Se méfier de la contre-façon*.

*****

Mais loin des banquistes, des scélérats et des histrions, le renouveau sonne chaque jour ses fanfares d'allégresse.

Aux coins des carrefours s'entassent des chariots de fleurs. La nuit, dans l'air déjà tiédi, des parfums d'ambre léger caressent les bons noctambules. Et ce sont elles, les belles violettes aux robes de pourpre abbatiales " *la violette à deux sous qui embaume* " et fleurit le corset impubère des filles de seize ans. Narcisses jaunes, renoncules, jacinthes, anémones, et les frêles mimosas couleur de miel. Paris, comme une amoureuse, s'est couronnée de fleurs. Le soleil

danse et par les Tuileries essaiment les babies tout
roses du grand air. Les dames s'empressent aux
boutiques où s'épanouissent les étoffes couleur du
temps.

La quinzaine de Pâques a suspendu les réunions
mondaines. On peut oublier enfin les cotillons érein-
tants et les soupers néfastes, et les proverbes de salon,
et les épaules de Mme Gautereau.

Atours discrets et front voilé, les belles péni-
tentes se ruent en Monsabré. Le baron Platit explique
l'éloquence de la chaire. Dépositaires de l'ortho-
doxie, les épiciers débitent aux âmes pieuses le
hareng canonique et les pruneaux *du Concile*. Demain,
les rameaux de Pâques fleuries empliront les rues;
demain, ce seront les palmes et les cloches. Demain,
les lilas seront ouverts et les arbres de Judée secoue-
ront au vent leurs grappes roses; demain, les jouvenceaux courront par les bois de Vanves ou de
Meudon. Sous les tonnelles des banlieues chantera,
pour les cœurs extatiques, ce ramier qui disait à la
sulamite la saison des feuilles nouvelles et la vigile
des premières amours.

*_**

Ondée sur ondée. Il pleut et " *dans le Luxembourg,
ce paradis du monde* ", les marroniers pleurent leurs
étoiles blanches, perdues comme le bouquet
d'Ophélie, leurs étoiles emportées, valsant au milieu
des bassins. Les pierrots mouillés hérissent leurs
plumes, sous les branches, tandis que les Reines de
marbre, cérémonieuses et glacées, regardent le ciel
gris de leurs yeux indifférents. Une tristesse d'automne enfonce au cœur le souci des joies anciennes,
approfondit en nous la douleur de vieillir. Pour-

tant, vers le soir, quand l'averse tarit et que se
déchirent les brumes, un coin d'azur apparaît. Des
ramiers s'envolent. Des robes claires passent, et,
parmi les flaches enjambées, sautillent comme des
bergeronnettes les pieds mignons des Parisiennes en
toilette de printemps. Les trottoirs sentent l'absinthe
et le lilas. Un rais de soleil tombe et la rue joyeuse
s'emplit d'or. — Mais ce n'est pas la rue qui célé-
brera les pompes du renouveau, la rue qui parfumera
nos misères de consolantes fleurs. Entrez, l'Eglise
a suspendu pour vous des couronnes d'allégresse
aux murs silencieux. L'âme des roses se mêle aux
lithurgiques vapeurs de l'encens. L'autel de la Madone
flamboie et, dans la douceur des prières latines, se
déroule une vision de paradis : les communiantes en
voiles blancs.

Sur les balcons du ciel penchés,
Les Elus en surplis brochés,
Dans l'or des clairons embouchés,
Proclament aux vents extatiques
La rémission des péchés,

Et les Séraphins athlétiques
Agenouillés sous les portiques,
Au son de l'orgue et des cantiques,
Devant le troupeau lilial,
Balancent des roses mystiques.

Et, par la ville sacrilège, à travers la cohue des
fornications et des avarices, on les voit, jusques au
soir, dans l'orgueil de leur féminité première, passer,
candides et superbes, comme un vol d'anges inter-
cesseurs.

Aussi brune qu'une hirondelle,
Avec ses yeux où tremblent des feux clairs,
Une gaîté calme émane d'elle
Et sur ses dents palpitent des éclairs

Par les chemins où les gypsies
Rôdent, le soir, à travers les blés mûrs
Dans l'or fumeux des ombres épaissies
Elle a cueilli le lierre des vieux murs.

Elle a couru parmi les berges
Et les sentiers au long des clos herbeux,
La gorge souple en la fraîcheur des serges
Elle a dormi sur l'herbe auprès des bœufs.

Le lis, la neige et les ivoires
De leurs trésors n'ornent point sa beauté
Mais de ses seins fleuris de roses noires
Monte, joyeux, le parfum de l'été.

Bagnères-Thermal, 1884.

Théâtre en Vers

Le Prologue de la Farce
de la Marmite de M. S. Plautus

*C'eſt à côté de l'âtre (plate-forme carrée, haute à peine
de quelques doigts, où les tisons feutrés de poussière
indiquent la place habituelle du feu), le* lararium, *autel
des Génies domeſtiques.*

*Une sorte de tabernacle, ou de niche ayant de plain-pied
accès à quelques marches en demi-lune que pavoisent des
fleurs artificielles, des simulacres pieux : le tout agencé de
telle manière que, debout au plus haut de l'eſtrade et la
main droite appuyée au bras d'un fauteuil qu'il vient de
quitter, Lar puisse aller, venir, descendre de son autel et
remonter les degrés d'icelui.*

*C'eſt un dieu nain, imberbe, d'aſpect falot, tenant de
l'éphèbe et du centenaire, un gnome, qui, mille ans plus
tard, quand le Chriſtianisme aura démasqué son nom,
deviendra le lutin domeſtique, l'ange tutélaire, le saint*

*éponyme du foyer. Il est vêtu de la toge, couronné de ver-
veine. Il porte en main un bâton aiguisé pour chasser les
voleurs. A part le* lararium, *tout ce que l'on voit du
logis offre un aspect délabré, ignominieux et sordide. Au
plafond, des toiles d'araignées ; les murs s'effritent ; des
plaques de moisissure champignonnent et verdissent dans
les coins. Par places, aux fenêtres, des loques misérables
interceptent le jour. Dans un angle obscur, entassés pêle-
mêle, de la ferraille, des caisses hors d'usage, des lambeaux
de papier, toutes sortes d'objets infâmes, tels qu'on en
peut ramasser dans les terrains vagues et les cités des
chiffonniers.*

*Au lever du rideau sur la première marche de l'autel,
un encensoir fume encore et s'éteint peu à peu.*

LAR [1]

*Il descend avec lenteur, d'un pas rhythmique, sans autre
mouvement que celui des jambes, s'arrêtant par saccades et
repartant de même. Il donne vaguement l'impression d'un
automate, d'un* pupazzo *qu'anime l'artifice de mécanismes
intérieurs.*

*Au bas de l'autel et se retournant tout d'une pièce, à
ôté du brûle-parfum, il quitte son épieu.*

> De peur que quelqu'un ne s'étonne,
> Voyant ma stature avortone
> Dans ce décor de Suétone ;

(1) Au musée Guimet, une danseuse d'Antinoë, affiliée au
culte de Mithrâ. Leuchiôné, garde, parmi les objets enterrés
avec elle, auprès de son chevet, une réduction du *lararium*
domestique.
"Quelquefois on plaçait ensemble dans le *sacrarium* de la
maison "les images des Pénates et du Lar. C'est ainsi que

Et qu'un Dieu — car je suis un dieu
Comme les autres — soit un peu
Moins grand que huche ou pot-au-feu :

Si l'on demande pourquoi brûle
Du feu sacré dans la férule
Et pourquoi ma chaise curule;

Aux critiques, snobs ou grimauds,
A vous, fils des divins Gémeaux,
Je le vais dire en peu de mots.

Dans la maison noire et vétuſte
Où les rats grignotent les buſtes
Des ancêtres, combien auguſtes !

Je suis Lar, esprit familier
Qui, nuit et jour, sur son pilier,
Garde le coffre et le cellier.

" nous les montrent divers monuments conservés encore
" aujourd'hui. Ils formaient un groupe de trois personnages.
" Au milieu, le Lar, *vêtu de la toge*. Des deux côtés, les Pénates
" (*penus*, chambre des provisions) sous la forme de Génies
" qui soulèvent une corne à boire, symbole d'une vie joyeuse
" et facile. Ces groupes étaient indifféremment désignés sous
" le nom de *Lares* ou de *Pénates*. Les Lares sont représentés
" sur le denier de Cœſtus (Cohen, méd. consul., pl. 8 ;
" Mommsen, p. 560, n° 174) comme des jeunes gens assis
" avec des bâtons ou des lances. Ovide, *Faſt.*, 5, 137, et
" Plutarque, Q. R. 51, les considéraient comme les gardiens
" de la maison. Tel est aussi le Lar préposé à la garde du Tré-
" sor dans la *Marmite* de Plaute. Il ·ſt impossible de se repré-
" senter ce Lar sous la forme d'un personnage dansant et
" portant la corne à boire qui ne faisait point partie de l'appa-
" reil des sacrifices. Ses symboles conviennent, au contraire,
" à la prospérité de la maison à laquelle président les Pénates. "

Joachim Marquardt (traduction M. Brissaud), *Le Culte
chez les Romains*. E. Thorin, édit., Paris, 1889.

Je suis un dieu sans morgue aucune,
Amusé d'un rayon de lune
Où tourne la phalène brune.

Sur le disque, sur le croissant,
J'aime les moucherons dansants
Et me nourris d'un peu d'encens.

O familiale demeure !
Le gnomon et la chantepleure
M'ont, ici, compté bien des heures.

J'ai pris ma part de vos destins.
Quirites ! J'ai vu les matins
Et les soirs des aïeux lointains.

Or, l'avant-dernier de ces pères,
Après maint négoce prospère,
Cacha de l'or en un repaire :

En un repaire fort discret
Dont, cependant il expirait,
Il me confia le secret.

C'est là, près de la cheminée,
Sous une plaque boulonnée,
Que la pécune est enfournée.

Attat ! Vœjovis ! Meccastor !
Ce n'est pas un mince trésor,
Mais plein une marmite d'or !

Le vieillard qui dans ma cassine
Posa ce meuble de cuisine,
Etait enclin à la lésine.

Pouacre, fesse-mathieu grigou,
Il trépassa comme un hibou,
Et son fils n'en eut pas le sou.

Car il trouva dans l'héritage
Un pré — moins vaste que Carthage —
Dont il vécut pour tout potage;

C'était maigre et dur ! Néanmoins,
Pour punir son manque de soins,
Je lui laissai rentrer ses foins.

Il mourut gueusement, la mite
A l'œil et le doigt dans l'orbite,
Sans rien savoir de la marmite.

Le maître actuel du logis,
Son hoir, pignouf dont je rougis,
Envers moi n'a pas mieux agi.

Tous les ans, ce pleutre morose,

De mes honneurs, de ma table, ose
Froidement rogner quelque chose.

Mais la fille du ladre vert
Charme, tel un soleil d'hiver,
Quand fredonne au bois le pivert.

C'est le Printemps et c'est la Joie !
Dans la demeure qui poudroie.
Sans doute, quelque dieu l'envoie.

Je l'aime et suis à sa merci.
Elle m'apporte des soucis,
Des lis et des muguets aussi.

La Feuille à l'envers

REVUE EN UN ACTE

Le petit acte que voici fut écrit, d'abord, pour le théâtre Mévisto et destiné à y prendre la place d'une revue ordinaire. Cette conjoncture, notifiée au lecteur, l'aidera, possible, à comprendre l'usage qu'on fait de couplets sur La Matchiche, La Tonkinoise *et autres timbres de la même sorte, destinés à faire valoir ce que de très belles personnes daignaient appeler communément leur organe. Elle explique aussi pourquoi fut le nom de M. Mévisto imposé au compère dont cet excellent comédien avait accepté de tenir l'emploi.*

L. T.

Pas de décor. Une toile de fond cache le théâtre, permettant l'accès du proscenium, *sans plus.*

MÉVISTO

Mesdames et messieurs, la revue annoncée
Par l'affiche, sans plus de retard commencée,
Grâce à l'effort d'un art vraiment prestigieux,
Va charmer tour à tour votre esprit et vos yeux.

Ainsi qu'en un festin où les mets délectables
Proéminent, entre les roses, sur la table
Et mêlent, dans un à-propos ensorceleur,
L'arome de la truffe à l'haleine des fleurs,
Ici vous trouverez outre les fleurs humaines,
Cydalises, Manons, Agnès et Dorimènes,
Blancheurs de lis, parfums de fraise et cætera,
Un chef-d'œuvre que pour vous seuls, élabora,
Dans un style disert, exact et polychrome,
Le poëte Jean Poux, dit Arsène Lavôme [1].
C'est un très bon faiseur. Son nom le clame assez.
Lubin vante son eau. Pour les marrons glacés,
Pihan bat le record des annonces lyriques.
La *Salamandre* enclôt dans un fourneau de briques
Réfractaires, quand vient décembre aux longs frimas,
Un peu de la chaleur que Paul Bourget n'a pas.
De la rue Eginhard à celle de La Pompe,
Le docteur Éguisier livre des clysopompes,
Tantôt muets, tantôt à musique. Fursy,
Fursy, ô né Dreyfus ! ta Boîte a réussi !
Malgré les turlupins qui la prennent pour cible,
Madame Dieulafoy porte un inexpressible :
Car du *bluff* et du pouf, les modes sont divers,

Mais Jean Poux cérébra notre *Feuille à l'envers*.

Jadis il récitait, dans les cafés nocturnes,
Des vers humides, tel un marais de Minturnes,
C'est un pohâte, un vrai !
                     Ores, il est cité
A Montmartre et chez les bistros de la Cité.
Afin d'avoir son nom inscrit dans le Larousse,
Il rend quelques petits services à la Rousse.

1. Peut-on y voir M. Jehan Rictus.

Bérénice en eût fait son cœur et Pawlowski
Le confond avec Théocrite ou Valmiki.
Long comme un jour sans pain en redingote noire,
Ses regards sont ourlés d'anchois lacrymatoire :

> *(avec la mélopée de Sarah Bernhardt)*.

Quand il passe, on dirait un ange chassieux
Qui torcherait ses pleurs dans le torchon des lieux !

> *(ton normal)*.

Mais, folâtre aujourd'hui, visant à vous complaire,
Il assume les déhanchements de Polaire
Et, jeune, souriant, alerte, distingué,
Il accepte le titre et le nom d'auteur gai.

Sa revue — on en parlera dans mille années —
Voluptueuse, hilare et fort bien ordonnée,
Des scandales du jour dévidant l'écheveau,
Fera pâlir Cottens aidé de Paul Gaveau.

Si l'on ne trouve pas ici la viande crue,
Et les gorges en zinc d'art, et les fortes grues
Qui soulèvent le Turc, le Guèbre, l'Espagnol
Et le Papou, sur les trottoirs du *music-hall*,
Si nous manquons de lampes Popp, d'arcs électriques
Et si, pour figurer des *jalejos* lubriques,
Au ronflement solliciteur du *pandero*,
Nous n'avons ni Mayol, ni la belle Otero;
Pour que soit de nos jeux la vénusté complète,
S'il nous manque E. de Max répondant à Colette,
Du moins (*saluant le public*), grâce à Jean Poux (*il
                    (resalue*), auteur des mieux cotés,
Nous ne chômerons ni d'esprit, ni de gaîté.
Oui, messieurs ! de l'esprit comme un feu d'artifice !
Dès que les histrions, vaquant à leur office,
Vêtus de pourpre et d'or, ayant refait leur voix,

Chanteront des couplets que scandent les hautbois
Et, détaillant avec bonheur la moindre phrase,
Inculqueront en vous de suprêmes extases,
A moins d'être pourvus d'un esprit rudânier,
Vous direz tous :
" C'est beau comme du Méténier !"
Et si je vous surfais d'un iota, que je meure !

LE CENSEUR
(Il est assis au premier rang de l'orcheſtre,
sur le dernier fauteuil.)

Monsieur, vous en avez au moins pour un quart
Excusez si je vous coupe.   (d'heure.

MÉVISTO
Vous désirez ?
LE CENSEUR
Parler au directeur du théâtre.

MÉVISTO
Ici près,
Vous trouverez, monsieur, l'objet de votre envie.
C'eſt moi-même.
LE CENSEUR
J'en suis charmé.

MÉVISTO
Je vous convie
A me dire ce qui vous amène. Soyez
Bref. Nous avons, ici, la terreur des barbiers.

LE CENSEUR
Je serai bref. Ne craignez pas que je vous rase
Et que, notifiant de vaines parabases,
J'induise le public à s'endormir.
Voici

Pourquoi je viens. Monsieur le Préfet de police,
Ayant vuidé des latrines avec délices
Et, dans ces mêmes lieux qu'encombre le roussin,
Entendu les témoins de l'impasse Ronsin,
Afin de retirer d'essoine, de forclore
Marguerite Steinheil, veuve de Félix Faure
Et de mener à bien ce travail où l'aidaient
Le sycophante Hamard et le juge Leydet,
Pour mieux faire oublier la piste des lévites,
La perle de Rémy Couillard et rendre vite
Aux longs embrassements de monsieur Borderel
Celle qui, pour un jour, prit le nom de Sorel,
A résolu, dans sa jugeotte péremptoire,
D'appréhender, puis de déférer aux prétoires,
Les auteurs sans vergogne et les cabs déhontés,
Qui font voir au public leurs impudicités.
La *Ligue contre la licence des revues*
Et les deux Cassagnac si féconds en bévues,
S'émeuvent, apprenant qu'un Mévisto pervers
Affiche pour ce soir, quoi ?

> *La Feuille à l'envers,*

Titre cynique dont l'impudence morose...

MÉVISTO

Monsieur, vous plairait-il confabuler en prose ?

LE CENSEUR

J'allais vous en prier. Voici donc l'affaire qui m'amène. Je suis délégué avec autorisation de monsieur Lépine — si la pudeur permet que je m'exprime ainsi — par le sénateur Bérenger dont la laideur fait avorter les cynocéphales et par la rédaction de *L'Autorité*, à qui Badinguette enseigna, jadis, les bonnes mœurs.

Je m'occupe laborieusement de la pudeur, je détermine l'échancrure des corsages et pèse au compte-gouttes l'impudicité des flons-flons. J'expurge Aristophane. Je châtre Rabelais. Je vitupère la Mouquette. Je dégobille sur Zola. Je combats le nu. Je m'oppose au décolletage des pasquils, au déculottage des figurantes. J'inspecte les dessous, oui, monsieur ! Je constate la moralité des eaux de toilette. Je cultive en grand la feuille de vigne appliquée à la vertu.

MÉVISTO

Bon moyen pour n'être pas touché par les crises viticoles !

LE CENSEUR

Je censure en un mot les gestes, le costume et les paroles de chacun.

MÉVISTO

Vous censurez ? mais je croyais la Censure abolie.

LE CENSEUR

Abolie ? On n'abolit jamais en France une institution qui permet aux béjaunes d'incommoder les personnes d'esprit. La Censure est immortelle.

MÉVISTO

Comme les vieilles dames.

LE CENSEUR

Et non moins passionnée.

MÉVISTO

Alors c'est vous qui censurez pour *La Ligue*... Comment dites-vous !

LE CENSEUR

Contre la licence des revues.

MÉVISTO

Quel grand coup vous valut un destin si sortable ?

LE CENSEUR

Oh ! presque rien. Mon récent ouvrage *Le Speculum de la justice* (il ne s'est pas vendu à trois cents exemplaires, chez Albin Michel). Il y avait là néanmoins des pages impayables, du Veuillot, de l'Huysmans et du Jocrisse à bouche que veux-tu. D'ailleurs, pas un bon mot, pas une ligne, pas un calembour même que l'on puisse nommer. J'aurais pu me contenter d'être un envieux, un lâche : mon petit travail m'a procuré, en outre, la faveur de passer pour un sot. Au point que la *Ligue* me considère depuis comme un inspecteur de grande conséquence.

MÉVISTO

Comment cela ?

LE CENSEUR

Oh ! c'est fort simple. Quand on me baille un camouflet, je le mets dans ma poche. Ou bien je vais cafarder mon adversaire au quart-d'œil. Au surplus je n'eng..., je n'invective que les femmes et les trépassés. Quand mes cors aux pieds me tourmentent, je coiffe d'un périvier la tête de ma sœur.

MÉVISTO

Voilà une chevalerie, ah ! combien moderne style. Vous méritez l'estime, les louanges, et même la bénédiction, non seulement de la *Ligue*, mais du sâr Péladan.

LE CENSEUR

Péladan ! C'est un déséquilibré ! Quiconque a du talent est un déséquilibré. Quiconque se fait applaudir est un déséquilibré. En outre, un bardache et, de plus, un faux-monnayeur. Est-ce que j'ai du talent, moi ? Est-ce qu'on m'applaudit, moi ? quand je parle en public ?

MÉVISTO

Ah, pas le moins du monde ! Quiconque prétendrait cela en aurait menti par la barbe, par la gorge et le nombril. Mais je ne vois pas bien...

LE CENSEUR

Ce qui m'amène ? (*Il lui tend un pli*) Lisez cette lettre.

MÉVISTO, *ayant lu.*

Vous pouvez dire à ceux qui vous envoient de dormir en paix. Il n'y a pas de femelles dans notre revue.

LE CENSEUR

Ça ne fait rien. Vous avez peut-être des adhérents à *La Taupe.* Vous savez bien *La Taupe,* cette francmaçonnerie de potaches dont les collèges sans dieu ont le monopole. Figurez-vous que ces jeunes sagouins, au lieu de bastringuer Nicolas ou d'aboyer aux chausses de Thalamas, ont imaginé (*il lui parle à l'oreille*), oui, monsieur (*il fredonne l'air du* Pré aux Clercs).

A la fleur du bel âge,
Ephèbe souvent :
La, La, La, La, La, La,
La, La, tra, La, La, La !

C'est monsieur Marc Sangnier qui les moucharde aux pions.

MÉVISTO

Comment, c'est Marc Sangnier qui vous dépêche ? Pourquoi pas le général des Jésuites ou l'abbé des Capucins ?

LE CENSEUR

Monsieur Marc Sangnier, et monsieur de Lamar-
zelle donc, et messieurs de Cassagnac, et le sénateur
déjà nommé.

MÉVISTO

Je ne comprends pas bien.

LE CENSEUR

C'est fort simple néanmoins.

Timbre : *Une étoile d'amour* (PAUL DELMET).

Messieurs de Cassagnac découvrant qu'il existe,
Là-bas, on ne sait où, de l'aut' côté de l'eau,
Un beuglant ou l'on voit sans linge les artistes,
Ecument de fureur en songeant à c'tableau.

Les gagas, les puceaux, les nègres et les jaunes,
> *Blâmant nos mœurs de faunes,*
> *Grognent, tel un pourceau.*
Ils s'en fouichent d'ailleurs, mais ça pourra peut-être
> *Emm...nuyer Clemenceau.*

Pour mieux couvrir le sein de Dorine, Tartuffe
De la vache à Colas emprunte le frottoir
Et Bérenger, vieillard que Priape rebuffe,
Bannit les fez d'Alger et les chiens du trottoir

Les gagas, les puceaux, les nègres et les jaunes,
> *Blâmant nos mœurs de faunes,*
> *Grognent, tel un pourceau.*
Ils s'en fouichent au fond, mais ça pourra, peut-être,
> *Ennuyer Clemenceau.*

D'ailleurs, nous allons voir.

MÉVISTO

Mais, monsieur, puisque je vous dis...

LE CENSEUR

Oui. Mais je dois me rendre compte *de visu*.
D'ailleurs, cela pourra servir à ma carrière politique.

MÉVISTO, *tendant une chaise*.

Voyez, Thomas ! Et vous allez vous incruster à
cette place, jusqu'à l'heure du dernier tramway.
Bouffre ! Ce sera joyeux. Enfin, comme il vous
plaira. Nous commençons (*il frappe trois coups*).

Le rideau se lève. Dans un jardin d'hiver — dont une lance
d'eau qu'entourent des gazons à quoi sont adossés des bancs
rustiques et des sièges cannés, occupe la partie centrale —
diverses boutiques drapées d'andrinople, de coutils aux
rayures vives et pareilles à ces " cabinets de consultation "
où les pythonisses foraines endoctrinent leurs clients. Elles
forment un arc développé jusqu'au fond du théâtre où la
perspective se borne par une porte fleurie ayant accès dans
la coulisse.

Des placards de couleur, des enseignes aux enluminures
criardes se pavanent sur les boutiques, tandis que des ori-
flammes répètent leur inscription capitale au sommet des
mâts bariolés. Ce sont :

" LE COCCYS : organe des revendications féministes.
Directrice : Prudence, Ophélia, Cadet-Roussel ;

" LE DIVORCE A LA PORTÉE DE TOUS : permission
de minuit pour mères de famille et chambrières en mal
d'enfant. — Discrétion. — Amour. — Célérité. — Nicéphore Pâquerette, *directeur spirituel ;*

" AUX VIOLETTES DE PRIAPE : Poses plastiques. —
Jeux rétroactifs. — Siestes gréco-latines. — Prix très
modérés. *Nota bene :* Les rafraîchissements et eaux de
toilette sont payés à part ;

" CABARET MALTHUSIEN ET DES FŒTUS RÉUNIS :
Exercices d'infécondité. Leçons particulières pour insti-
tutrices et femmes du monde par le professeur HUMBERT,
savetier honoraire ;

" AU MÉNECHME : Société anonyme de sauvetage au
capital de — un million pour les membres du Gouvernement, leurs électeurs et leurs amis, sous les auspices du
MATIN. SOSIE and Cº Lⁱᵈ. Grand choix d'amants
de cœur. Faux témoins à discrétion.

" LE GNON, école de savate à l'usage des Croisés. Décer-
velage. Entreprise de boucans. L'art de chouriner les
vieillards en cinq sec. *Tenanciers* : Mathis et del Sarte
frères. "

Au lever du rideau qui s'effectue avec lenteur, quelque fanfare,
installée sur une estrade jouxtant à la boutique de gauche,
rabote la valse : *O sole mio*, cependant qu'à droite, un orgue
de Barbarie moud éperdument n'importe quelle chose
empruntée au répertoire de Mayol. Coup de grosses caisses.
Trompettes. Couacs de clarinettes et de trombonnes.
Tapage forain.

MÉVISTO

Silence ! tous et place au théâtre !

*La Reporteresse, La Dévote d'Ignace Papulard, dit Bou-
ton-d'Oranger, La Guillotine, La Péripatéticienne de
minuit.*

ENSEMBLE

Timbre :

*C'est nous, trottinant comme des souris,
Les nouveaux monstres de Paris,
        Ephèbes, vieux messieurs
        Bavent pour nos beaux yeux.
Qu'ils soient mineurs ou bien âgés,
Nous les ...aimons sans préjugés.
        Hip ! Mendès a décrit
        Les monstres de Paris.*

LE CENSEUR *les examine, les palpe,*
les inventorie à grand renfort de lorgnette ou de face-à-main.

Pas de femmes, dis-tu ? Ce Mévisto ! Quel masque !
Le croirait-on si jovial et bergamasque

Et si propre à jouer les rôles *del arte*,
Avec son air tragique et son front dévasté ?
Pas de femmes ! Vertu de ma vie ! Et çà ! Qu'est-ce ?
Des Allemands ? Des officiers ? Sauvons la caisse
Et veillons au salut du général Piquart !
La troupe me paraît habillée avec art,
Copieuse en tétons et succincte en chemises.

MÉVISTO

Chères belles, tous mes compliments ! Votre mise,
Votre air sont du dernier vainqueur ! mais, dites-moi
Pourquoi donc ces harnais disparates ? Pourquoi
Ne vous accorder pas en atours et visages ?
C'est de l'Olympia l'irréfragable usage.

LA PÉRIPATÉTICIENNE

Pourquoi ? C'est que je suis en robe de travail,
Elles aussi.

MÉVISTO
Fort bien. Dans ce vague attirail...

LA REPORTERESSE
Nous venons vous offrir le choix d'une commère.

LA DÉVOTE
A l'humour délicat dont Jean Poux exubère,

LA GUILLOTINE
Au lyrisme qui sort de lui comme un jet d'eau,

LA PÉRIPATÉTICIENNE
Nous rêvons de mêler quelques *degueulando*.

LA DÉVOTE

Ainsi qu'on choisit une ânesse
Pour porter les sacs au moulin :

LA PÉRIPATÉTICIENNE
Ainsi qu'on nomme Lajeunesse
Parmi les fronts les plus vilains :

LA REPORTERESSE
Ainsi qu'on prend Henry Lapauze
Pour montrer des tableaux, la nuit...

LA GUILLOTINE
Cependant que des ménopauses
Jules Bois sait charmer l'ennui :

ENSEMBLE
Parmi nous, adoptez de même
La fille accorte, bien en chair,
Qui fera valoir le poëme
Et vos talents de manager.

MÉVISTO
Fort bien (*à la dévote*). Ainsi vous ?

LA DÉVOTE

(*C'est une grande femme, d'une élégance provinciale,*
    ridiculement coiffée d'un bonnet phrygien, couleur sang
    de bœuf.)

                Moi ? moi, je suis la dévote
Libre-penseuse, autour de qui grouille et pivotte
La Congrégation laïque chère aux oints
De l'abbé Duhamel et des Frères Trois-Points.
C'est moi qu'on aperçut au fond des sacristies
Où mons Villate avait ses grâces départies
Entre les grooms et les bonniches du quartier.
Je dépose, au mois d'août, la fleur des églantiers
Sur vos tombeaux, martyrs des jésuites barbares,
O Dolet ! ô dolent chevalier de La Barre
Que, de son œil crémeux d'où le pus coule à flot,

Pleure le doux placier en vins, Jacques Prolo.
Je m'abstiens de harengs et je mâche avec gloire,
Tous les vend'redis-saints, un veau blasphématoire,
Car j'aime — et cet amour nul ne le peut changer —
Ignace Papulard dit Bouton-d'oranger.

MÉVISTO

Ignace Papulard ? Le sénateur ?

LA DÉVOTE

Non l'autre !
Le pied-plat, celui qui balaie, et qui se vautre,
Et lèche les parquets de la place Beauvau,
Fait les courses du Ministère, est lâche, faux,
Intrigant et si mal embouché qu'il dégoûte
Jusqu'aux youpins, jusqu'à Le Frapper ! Je suis toute
A ce maître de mes désirs, de mes lingots,
Marchand d'esclaves mi-partie et calicot.

Timbre : *La Madona col Bambino* (H. MONPOU).

Ce galapiat, nonobstant son visage
  De mauvais chien,
A tant de branche, il fait si bel usage
  De notre bien ;
Il est si plein de lui quand il aboie
  Contre un grimaud,
Son rédacteur qu'il escroque et rudoie
  En maîtres mots ;
Il est vraiment si plat devant les riches,
  Si convaincu,
Lorsqu'il s'en va tirer leur pied de biche
  Pour un écu ;
Il a si bien pris l'argent dans la poche
  De Charbonnel,
Que mon amour, sans crainte ni reproche,
  Est éternel.

Aussi, malgré le ban de saintes femmes
    Qui, sous ses pas,
Offrent l'encens, la myrrhe et le cinname,
    Je ne crois pas :
Je ne crois pas que jamais il dédaigne,
    Ce faible cœur,
Ma taille plate et mes cheveux châtaigne
    D'enfant de chœur.
Mon noble époux qui fait de la sculpture
    L'adore aussi,
Ayant été par ma littérature
    Fort dégrossi.
De mon héros il prise tant la mine,
    Le ton, l'oser,
Qu'il aimerait à se voir par lui mine
    — autoriser.

MÉVISTO

Et vous, ma chère enfant ?

LA REPORTERESSE

Timbre : *Autour du Chat noir* (A. BRUANT).

    Moi, je suis journaliste.
    Je n'écris pas en vers
    Et je dresse la liste
    Des jolis faits divers.
    J'ai, pour La Vie heureuse,
    Pondu quinze romans.
    Est-il une pierreuse
    Qui lime si drument ?

    Madame Quivogne,
    Marc de Montifaud
    Qui rime à " vergogne "
    Est très comme il faut.

Je suis bien plus gironde
Que le museau d'un ours
Et l'on trouve à la Fronde
Mes ouvrages trop courts.
Cependant je fabrique
De multiples cancans
Sur les bruits d Amérique
Ou sur ceux des Balkans

Et chacun déclare
Que c'est effarant
Chez la grosse Mare
— guerite Durand.

LES QUATRE FEMMES *et* MÉVISTO, *ensemble.*

Madame Quivogne,
Marc de Montifaud,
Qui rime à " cigogne "
Est très comme il faut.

LE CENSEUR

O choquant ! Très impropre ?
O tout à fait *undesirable !*

LA PÉRIPATÉTICIENNE

Moule à gauffres !

MÉVISTO

A vous madame la...

LA GUILLOTINE

Machine à Guillotin
Qui, pour complaire aux électeurs, ai, ce matin,
Fait ma rentrée en décollant cinq ou six têtes,
L'Exécutif qui n'a pas l'âme d'Epictète
Et qui tient à garder sa place, ayant permis
Que l'on donnât ce fin régal à mes amis.

Or, ces amis que ratatine
La frousse verte, à Libitine
Ont dévoué la guillotine.

A l'heure où le soleil renaît,
Près du feu, dans son cabinet,
Monsieur Prudhomme déjeunait

Et, suivant les bonnes coutumes,
En des soliloques anthumes,
Il exhalait son amertume.

Estimant le siècle pervers,
Et que tout marche de travers,
Il se plaignait des faits divers :

Des flics au-dessous de leurs tâches
Et des cognes que les apaches
Impunément traitent de " vaches ".

Il disait le trottoir conquis
Et les vieilles dames de qui
L'on avait serré le quiqui.

Il répétait le cri des vierges
Mises à mal : " Maman, le perds-je ? "
Et le désarroi des concierges.

Concierges futés ou balourds,
De Grenelle ou de Clignancourt,
Touchant le terme de leurs jours.

Et les bons papiers catholiques
Incriminaient la République,
La laïque et toute sa clique ;

Monsieur de Mun donnait le la
Aux gitons féroces de la
Horde qui fiente sur Zola ;

Et Rochefort, sans muselière,
Cocu béni des jésuitières,
Bavait : " C'est la faute à Fallières :

" Qui de chair humaine friand,
" Fut, pour plaire au Grand Orient,
" Le complice de Soleilland ".

Dans sa robe de chambre perse,
Bientôt Prud'homme qui se berce
Eut des craintes pour son commerce.

Il veut du sang, des flots de sang,
Afin que le Crime impuissant
Ne morde pas au Trois-pour-cent.

Et me voici ! Très amicale,
J'adornerai vos lupercales
De ma grâce chirurgicale.

Belfort, et Locmariaker,
Et Nante applaudiront en l'air,
Anatole, fils de Deibler.

Et ces honnêtes gens qu'attriste
L'existence des terroristes,
N'en parleront plus qu'à l'aoriste.

Je suis le bijou des curés.
Le peuple m'aime. Vous verrez
Tous les brigands défenestrés.

Vous verrez les feuilles publiques,
Les blocardes, les catholiques
Et celles ou Gohier rapplique,

Aux bourgeois offrir, dès demain,
Par manière de bonne main,
Un déjeuner de sang humain.

MÉVISTO

Très délicat ! Et vous, ma belle enfant, que ruminez-vous ainsi ?

LA PÉRIPATÉTICIENNE

Je rumine la décadence de mon atelier, des Invalides. Je faisais les beaux soirs de l'esplanade. J'étais amicale et discrète. Je dispensais aux promeneurs tardifs la conclusion des rêves que l'on fait aux étoiles. C'étaient aussi les invalides, oui, monsieur ! je l'ose dire, les amputés de l'amour. Tout s'en va. Mes tarifs étaient modestes, à la portée des surnuméraires et des garçons de bureau. Mais l'hôtel des éclopés se vide. Les dieux s'en vont et j'ai vu fuir, tantôt, le dernier Invalide, évincé par un rond de cuir.

MÉVISTO

Triomphe du pacifisme !

LA PÉRIPATÉTICIENNE

Et de la bureaucratie, hélas ! J'émigrerai, j'irai mettre mes talents au service des classes laborieuses.

Timbre : *Belleville-Ménilmontant* (A. BRUANT).

> *Moi, je reste la catin,*
> *Délice des purotins*
> *Qui s'balladent à la file,*
> *Dans Bell'ville.*
> *Grâce à moi, les jeunes gueux*
> *Et les ivrognes fougueux*
> *Prendront un peu de bon temps,*
> *A Mesnilmontant.*
>
> *Vois mes chass ! Ils sont rieurs*
> *Car sur le boul' extérieur,*
> *J'ai vécu plus d'une idylle,*

A Bell'ville.
Les trimardeurs, les poivrots
Boiv't avec l'ami Pierrot
Et chahutent ben contents,
A Mesnilmontant.

MÉVISTO

Le berger de l'Ida serait fort empêché
D'offrir la pomme à l'un de vous, jolis péchés
De ce Paris qui n'a pour monstres que des roses,
De Paris où tout n'est que Lignons et Formoses.
Il me plairait beaucoup vous garder toutes ! Mais
Qui voudrait, fût-ce la princesse de Chimay,
D'un tel groupe où j'aurais l'aspect de Barbe-Bleue,
Du roi des Huns ou bien d'un vizir à trois queues ?

LE CENSEUR

Le Mévisto, je crois, tel un vieux Céladon
Tient des discours pornographiques. Mouchardons !
(Il écrit sur un calepin).

MÉVISTO

Je choisis, puisqu'il faut choisir, la jeune Belle
Que voici. Prenons-la pour muse.
(Il donne la main à la reporteresse. Les autres se disposent
à sortir.)
En ribambelle
Jeux et Ris viendront quand elle, pour coup d'essai,
Dira la scène à faire aux mânes de Sarcey.

LA REPORTERESSE

Elle a laissé tomber la redingote ou le waterproff qui
la couvrait. Elle a ôté son canotier de feutre noir. Très
élégante et riche toilette de soirée. Elle redescend vers
Mévisto et fredonne, tout en piquant une fleur dans ses
cheveux.

Timbre : *Hérodiade* (Massenet).

Si tu l'avais voulu,
J'aurais bien pu garder auprès de moi ces anges.
Pourquoi les renvoyer ?

MÉVISTO

C'est la coutume, belle enfant.

LES TROIS FEMMES, *ensemble.*
C'est nous, trottinant comme des souris,
C'est nous les monstres de Paris.

(Le reste comme dessus, exeunt.)

MÉVISTO

Et maintenant, très aimable, assistons au défilé des choses parisiennes.

LE CENSEUR

Chouette ! Mais tout cela ne m'explique pas à propos de quoi vous avez appelé ceci du nom plutôt risqué de *La feuille à l'envers.* Je n'ai pas à vous débobiner par la suite de quelles conjonctures une donzelle amoureuse peut-être induite à voir sous cet aspect les essences forestières. Mais pourquoi vous réclamer à présent d'un tel geste lubrique — et d'un tel mot ?

MÉVISTO

C'est bien simple. Vous allez, à votre tour, comprendre sans effort.

LE CENSEUR

Je ne demande pas mieux.

LA REPORTERESSE

Et pareils à ce pneu malin qui boit la route,
Je boirai vos discours jusqu'à l'ultime goutte.

MÉVISTO

Chère madame et vous, le censeur, grand merci,
Des hauteurs de Montmartre au carrefour Buci,
Point n'est-il d'*ouvrier*, de bourgeois, ou d'esthète
Qui ne puisse la chose enclottir dans sa tête.
C'est facile à comprendre autant qu'un feuilleton
De monsieur Jules Bois ou Paul Mariéton.

LA REPORTERESSE

Dans ce no.　· pourpris égayé de fontaines
Où, pour les　illedous et pour les prétentaines,
S'ouvre comme　'n boudoir mainte grotte d'azur,
Où l'air est calme, l'ombre tiède, le ciel pur,
Où, nonobstant l'hiver, et le froid, et le givre,
S'épanouit comme un grand lis l'orgueil de vivre,
Nous avons, de par la vertu d'un talisman
Que le docteur Papus nous vendit chèrement
Et, d'après les conseils d'un théosophe vague,
Réuni près de nous les amours vulgivagues,
Toutes les Vénus qui, de la crèche au tombeau,
Nous aident, par instants, à voir la vie en beau.

MÉVISTO

De la feuille à l'envers les modes sont changeantes.
Bien plus que les rêveurs mystiques d'Agrigente,
Par la fuite des soirs les couples emportés,
Oublieux de leurs printannières voluptés,
Quand, après les lilas, fleurit le laurier-rose,
Aspirent aux douceurs de la métempsychose
Et de l'amour éteint ramenant le convoi,
Cherchent d'autres plaisirs dans leurs corps d'autrefois

LA REPORTERESSE, *elle prend le bras du censeur
et le conduit vers la maison du divorce.*

Voici, non loin de vous, la maison fatidique
Où tout ménage épris d'aventures, abdique,

L'épouse renonçant à l'époux, comme on rend
Une langouste défraîchie, au restaurant.
Et c'est vraiment exquis ce contrat de louage,
A la course, à la nuit, ce léger cocuage
Où Caïus, que jamais un serment ne lia,
Tire sa révérence et déserte Caïa.

MÉVISTO, même jeu.

Et voici Le Coccys, journal des amazones,
" Dont la barbe fleurit " et dont le chef grisonne,
Messagères d'un temps amène et cordial
Où, chaque soir, nous entendrons Bonnevial,
Où dame Pelletier, en pantalon garance,
Fera parler la poudre et graillonner le rance,
Où les vieillards aux transports incandescents,
De force, investiront les beaux adolescents.
Jours heureux !

LA REPORTERESSE, même jeu.

    Et voici l'échoppe fort discrète
Où le papa Robin armé de sa curette,
Suppédite par des remèdes éprouvés
Force dames de qui les ventres ont levé.

MÉVISTO, même jeu.

Sous ce rideau chiné d'ocre pâle et de mauve,
Dans un jour indécis qui baigne leur alcôve,
Mon frère Yves, auprès d'un noir de Djibouti,
Se remémore les époques où Loti
Parcourait le Désert et couchait sous la tente...

LE CENSEUR

Monsieur ! N'employez pas de mots à double entente !

MÉVISTO

Cependant qu'aux lueurs confuses des trépieds,
Arrigens lit les vers de Legrand-Chabrier

(Ou Chabrier-Legrand, car il n'importe guère
Que Legrand soit devant ou bien qu'il soit derrière.)

LA REPORTERESSE, *même jeu.*

Et si vous pénétrez enfin dans cet enclos,
Chapeau bas ! Qui jamais pourra dire ton los,
O toi l'ingénieux et le brave ! Sosie !
Qui, par tes bonnes mœurs et par ta courtoisie,
Par ta force, maintiens le Char de l'Etat, quand
Son conducteur le fait nager sur un volcan !
Les ministres, les députés, comme Félisque,
Fréquentent pour beaucoup d'or chez les odalisques
Et noblement ils ventripotent dans leur nid,
A l'instar de Lauzun, de Luyne ou de Morny.
Que d'un mari fâcheux l'infant de l'Elysée
Crève le bide, en ayant fait une risée,
Que l'Homme aux douze cents mille francs aille voir,
Après un dîner lourd, quelque fleur de trottoir :
S'il en advient du mal, toujours prêt, le ménechme
Apparaît au moment opportun, avec flegme,
Fait le mort, se promène en pet-en-l'air, en frac,
En chemise, tout nu, se dévoile aux kodacks.
Et, pendant que le trépassé court dans son fiacre,
Pendant que monsieur fils enjambe une polacre
Et rebute Paris en un départ hâtif,
Il se targue d'avoir sauvé l'Exécutif.

MÉVISTO *se tourne vers la sixième boutique.*

Et voici le temple du gnon,
Du chahut, de l'escafignon,
Où Biétry pend ses compagnons
  · Et ses potches,
Prompts à jouer du coutelas,

Si les gendarmes n'étaient pas
Formidables pour ce judas
    Meneur d'apaches.

Tous les genres de polissons,
Les chourineurs et les poissons,
Les marlous et les grandissons,
    Et les del Sarte;
La clique entière des valets
Jaunes, blancs, noirs ou violets,
Qui sont entretenus par les
    Filles en carte;

Les malfaiteurs avec les sots
Et les aimables jouvenceaux
Que recrutent dans le ruisseau
    Diverses ligues,
Pour sauver le Trône et la Foi,
Pour élever " notre grand roi,
" Philippe VIII ", sur le pavois,
    Total : un cigue;

Les gentillâtres décavés
De qui les émaux champlevés
Furent abondamment lavés,
    Et les copailles
Qui, pour se donner un blason,
Cherchent une combinaison
Ingénieuse, et la Maison
    De Prétintaille;

Tout ce monde inepte et cafard
De l'Église ou du lupanar,
Gibier de prison et de hart,
    Voyous, hilotes,

Les avortés et les pourris
Que les bons pères ont nourris
Applaudissent le Grégori
    Quand il crachote :

Quand il crachote sur Zola,
Comme un crapaud qui met sur la
Pelouse en fleur d'une villa
    Sa crotte noire.
Et dix contre un, gaillardement,
Ils vaquent à l'égorgement
De qui trouve leur boniment
    Cachinnatoire.

MÉVISTO

Et maintenant, chère madame, passons la main aux actualités. Dispensez-moi des mots à double entente, des brocarts sur la bleue et les cheveux de Pelletan, sur l'obésité de Fallières. Dispensez-moi des propos obscènes et des gestes cochons. Cela ne fait même plus rire la jeunesse.

LA REPORTERESSE

Ernest ?

MÉVISTO

Ne dites pas d'incongruités. Par bonheur, toute la jeunesse de France ne s'appelle pas Ernest.

LA REPORTERESSE

Le mot n'est pas de vous.

MÉVISTO

C'est pour ça qu'il est bon. Ne fait même plus rire la jeunesse, les calicots dont l'esprit s'est affiné depuis que M. Barrès leur a donné le culte du Moi.

LA REPORTERESSE

Le culte ?

MÉVISTO

Du Moi. Parfaitem   . Cela se nommait, jadis, la
muflerie. Aujourd'h   mène à tout, même à
l'Académie, et dont.   paraît-il — de petites
secousses.

LE CENSEUR

Allez vous finir vos impudicités ? Est-ce que l'on
m'en donne à moi, des petites secousses ? Je n'en
suis pas moins beau pour cela.

LA REPORTERESSE

Tu parles, Charles ! mais j'entends nos visiteurs.
Je les vais recevoir comme si j'étais Edouard VII et
qu'eux fussent le Président.

Entrent Lévy, Lemoine, Rochette et Claretie.

Timbre : *Séparation* (XAVIER PRIVAS).

LES QUATRE, *ensemble.*

Nous sommes les héros de la saison présente,
Les hommes dont chacun se répète le nom
Et qui, dans Le Matin *ou Pelletan plaisante,*
Ont monsieur Poidebard pour statue de Memnon.

MÉVISTO

Poidebard ? Quel est cet individu ?

LA REPORTERESSE

Comment tu ne sais pas ? Poidebard ? Notre Poidebard ! Une gloire de la France ! Poidebard, *cognomine*
George de Labruyère. La vigueur de sa ment...
alité, naguère, lui valut ce distique :

" *Ses témoins sont de poids, son outil une barre,*
" *C'est pour ça qu'il reçut le nom de Poidebard.* "

MÉVISTO

Ah ! superlatif ! (*au quatuor*). Continuez.

LES QUATRE, *ensemble.*

Nous sommes les héros favoris de la gloire,
On s'arrache nos mots, nos lettres, nos portraits.
Et, pour être bien sûr d'éditer nos mémoires,
Bunau les fait écrire à des auteurs exprès.

MÉVISTO

Mais ils ont l'air gai comme une volière de pinsons.

LA REPORTERESSE

.. .Ils viennent voir la commère, faire la fête...

MÉVISTO, *saluant.*

Et la trouve bien faite.

LA REPORTERESSE

Merci !

MÉVISTO

Bravo, messieurs ! Le pain de la douleur ne vous attriste pas. Vous lappez gaîment le vinaigre de l'adversité.

LA REPORTERESSE

Alors, on vient faire un petit tour dans la bodinière à Mévisto ?

ROCHETTE

Oui. Nous daignons laisser tomber sur vous quelques rayons de notre gloire. Les buccins de la renommée accompagnent notre promenade. Ecoutez ! (*Bruit de trompes*).

MÉVISTO

Mais non. C'est l'autobus des Batignolles.

LEMOINE

Chère madame, nous ne sommes pas les premiers
venus.

MÉVISTO

En effet. La salle est pleine.

LÉVY

Ta pouche ! Est-ce qu'il se bayerait nodre gaffe-
dière, ce mec-là ?

MÉVISTO

Je n'oserais. Mais est-il indiscret de vous demander qui vous êtes.

LÉVY

On de l'a décha tit, pouffi ! Les hommes tu chur,
goi ! la brofitence des chournaux et le bain tes inter...
tes inter... (*à Claretie*). Comment ça se tit, eh l'aga-
démicien à la mangue ?

JULES CLARETIE

Interwiever, mon cher confrère.

LES QUATRE, *ensemble*.

Timbre : *La petite Tonkinoise*.

Dans la presse,
Tout s'empresse.
On parle de nous sans cesse.
Nos deux paires de visages
Brillent en première pages.
Hommes, femmes,
Tout se pâme,
Imbu de notre réclame.
Nous aurons dans un parterre,
Notre buste comme Homère.

MÉVISTO

Homère ? on va ériger un monument à ce vieillard
qui n'a jamais existé ?

LA REPORTERESSE

Raison de plus. Monsieur Denys Puech a déjà une
maquette de bas-relief où l'on verra l'auteur de
l'*Iliade*, jouant de la lyre, dans son cabinet de travail.

LE QUATUOR, *ensemble.*
On nous vante depuis des s'maines
Nous les gaga, nous les galants phénomènes
Nous sommes, ô peuple, ravi.

LEMOINE

Lemoine

ROCHETTE

Rochette.

LÉVY

Et Leffi.

CLARETIE
Moi, j'suis l'homme au nez cassé
Par qui Mirbeau fut vexé.

MÉVISTO

Par la Saintsangrebois ! Voilà des gens de la grande
portion.

LA REPORTERESSE

Et tout à fait gracieux d'être venus. Entrez,
messieurs. Vous êtes chez vous.

ROCHETTE

Oserai-je, madame, vous demander votre nom ?

LA REPORTERESSE, *accent.*

Dominiquette Viralose, rédacteur à *La Fronde*

et fille d'un drapier, mais issue, autrefois, des princes d'Aragon. *En* Peyre m'a faite, avant de partir pour Muret, en 1213.

ROCHETTE

Seriez-vous de Toulouse ?

LA REPORTERESSE, accent.

Est-ce que cela se voit ?

Défilé. Avec son face-à-main, le Censeur attentif regarde. Il dévisage minutieusement Rochette.

ROCHETTE

Qu'est-ce ? un acheteur (*tirant d'une serviette qu'il a sous le bras plusieurs liasses de papier*).

Profitez ! Profitez ! occasion unique. Il me reste à peine trois cents titres. Demandez ! Demandez ! *Société pour l'exploitation des arbres à copahu ! Mines de Jehan Rictus !* Demandez ! *Les carrières libérales à la portée de tous !* Sept cents francs chaque action, l'une dans l'autre ! A vous, monsieur ! le paquet ! Vous faites une affaire d'or.

LE CENSEUR

Mais, monsieur, je ne viens pas pour ça. Je suis une manière de sergot et non pas de gogo. Chargé par le préfet de Police...

ROCHETTE

Lépine ! Mon ami Lépine ! je vous les baille à six cents francs.

LE CENSEUR

M...erci ! Je n'ai besoin de rien.

ROCHETTE

C'est cela. Débinez la marchandise. Allez ferme ! Poussez ! Dites que je suis un filou, un plagiaire,

que c'est moi qui fais les romans du baron Toussaint,
comme la Lune.

Je vous obligerai à comparoir en police correc-
tionelle. J'ai un passif de vingt-cinq millions,
sachez-le. Conséquemment la Justice n'a rien à me
refuser.

LE CENSEUR

Mais, monsieur (*à part*). J'aurais mieux fait de
rester dans ma cave.

ROCHETTE

Nous allons bien voir. Ici, Rab ! Ici !

Abois dans la coulisse,

LE CENSEUR, *épouvanté*.

Voilà ! Voilà ! Je ne suis pas un brave, moi !
Je sais caner, quand il le faut. Voilà votre argent.
(*Il paie, accepte la liasse et tristement s'assoit dessus*).
Comme je l'eusse calotté. Mais c'est un homme à
poil. Un homme à poil qui n'est pas nu.

MÉVISTO, *à Lemoine*

Et ce diamant ? Vous nous avez promis un diamant, un gros diamant, le *Ko-hi-noor* de Brobdignac,
taillé à facettes comme la prose de Maurice Talmeyr.

LEMOINE

Homme pieux, mais que visite rarement la Troisième Personne. J'ai promis ! J'ai promis, c'est
entendu, mais je n'ai pas dit pour quelle date.

D'ailleurs, voici, mis au net, pour mon avocat,
une façon de plaidoyer. Le voulez-vous ouïr ?

LA REPORTERESSE ET MÉVISTO

Comment donc !

Timbre : *Concierge complaisant* (G. TIERCY).

Mon histoire, monsieur le juge, est lapidaire.
J'en ai déjà fait part à Mahut, mon notaire
   Ah ! badaboum !
Connaissez-vous ce qu'on dénomme la synthèse ?
Le diamant n'est pas aussi clair que ma thèse,
   Ah ! badaboum !
Dans une heure, au plus tard, vous aurez des lumières...

MÉVISTO

La barbe !

LA REPORTERESSE

Un cadenas !

LE CENSEUR

Un bouchon.

LÉVY

Tais ta g...

CLARETIE, *lui met vivement la main sur la bouche.*
Oh ! choquant !

LA REPORTERESSE

Monsieur, n'allez pas plus loin.

MÉVISTO

Oui, c'est une défense très habile, dans le genre
de M. Bernstein. Un avocat n'a pas besoin de plai-
der la vérité. D'ailleurs, elle est toujours avec le
client qui paie le prix fort.

ROCHETTE, LÉVY ET CLARETIE

Bravo ! Encore et toujours, bravo !

LEMOINE

Vous êtes fixés, à présent, je l'espère ?

MÉVISTO

Comment donc (*à Claretie*). Et vous, cher
monsieur, qui vous amène ici ? Votre air discret...

LA REPORTERESSE

La distinction de vos manières...

MÉVISTO

Votre nez qui s'incline...

LA REPORTERESSE

Et comme le blé mûr suit la rose des vents...

MÉVISTO

Indique un homme peu vulgaire...

LA REPORTERESSE

Une nature d'élite...

MÉVISTO

Un administrateur prudent...

LA REPORTERESSE

Un journaliste copieux...

MÉVISTO

Un Quarante de marque...

LA REPORTERESSE

Un orateur funèbre...

CLARETIE, *il déclame sur une tenue d'orchestre.*

Sur cette fosse entr'ouverte, Balandard ! écoute, une dernière fois, l'adieu ému de tes confrères. Et que ces paroles que je prononce aux vents t'apportent, avec le souvenir de nos cœurs, une promesse d'immortalité.

(*Il fait le geste d'écraser une larme.*)

MÉVISTO ET LA REPORTERESSE

Que c'est beau ! Que c'est pénétrant ! On dirait du Bossuet pour écoles primaires ! Ah monsieur, je n'ose vous reconnaître. Seriez-vous...

CLARETIE

Je le suis. Mais pas d'indiscrétion. Il y a peut-être, ici, des journalistes. Appelez-moi simplement : *Je-sue-l'article*. C'est l'anagramme de mon nom.

LA REPORTERESSE

A quelle heureuse conjoncture, cher maître, devons-nous l'heur de vous posséder ?

CLARETIE

Voilà. Naguère, on a beaucoup parlé de moi. Or, vous savez qu'il y a un tas de choses naturelles partout ailleurs, qui deviennent parfaitement scandaleuses dans mon *emporium*, le " petit vin blanc ", par exemple, ou la duchesse qui ne prend pas de *tub*. Aussi, je voudrais bien demander à mon ami Jean Poux, à mon ami Jean Poux qui a tant souffert ! de m'octroyer une petite place dans la revue. Et même, j'ai préparé...

LA REPORTERESSE

Timbre : *Thaïs* (MASSENET).

Donne-nous ton papier ! Couronne-toi de prose,
Polygraphe retors, mais hostile au Foyer.

CLARETIE

Ah ! madame ! Voilà bien la grâce, compagne ordinaire de la beauté. Je ne dirai plus, désormais — puisque vous êtes si charmante — je ne dirai plus, comme Hamlet : " Désespère et meurs ! "

LA REPORTERESSE, *même timbre.*

Ce que tu dis n'est rien, ou du moins pas grand'chose.
Polygraphe bénin, donne-nous ton papier !
Ça peut toujours servir.

CLARETIE

Vous avez raison, madame. Je suis toujours bénin. J'aime tout le monde, les bourreaux et les victimes, les crétins et les penseurs, les braves et les lâches et vous en particulier, belle dame, qui m'accueillez si bien.

L'horizon s'éclaircit. Mon affaire est très nette. Il ne reste plus quoi que ce soit d'obscur, sinon les vers de *La Furie*. Au surplus, depuis quelque temps, l'opinion a varié.

LÉVY

Afarié ! Afarié. C'est-y pour moi gue fus tites ça ? Te guoi...

MÉVISTO

Je ne pense pas.

LÉVY

Bar le Tieu te mes Bères ! Si je fus enfoyais bar le vussil mes piffedegues te fâche enrachée, vus ne la meneriez pas si larche. Eh ! fas tonc ! lessard fert !

MÉVISTO

Mais enfin, monsieur.

LÉVY

Ta queule, hein ! dette de feau !

MÉVISTO

Je vous demande pardon, monsieur, nous ne sommes pas à la Chambre des députés.

LA REPORTERESSE

Je vous assure que monsieur ne voulait point...

LÉVY

Che ne marge bas. Ch'ai les bieds truvés. Afarié ! Eh ! pien, la bedite mère, che ne zuis beut-être bas le zeul à tébider te la pidoge afariée. Temantez à

monsieur Prieux. Temantez à Vrançois Bremier.
Z'eſt-y bas lui gui jandait : " Soufent, vemme
afarie ! " à gause te la pelle verronnière gui l'affait
verré. Matame a prévere beut-êdre la fiante grue.

LE CENSEUR, *indigné*.
Hors d'ici, voyou ! Cynique drôle ! Anarchiſte
Jésuite ! Conspirateur !

ROCHETTE
Allons, du calme ! Tenez-vous, que diable !

CLARETIE
Monsieur de Caſtellane eſt peut-ètre dans la salle
Or, vous savez comme il fait la police des *music
halls*.

LÉVY
Te guoi ? Che ne zuis bas te la noplesse. Chez nous,
guand on vait le maguereau, l'on ne bose bas à la
ferdu. Dous ces chens-là y me découtent. Eh ! fa
tonc, piffedegue t'hôpidal !

ROCHETTE, LEMOINE, CLARETIE, *infiniment corrects*.
Allons-nous-en. Madame, monsieur !

(*Ils partent après avoir salué sur la ritournelle d'entrée.*)

LA REPORTERESSE
Enfin seuls !
MÉVISTO
Quel goujat !
LA REPORTERESSE
On dirait à l'entendre le marquis de Rochefort-
Luçay.
MÉVISTO
Vascaga ?

LA REPORTERESSE

Lui-même !

MÉVISTO

Allons, remettez-vous (*lui tendant un flacon*). Des
sels ?

LA REPORTERESSE

Merci. La brute a une odeur de nationaliste.

VOIX DE FEMMES, *dans la coulisse.*

Conspuez les hommes !
Conspuez les hommes !
Conspuez !

MÉVISTO

Tiens ! voilà nos hôtes qui se font conspuer.

LA REPORTERESSE

Tant mieux ! Ça les aguerrit à la vie publique.

LES VOIX

Votons, mesdames !
Votons, mesdames !
Votons !

MÉVISTO

Qu'est cela ? une révolution ?

LA REPORTERESSE

Bah ! une émeute d'alcôve tout au plus. Vous
entendez : " Conspuez les hommes ! "

MÉVISTO

C'est le *Hanneton* qui vient ici. L'ail va renchérir.

LA REPORTERESSE, *pudibonde.*

Oh ? mais ce sont elles.

LES SUFFRAGETTES, *entrent en coup de vent.*

Conspuez les hommes !
Votons, mesdames !
Votons !

MÉVISTO

Voyons mesdemoiselles, pourquoi tout ce foin ? Pourquoi, mesdames, tout ce bruit ? Pour vous produire ainsi en public vous devez avoir de bien utiles revendications à formuler.

TOUTES, *parlant à la fois.*

Des revendications, cher monsieur, nous en avons plein nos poches.

MÉVISTO

Ah ! pardon ! Avec les robes à la grecque, ça ne doit pas être bien aisé.

PREMIÈRE SUFFRAGETTE

A la gecque ou non, désormais nous nous passons de robes, nous étant délibérées de porter la culotte.

LE CENSEUR

Pardon, madame. Dans culotte, on peut entendre l'initiale de Quentin Metsys et de Quesnay, dit Beaurepaire. C'est une obscénité !

DEUXIÈME SUFFRAGETTE, *lorgnant.*

Qu'est ce bonze ?

LA REPORTERESSE

Un inquisiteur laïque. Il représente chez nous le Saint Office de Genève. Celui de Rome n'était auprès que de la Saint-Jean.

MÉVISTO

Du feu de la Saint-Jean.

PREMIÈRE SUFFRAGETTE

Moi, j'incarne les bas-bleus, les femmes de lettres, les écrivains en jupons. Je n'ai pas de voix pour chanter, mais je braille en revanche et la barbe de madame Pognon ne me faisait pas peur.

LA REPORTERESSE

Je comprends. Vous demandez, pour les femmes, la suppression des auteurs masculins.

Timbre : *Les frères joyeux* (Valse).

Les femm's de lettres ont, sur le marché,
    Pris tous les débouchés.
Elles vendent leurs proses, leurs vers,
    Leurs feuilles à l'envers,
Leurs jolis romans à la Montépin,
    Comme des petits pains,
Et débitent plus de livres nouveaux
Que George Ohnet ou bien Marcel Prévost.

Cell's qu'ont d'l'argent, des titres, font florès,
    Couchent avec Barrès ;
D'autres ont leur visage émerveillé
    D'avoir tant bafouillé.
Mais les vieill's de qui les dents à pivot
    Sentent le pied de veau,
Ne connaissent d'autre plaisir charnel
Que d'applaudir l'ex-abbé Charbonnel.

Vous voulez remplacer, dans les journaux,
    Les mâles, ces fournaux,
Bêtiser, en décembre comme en juin,
    A la façon d'Harduin,
Traiter de la bourse, des arts, des sports,
    Battre chaque record
Et, plantant partout votre fier drapeau
Ne laisser rien aux hommes que la peau.

MÉVISTO

Mais il n'y a pas là de quoi s'ennuyer.

DEUXIÈME SUFFRAGETTE

Moi, c'est au nom de mes compagnes révolutionnaires que je parle. Je me propage dans la politique
et ses faubourgs.

Timbre : *L'Internationale.*

Mes sœurs, duchesses ou tripières,
Faisons, pour rénover l'Etat,
La grève du serre-cropière
Comme au temps de Lysistrata.
Aux mâles qui nous asservissent
Nous imposerons notre loi,
S'ils n'ont pour égayer leurs vices.
Que l'pianiste Dusauthoy.

VOIX DANS LA SALLE (*parlé*).

Voyez plutôt le Chef-des-odeurs-suaves !

Au Sénat, à la Chambre
Portons-nous ! Et demain...

(*Les derniers vers du refrain se perdent, mâchonnés.*)

TROISIÈME SUFFRAGETTE

Moi je représente nos cousines de l'amour libre.

QUATRIÈME SUFFRAGETTE

Et moi, nos tantes de l'infécondité.

Timbre : *En revenant de la revue.*

J'suis la mèr' d'un' nombreus' famille
Mais je rote sur monsieur Piot.
J'défends aux femm's aux jeunes filles
De procréer des loupiots.
Pour mater les homm's, ces despotes,

Je me pare d'une capote,
Capot' qui fait l'amour capot,
Etant le contrair' d'un chapeau.
　　Je trimballe sur moi
　　Des épong's, des bouts d'bois,
De jolis outils protecteurs,
Des poires, des irrigateurs !
　　M'sieur Robin de Cempuis
　　M'a légué ses étuis
Et dans mes discours pleins de sel,
J'attrap' le ton d'Nelly Roussel.

　　C'est décidé !
　Sur nos bidets bridés,
Volons au pays des
　　Amours antiques.
　　Plus de bobos !
O myrthes de Lesbos !
Si l'homme veut des goss',
　　Qu'il en fabrique !

MÉVISTO

Voilà qui fera plaisir au prince d'Eulenbourg.

DEUXIÈME SUFFRAGETTE

Benêt va ! Ça te va bien de prendre un air entendu.
Accouche donc, imbécile.

MÉVISTO

Accoucher ! Souffrez, chère madame, que je me
récuse. Il me semble que vous seriez beaucoup mieux
dans cet emploi. Et vous, gracieuse enfant, quel est
— si j'ose m'exprimer ainsi — votre postulat ?

LA SUFFRAGETTE

Eh ! ben là, vous savez, je ne suis pas énormément
fixée.

MÉVISTO

Vous dites ? Enfin vous avez bien un vœu, un désir, un idéal. Tout le monde a un idéal. M. Arthur Meyer, M. Jules Guérin lui-même, ont un idéal.

LA SUFFRAGETTE

Oh moi, vous savez, c'est bien simple. Je ne demande qu'à m'enrichir par le travail.

MÉVISTO

Malepeste ! vous avez des principes. Et ne pourrais-je vous donner un coup de main ?

LA SUFFRAGETTE

Un coup de main. Ce n'est précisément pas cela qui me donnera les épinards de mes vieux jours.

MÉVISTO

Alors ?

LA SUFFRAGETTE

Eh ! bien à parler franc, le métier de jolie femme est encombré. L'offre surpasse la demande. Ne vous étonnez pas. J'étais institutrice de la ville. Seulement comme j'avais quelque esprit, je n'ai pas continué. Ça n'est pas drôle de torcher le naze des marmots.

MÉVISTO

Vous aimez mieux torcher le...

LE CENSEUR, *furibond*.

Monsieur ! un mot de plus et je vous fais épouser Mlle Bonnevial !

LA SUFRAGETTE

Donc rien à faire chez Maxim', à l'*Abbaye*, au *Rat mort*. C'est étonnant comme les robes de Paquin, et les autos de Charron (à toi Mirbeau !) et les décors de Mapple sont laborieux à décrocher.

Il y a presque autant de bergères dans la dèche que de gentilshommes sur le pavé. Tout le monde ne saurait à la force des nageoires atteindre le milliard. Quant à moi, je sais que les talents d'alcôve, sans plus, mènent à l'hôpital.

Or, je veux faire fortune, et quand j'aurais fini d'exercer, obtenir la croix, fonder un journal, être enfin ce qu'on appelle une p...rincesse honoraire. Politique, littérature, beaux-arts, qu'est-ce que cela peut bien me faire, pourvu que je ramène sur mon oreiller ce que vous appelez, je crois, un ponte sérieux ?

Quant au reste, ces dames peuvent se faire avorter à leur aise, devenir ministresses ou sénateuses : je m'en bats l'œil avec une patte de grenouille, pour m'exprimer comme le cygne de Cambrai.

(Toutes recommencent à crier.)

MÉVISTO

Voulez-vous un conseil ?

TOUTES

Oui ! non ! si !

MÉVISTO

Un bon conseil ?

TOUTES

Eh bien quoi ?

MÉVISTO

C'est, à présent, la foire à Belleville. Montez-y voir un peu les hommes de Marseille et les fauves de Pezon. Là du moins, vous pourrez clabauder à votre aise.

TOUTES *le houspillent*

Conspuez les hommes !

> *Conspuez les hommes,*
> *Conspuez.*
>   (*Exeunt.*)

MÉVISTO

Ouf ! les voilà dehors. Elles trouveront chez Bidel, sans doute, et chez le beau Romanus un dompteur qui les assouplira.

LA REPORTERESSE

Mais elles vont effarer les jaguars.

MÉVISTO

Dont elles n'ont pas la beauté. D'ailleurs, elles pourront instituer le Parlement des Guenons. C'est l'aboutissant direct du féminisme.

LA REPORTERESSE

Ainsi, monsieur, vous n'êtes pas féministe ?

MÉVISTO

Oh ! je suis trop bien appris, et j'aime trop les femmes pour cela. Mais voici les figurants.

LA REPORTERESSE

Quels figurants ?

MÉVISTO

Eh ! quoi ? vous ignorez ? mais c'est aujourd'hui l'inauguration d'Alfred.

LA REPORTERESSE

Alfred ? connais pas.

MÉVISTO

Voyons, ma petite, voyons, tu ne connais pas Alfred (*Il épelle*) Al-fred-de-Vi-gny, na ! Cette vieille branche d'Alfred, un auteur gai, un rigolo sans pareil et d'un cochon...

LE CENSEUR

Hein ?

MÉVISTO

Je dis bien. Extraordinairement rigolboche et non moins libidineux ! Le rêve des commis-voyageurs. Il enfonce Paul de Kock. Il plonge Armand Silvestre dans un marasme couleur de poix.

> *L'amiral Lekelpudubeck et ce trompette*
> *Fameux dans les cafés de Tarbes, Laripète*
> *Qui, jadis, chez Pantagruel ayant vécu,*
> *Noblement y portait le nom de Baisecul,*
> *Les tables d'hôte où l'on fait des tours de cartes,*
> *Où l'on dispense du poil à gratter, des tartes*
> *Borbonaises, afin d'obtempérer aux lois*
> *De la gaîté française et de l'esprit gaulois,*
> *Les substituts, dans la manière de Gueulette,*
> *Qui, le soir, au bordel, hantent les gigolettes,*
> *S'esclaffent, de la Meuse à la Bidassoa,*
> *Dès qu'on vient à nommer " le chantre d'Eloa ",*
> *Ce Vigny dont l'humour a de quoi rendre aphone*
> *Le pétomane accompagné du pétophone.*

Tu n'as donc pas lu, comme qui dirait *Les Destinées* ou *La Colère de Samson.* Dommage ! Tu te serais tordue, au moins comme une folle baleine.

Aussi pour honorer la mémoire de cet excellent Vigny, de ce boute-en-train, l'Odéon a convié Polaire, Dranem, Mayol et quelques autres. On a chanté *Le Fiacre, Héloïse et Abélard,* tout le répertoire de Xanrof.

LA REPORTERESSE

Cela ne vous semble-t-il pas un peu fourneau ?

MÉVISTO

En aucune manière. Après, l'on s'est quitté au bruit des plus joyeux refrains.

LA REPORTERESSE

Oui, je comprends.

Timbre : *Sur l'air du tra.*

Tous les preux étaient morts mais pas un n'avait fui.
Rolland seul est debout, Olivier près de lui.
Son âme en s'exhalant nous rappela trois fois :
Dieu ! que le son du cor est triste au fond des bois !

LES CHORISTES, *qui sont entrés depuis le départ*
des suffragettes et se sont groupés au fond de la scène :

Sur l'air de suc' moi l'pied,
Tir' moi la moell' du nez,
Sur l'air de suc' moi l'pied !

LA REPORTERESSE

Et le public ? Il s'est montré satisfait ?

MÉVISTO

Le public est toujours satisfait, dès qu'on ne le force pas à écouter Shakespeare. Mais c'est Marc Sangnier qui n'a pas été content.

LA REPORTERESSE

Marc Sangnier. Je n'entends parler que de cet olibrius. Dis-moi ce qu'il vend.

MÉVISTO

Des paroles et puis des paroles encore, et toujours des paroles, comme son oncle feu Lachaud qui fut, il y a cinquante ans, le Mélingue de la Cour d'assises. Marc Sangnier, lui, n'avocasse pas. Il prêche. C'est un apôtre.

LA REPORTERESSE

En chambre ?

MÉVISTO

Si l'on veut. La deſtinée a tapissé de roses son chemin. Il eſt riche d'argent et fort pauvre d'esprit. Il espionne les jeunes élèves, moralise les beuglants et fait du socialisme chrétien pour embêter le bloc.

LA REPORTERESSE

Et devenir miniſtre quelque jour.

MÉVISTO

Peu importe, d'ailleurs. Il a commandé une cérémonie expiatoire, en attendant la canonisation de Vigny.

LA REPORTERESSE

Mais ton Vigny n'était-il pas libre-penseur ?

MÉVISTO

Et puis après ? Tu sais bien que l'admiration des grands hommes eſt une affaire politique. Si les gens qui savent lire étaient seuls à glorifier les poëtes crois-tu qu'il y aurait tant de buſtes répugnants à travers Paris ?

Penses-tu que les électeurs, ces ânes rouges, aient oncques ouvert un imprimé ?

Et puis, voilà ! nous sommes ici pour fêter Vigny sans la moindre chansonnette. Le moment eſt venu. (*Il regarde sa montre*). Attention !

Changement à vue. Décor funèbre. Tentures noires. Eclairage vert. On aperçoit le médaillon d'Alfred de Vigny lauré majeſtueusement. Une femme en deuil tenu une palme. Une autre s'avance comme pour chanter. L'orcheſtre joue les premières mesures d'une marche funèbre.

MÉVISTO

Hein ! quel spectacle. C'est presque aussi beau que
le monument Godard.

*L'orchestre joue assez faux pour que le public s'en aper-
çoive. Rentrées cocasses du violon. Explosions de flûte
Le cornet à piston émet des notes déchirantes.*

PREMIER SPECTATEUR, *il se lève furieux.*

C'est dégoûtant !

DEUXIÈME SPECTATEUR, *même jeu.*

C'est ignoble !

UNE DAME, *même jeu.*

Sacrilège ! Indécent !

UN JOLI JEUNE HOMME, *casquette, foulard.*

J'en ai mal aux ouïes.

UN TROISIÈME SPECTATEUR

Bouffre ! j'ai payé ma place. Laissez-moi écouter
Foutez le camp, si ça ne vous plaît pas.

LA DAME

Un agent ! Au secours ! Un agent ! Où donc est-il
l'agent ?

LE JOLI JEUNE HOMME

Au jeu de massacre. Il se fait la main pour les
passages à tabac.

*(Tout ceci cause un tumulte violent. Cris. Invectives.
L'orchestre joue de plus en plus fort et de plus en plus faux).*

PREMIER SPECTATEUR, *sa voix domine le vacarme.*

Et je déclare, moi, que le chef d'orchestre est un
cochon ! Un double cochon, le roi de tous les
cochons ?

(Le chef d'orchestre se retourne, suffoqué.)

PREMIER SPECTATEUR

Oui, monsieur ! Vous pouvez me regarder ! Vous êtes ce que je dis et je suis étonné que l'on ne vous ait pas débité, jusqu'ici, en crépinettes. Comment ? Vous osez massacrer ma musique, un chef-d'œuvre ! *l'adagio* écrit pour ce beau vers :

" *Je suis le grand Vigny.* "

(*Il chantonne*).

La ! La ! La ! La !
" *Je suis le grand Vigny.* "

Croyez-vous qu'il en ait du talent, ce monsieur Eude ! Et comme il fait vaticiner les morts :

" *Je suis le grand Vigny.* "

Et vous n'avez pas de honte ? Et vous gâtez cela par vos cacophonies !

LE CHEF D'ORCHESTRE
(*Il descend lentement, gagne la porte de l'orchestre
et disparaît*).

Cacophonies !

MÉVISTO

Tiens : le voilà fâché. Comment finir sans lui ?

PREMIER SPECTATEUR

Oh ! la ! la ! ne vous mettez pas en peine pour si peu. A moi le bâton ! Ça me connait.

MÉVISTO

Vous êtes chef d'orchestre ?

PREMIER SPECTATEUR

Non, monsieur, arpenteur.

MÉVISTO

Et vous ?

DEUXIÈME SPECTATEUR

Potard.

MÉVISTO

Et vous ?

TROISIÈME SPECTATEUR

Plongeur.

MÉVISTO

Scaphandrier ?

TROISIÈME SPECTATEUR

C'te question ! Plongeur, officier. C'est moi qui plonge la vaisselle dans un restaurant à vingt-deux sous.

MÉVISTO *au joli jeune homme*.

Et vous ?

LE JOLI JEUNE HOMME

Eustache Galurin, coupeur de chats, tondeur de chiens, pour vous servir (*il fait le geste*).

MÉVISTO

Et c'est vous qui protestez ?

EUSTACHE GALURIN

Parfaitement c'est nous. Et puis après ?

MÉVISTO

A dire le vrai, je ne sais trop si vous êtes qualifié pour intervenir...

EUSTACHE

De quoi ? Intervenir ? Qualifié ? Mince d'élégance ! Eh ! bien, mon petit père, sans te commander le premier prix au concours des ténors, c'est bibi, *ex æquo* avec Onésime Filandreux, garçon de café à la Glacière. Ces autres sont les deuxièmes prix.

Et puis, ça te la coupe ! Vois-tu, nous sommes en
république. Tout le monde n'a pas l'esprit de Jean
Noté ou la voix d'Alvarez. Néanmoins, on fera son
petit chemin dans les beaux-arts.

Timbre : *La Veillée de l'Amant*

(HUMPERDINCK-MONTOYA)

*Quand avril ramène
La saison amène,
J'apparais aussi
D'Auteuil à Bercy.
Je suis un esthète
Vulgivague, doux,
Grand ami des bêtes,
Siens-siens et matous.*

*Mes ciseaux défrichent
Le poil des caniches
Et ma* navaja
*Pondère les chats.
Mon talent supprime,
Chez ces animaux,
L'instrument du crime
Et de tous les maux.*

*Pour un prix modique
Aux mouchards sadiques,
Aux très vieux cartons,
Sans c...ol ne tétons,
J'offre, je prépare
Et fais (pardonnez !)
Des matous — c'est rare —
Impassionnés.*

Mais, à présent, c'est une bien autre affaire. Je ne tonds plus, je ne moralise plus chiens et chats, je ne récolte plus de la menouille au quai Saint-Paul, ou des procès-verbaux devant la Samaritaine.

Grâce à *Comœdia*, oui, monsieur ! à cette généreuse, et forte, et perspicace *Comœdia*, me voilà promu (*il hésite*) artiste, avec — par an — un million dans le gosier.

> *Mon destin se hausse*
> *Car, sans note fausse,*
> *Hier, je triomphai :*

(*Il solfie gauchement comme un gamin qui cherche*
ses notes.)

> Fa, la, si, sol, fa !
> *Et l'on me demande,*
> *Pour, dans le giron*
> *De l'Opéra grande,*
> *Remplacer Gouround.*

Bravo ! Très bien ! Exquis !

LE CENSEUR

Je prétends qu'on me compte !

EUSTACHE, *à part*

Ce doit être Messager. Il me zieutait tout à l'heure pour voir si on est bon à porter le maillot. (*Il se campe dans une attitude prétentieuse.*)

MÉVISTO

Monsieur ?

LE CENSEUR

Onésime Filandreux, ténor (*il arrache ses favoris ouvre la redingote qui l'étrique, jette son binocle et bouff ses cheveux*), premier prix ex æquo au journal *Comœdia*.

Pour être bien sûr de ne pas manquer votre inauguration, je me suis costumé en Père-la-Pudeur. L'hygiène et la pudeur, c'est comme les moustiques et les mille-pieds. Ça se faufile dans tous les coins. Ça désoblige tout le monde et ça ne sert à rien.

Mais, dites donc, la petite mère ! pas excitant, hein ? les types à la Bérenger ! Enfin me voilà ! Et cette inauguration ? C'est-y pour ce soir ? Je vas toujours vous dire mon morceau de concours, en attendant :

> *Ecco ridente in cielo,*
> *Spunta la bella aurora...*

MÉVISTO

Pardon ! mais il faut attendre le délégué officiel.

(Entre un garde municipal).

LE GARDE

Monsieur Mévisto, s'il vous plaît ? Monsieur Mévisto de l'inauguration Vigny ?

MÉVISTO

C'est moi-même.

LE GARDE

Voici donc une lettre pour vous.

MÉVISTO *lit*,

De notre ministre. Il remet l'inauguration à deux heures du matin. C'est le plus sûr moyen de n'incommoder personne et d'opérer tranquillement.

LA REPORTERESSE

Donc, il ne nous reste plus qu'à chanter le couplet final. Voulez-vous, monsieur le ténor, vous charger de ce soin ?

ONÉSIME FILANDREUX

Avec plaisir. Boum ! Versez !

Madame Quivogne,
Marc de Montifaud,
Qui rime à " Pologne "
Est très comme il faut

La farce est finie,
Donc applaudissez
Notre beau génie.
Bonsoir ! C'est assez.

Madame Quivogne,
Marc de Montifaud,
Qui rime à " Quinquengrogne... "

(La troupe se débande et tandis qu'elle rentre dans la
coulisse, chantonne la fin du couplet inintelligiblement.

RIDEAU.

La Forêt

" ... caligantem nigra formidine lucum ingres-
sus. "

GEORGIA, lib. IV.

" Mais l'homme fait la guerre aux forêts pacifiques,
L'ombrage sur les monts, recule chaque jour :
Rien ne survivra plus des asiles myſtiques
Ou mûrissaient jadis la Pensée et l'Amour. "

" Triſte et rude labeur que de porter la hache !
A ce métier de mort quel dieu m'a condamné ?
Sur les plus beaux enfants j'ai frappé sans relâche
Et je t'aime pourtant, Forêt ou je suis né ! "

VICTOR DE LAPRADE, *passim*.

Directeurs de l'Opéra : MM. MESSAGER et BROUSSAN.
Directeur artistique de la Scène : M. PIERRE LAGARDE.

Chef d'Orchestre : M. PAUL VIDAL.
Chef de Chant : M. MARCEL CHADEIGNE.
Chef des Chœurs : M. JEAN GALLON.

Mise en scène de M. PAUL STUART.
Chorégraphie de MADAME STICHEL.
Costumes de M. PINCHON.

DRAMATIS PERSONNÆ

PIERRE, bûcheron.	M. DELMAS.
NEMOROSA (*la Forêt*).	Mmes GRANDJEAN.
JEANNE, maîtresse de Pierre	LAPEYRETTE.
DRYADES { *Tilleul.*	CAMPREDON.
Chêne.	CARLYLE.
Hêtre.	LAUTE-BRUN.
Cyprès (la Mort)	MANCINI.
Bouleau.	KAISER.

ELFES, NIXES, ONDINES, ESPRITS DES EAUX, DES BOIS.

Chœur invisible : LES ARBRES

LA PROCESSION : *hommes, femmes, enfants.*

Acte Premier

Une clairière, à pointe d'aube. Dans les perspectives ténébreuses et la nuit qui dérobe le paysage, on devine çà et là des roches couvertes de lichens, d'arbustes et de mousses, les chemins imprécis de la forêt, le campement des bûcherons pour leur travail d'été. Cela infiniment vague, estompé, noyé dans un clair-obscur, dans un brouillard de rêve.

À l'horizon impénétrable que borne " la cime indéterminée " des arbres gigantesques, tournent et se perdent au loin des sentiers confus. Peu à peu, délimitant les contours et les plans du paysage, monte la lueur grise de l'aube, de telle sorte néanmoins qu'il fasse à peine jour et que la forêt ne perde rien de son mystère jusqu'à la fin du tableau.

SCENE PREMIERE

PIERRE, *seul.*

(Par le sentier de gauche, Pierre, le dos tourné au spectateur, parle au maître que l'on n'aperçoit pas. C'est un homme dans la première fleur de l'âge. Ses cheveux bruns tombent sur des épaules athlétiques. Il porte un vêtement de travail très simple et d'un caractère nette-

ment populaire : ainsi, les débardeurs et les hers-
cheuses de Constantin Meunier. Ses bras nus sortent
d'un tricot de laine bise. Les pieds nus aussi. Une
hache courte et solide pend à sa ceinture. Toute sa
personne respire la vigueur, l'indépendance, l'orgueil
d'une vie en plein soleil, en liberté.)

PIERRE

Vous serez obéi, maître. La forêt verte
       Sous mes coups tombera demain.
Les pins noirs, les bouleaux frissonnants, les mélèzes,
Cadavres étendus sur le sol paternel,
Diront la cruauté de l'homme et sa vigueur.
       Demain, le soc, les marteaux acharnés,
       Qui font avec l'arbre d'inertes planches,
Briseront en éclats vos fûts déracinés,
Chênes dont le printemps reverdissait les branches.
Ces frênes, ces tilleuls et ces ormes épais,
Victimes, pour la chute et la mort désignées,
Géants amis qui m'ont versé l'ombre et la paix,
       Succomberont au fil de ma cognée.
Tandis que le bouvier, au bord du clair étang,
Mènera ses troupeaux, je fuirai dans les villes,
Loin du pays natal et des bois ! consentant
       Pour un peu d'or, aux besognes serviles !
Je ne goûterai plus ton austère douceur,
Temple sacré, forêt dont je ne suis plus digne,
Puisque je vais férir, puisque je me résigne
A dévaster l'autel où reposa mon cœur.
Je ne reverrai plus les formes imprécises
Que les matins dorés et les couchants vermeils
Se montraient quelquefois, sur les roches assises,
Ou folâtrant parmi les biches en éveil,
A travers les ajoncs et la bruyère grise.

Je ne reverrai plus cette femme dont la
    Vague et flottante image ensorcela
Mon cœur, et me poursuit de mirages sans nombre,
Et peuple mon sommeil de rêves. Est-ce une ombre ?
Un fantôme apparu dans le déclin du jour ?
Est-ce de peur que je frissonne ? Ou bien d'amour ?

SCÈNE II
PIERRE, JEANNE

*(Lentement, Jeanne s'est approchée. Elle contemple son
amant, jalouse, attristée et soupçonneuse. En costume
de paysanne, très peuple, comme celui de Pierre et
sans aucune gentillesse d'opéra-comique, c'est une
femme toute jeune, aux yeux candides, avec un air
d'entêtement et de ferme quiétude.)*

JEANNE

Ami, nous t'espérons ! Déjà tintent les cloches
Des accordailles. Chez nous le couvert est mis.
A l'église, l'autel en fleurs attend nos proches ;
    Eux, n'attendent que le promis.

PIERRE

Comment ?

JEANNE

    C'est aujourd'hui la fête du village.
Tous les nôtres, venus des plus lointains hameaux,
Pastours, estivandiers, fillettes et marmots,
Pour faire honneur au prochain mariage,
Veulent nous fiancer dès à présent.

PIERRE

                 Mais moi,
Je ne pourrai te suivre.

JEANNE

Et pourquoi donc ? Pourquoi ?
Entends l'alléluia des cloches. C'est grand'fête !
Quand ma pauvre maison à t'accueillir s'apprête,
Quitte le bois morose et tes noirs compagnons.
Viens passer à mon doigt l'anneau de fiancée.
Qui te retient ?

PIERRE

La tâche commencée
Et, tombant à nos pieds, ces bois que nous pleurons,
Pour ouvrir un chemin jusqu'à la *Mare aux Fées*,
Le maître, nuit et jour, garde ses bûcherons.

JEANNE

Quand tu nous vins dans ma maison de jeune fille,
Je crus en toi. Je me donnai. Mais tout d'abord,
Tu partis.

PIERRE

Pour gagner un salaire plus fort.

JEANNE

Ne valait-il pas mieux, sous mon toit de famille,
Rester auprès de nous, mon maître bien-aimé ?
Ne valait-il pas mieux, au logis de mon père,
Vivre tous deux, puisque la terre,
Couronnant de ses fruits le retour des saisons,
Accorde au laboureur semailles et moissons ?
Ne tarde pas ! Reviens ! Rends la fête plus belle !
Que mon espoir se renouvelle
Et qu'un nouveau printemps reverdisse pour nous !
Hélas ! pourquoi songer, le front vers tes genoux ?
Viens-tu pas ?

PIERRE

Non, je reste. Il faut que ce bois tombe,
Avant que je retourne à vous, à ton amour.

Laisse monter la nuit et décroître le jour.
   Bientôt, j'aurai mis dans la tombe
Les souvenirs inquiétants des jours passés.

JEANNE

N'as-tu de souvenirs qu'ici ? Ah ! je le sais,
Bûcheron, pour ton cœur la forêt a des charmes
   Des blandices et des appas !
   Et tu te railles de mes larmes,
Car tu l'aimes d'amour, plus que moi, n'est-ce pas ?
Tu l'aimes comme un fou, comme un païen !

PIERRE

       Peut-être !

JEANNE

C'est pour elle que tu me trahis !

PIERRE

      Tout mon être
Se révolte à frapper les arbres de ces bois.

JEANNE

   Tu mettais autrefois
Moins d'ardeur à me fuir pour vivre solitaire.
Quelque fille bohème, à l'aise en ce mystère,
Abrite sa roulotte au fond du bois herbeux.
C'est elle qui te prend à mon amour. Je veux
La voir et châtier son impudeur. Ah ! certe,
Elles ont des secrets, ces femmes ! La nuit verte
Des bois leur est propice. Elles ne craignent pas
Le regard de l'eau morte et de l'ombre. Tout bas
Elles disent des chants et vont cueillant des herbes.

PIERRE

Folle ! Si la passante avait parmi ses gerbes
Lié mon cœur d'amour, il y a bien longtemps

Que je l'aurais suivie aux pays éclatants
D'Egypte, ou que j'aurais oublié sa caresse.
Non, je t'aime toujours. Il n'est point de maîtresse
Dans ces bois ! Je suis seul.

JEANNE

　　　　　　　Et qui m'assure, moi
Que leurs ombres ne sont pas vivantes ? L'émoi
Qui t'ensorcelle et t'emprisonne de ses charmes,
Qui fait pâlir ton front et dédaigner mes larmes,
Qui te rend mon amour odieux, quel est-il ?
Je riais autrefois, quand le discours subtil
Des aïeules, filant leurs lentes quenouillées,
Nous parlait des esprits sylvestres, aux veillées,
Qui gambadent parmi les mousses de velours :
Filles mortes au bois en devisant d'amour,
Corps sans âme, lutins en souquenille brune,
Gnômes, sur la minuit, cueillant le blé de lune,
Pour ceux qui vivent, comme toi, dans la forêt.

PIERRE

Ne parle pas ainsi !

JEANNE

　　　　　Voilà donc le secret !
Ainsi donc, malheureux que je perds et que j'aime,
Tu vas, pour un démon reniant ton baptême,
En des plaisirs d'enfer perdre ton sang chrétien !
Où se cache la maudite ?

PIERRE

　　　　　Je n'en sais rien !

Aux heures du couchant, quand les ombres sont grandes,
Les cheveux dénoués et la verveine aux doigts,
Une Dame pareille à celle des légendes,
　　　Le front couronné de lavande,

Court dans l'ombre odorante et verte des sous-bois.
Quand elle m'apparut, je la sentais amie,
De parfums et de chants elle égayait mes pas.
Un oiseau lamentait dans la brise accalmie
     Et j'ai cru la voir endormie
Sous des arbres en fleurs que je ne connais pas.

Quand le brouillard flottait comme une blanche toile
Pour abriter la feuille où se pose sa main,
Lorsque je revenais à la première étoile,
     Parfois, j'ai vu son léger voile
Me faire un dernier signe au tournant du chemin.

JEANNE, *terrifiée.*
Viens ! suis-moi !

PIERRE
Je ne peux te suivre !

JEANNE
Je l'exige.

PIERRE
Non !

JEANNE
Pour faire cesser un infâme prodige
Et pour exorciser le bois de ces démons,
J'irai chercher le prêtre.

(*Elle pleure.*)

Oh ! Viens ! Reviens ! Aimons-
Nous ! Reviens ! Oublions cette heure de folie !
Mon Pierre !

(*Un chant très doux se fait ouïr vaguement. C'est la*
   voix immatérielle de Nemorosa. Pierre écoute, fasciné,
   puis, brutal, repousse Jeanne.)

PIERRE

Non ! Va-t'en ! Je ne te suivrai pas !
Mais ce soir, au couchant, quand les bœufs, pas à
pas, rapportent à leur joug les coutres suspendus,
à l'heure où du ciel vert la lumière pâlie se constelle
de flammes d'or, j'irai là-bas, j'irai, par les sentiers
nocturnes et perdus, vous retrouver, comme tu le
demandes !

JEANNE

Malheur sur nous ! Honte sur moi !

PIERRE

        Tes réprimandes
Sont folles et tes cris de douleur, enfantins.

JEANNE

Adieu donc ! Dans l'azur, l'astre des clairs matins
Palpite. Mais, ce soir, quand les ombres plus denses
Des Nains malicieux évoqueront la danse,
Nous t'attendrons.

PIERRE

Adieu !

JEANNE

       Ou ce soir, ou jamais !
Adieu !

(*Elle s'éloigne, lentement, hésite, puis retourne sur
ses pas et, suppliante :*)

Mon Pierre !

PIERRE

Non ! Va-t'en !

JEANNE, *tendant les bras vers le bûcheron.*

       Je te supplie !
Reviens ! j'ai peur ! Viens !

PIERRE

Non. Va-t'en !

JEANNE

Le bois jaloux

M'a dérobé mon cœur !

PIERRE

Adieu !

JEANNE

Malheur sur nous !

(Elle sort, tandis que Pierre, au premier plan, s'attarde, les deux mains sur sa cognée.)

RIDEAU

Acte Deuxième

Autre clairière, en juin, dans un bois de féerie. Au loin,
sous les branches d'où pleuvent des ombres vertes, les sentiers
confus tracés par les bûcherons et les troupeaux se devinent
parmi l'entrelacs des ronces, des clématites et des vignes
vierges. Toutes sortes de plantes grimpantes, houblon,
douce-amère, couleuvrée, se tordent au fût des baliveaux,
forment avec les jeunes arbres une sorte de rempart qui défend
l'accès d'une pelouse tout unie où viennent aboutir les sentiers
de la forêt. À droite du spectateur, un étang signalé par des
iris et des sagittaires, borné au fond par un voile de roseaux.
C'est la *Mare aux Fées*. Des rocs, çà et là, fleuris de bruyères
naines, reliés entre eux par des fougères mâles et des arbustes
épineux. Mais, dominant le taillis, les rocs et les eaux mortes
que l'on entrevoit, des arbres gigantesques circonscrivent
l'horizon, étalant jusqu'aux frises leurs impénétrables rameaux.
Ce sont les essences forestières : chênes, hêtres, ormeaux,
frênes et châtaigniers, puis, vers l'étang, des aulnes, d'un
vert si profond qu'ils paraissent noirs. Par places, des bouleaux, des peupliers blancs, des tilleuls argentés mettent une
pâleur délicate. Des viornes croissent dans la terre humide,
cependant qu'un saule pleureur s'échevèle sur l'étang. Au fond,
vers la gauche, une haie de rosiers grimpants surplombe la
route en contre-bas et, de ce côté, ferme la perspective sous un
rideau jaune, rose pourpre et blanc de fleurs épanouies. A

gauche, une sente praticable tombe vers le proscénium. La lumière gris verdâtre éclaire faiblement les objets. Une musique très douce qui décroît à mesure que le jour se lève, indique le chant des Hamadryades, le thème des Nixes et des Follets, tandis que les rumeurs terrestres s'affirment avec plus d'intensité. Le bourdonnement du travail humain passe à travers le calme de la forêt. Des oiseaux chantent... Le jour se lève peu à peu.

SCÈNE PREMIÈRE

PIERRE, *seul.*

Déjà l'aurore empourpre les sommets,
Sous les taillis ombreux fleurissent des pervenches,
Et le coq est monté sur la plus haute branche.
A l'œuvre !

SCÈNE II

PIERRE, Le chœur invisible

(Au moment où Pierre lève sa cognée et se prépare à donner le premier coup, des soupirs lointains, des voix dolentes montent confusément. Elles se font plus nettes, se rapprochent ; enfin elles éclatent, rejetant aux premiers plans le bûcheron épouvanté.)

LE CHŒUR, (*invisible*).

Suspends les coups ! Arrête
La hache déjà prête ;
Bûcheron discourtois,
      Entends nos voix !

Entends nos voix encloses
Dans les rouvres moroses,
Dans les frênes et les
      Ifs violets !

Ecoute ! Cette haleine
D'ambre et de marjolaine,
Ce gracieux parfum
   De l'iris brun,

L'odeur amère et douce
Des ajoncs, de la mousse,
Des grands lis, des rosiers
   Et des fraisiers :

Ces baumes, ces dictames,
Enfant ! ce sont les âmes
Offertes à tes vœux
   De nos cheveux !

PIERRE

O terreur ! Ces chansons, ces voix insidieuses, je
les connais. Voici longtemps que je les entendis
pour la première fois. Ce sont elles qui charmèrent
mon berceau, qui peuplèrent de visions mes nuits
d'adolescence. Elles étaient, alors, pleines de joie
et de lumière. A présent, elles sonnent lugubres
comme un glas de mort.

LE CHŒUR, (*invisible*).

Dessous la rude écorce,
Un cœur palpite à force
Et par l'aubier tenus,
   Deux beaux seins nus.

Que la forêt ne meure !
Epargne la demeure
Des oiseaux bocagers,
   Des cerfs légers.

Arbres, têtes sacrées,
En tout temps révérées,
Le bois myxtérieux
    T'offre ses Dieux.

Il t'offre l'ambroisie
Et la troupe choisie
Des nymphes aux yeux pers
    Sous les couverts

Où dans la nuit sereine,
Les grillons et les reines,
Mêlent à leurs accords
    Des timbres d'or.

PIERRE

Ah ! c'en est trop. La folie ! Oui, la folie hante dans ce bois. Elle m'obsède, elle me gagne. Non ! Non ! Je veux briser cet enchantement qui me torture et me délecte, faire un cadavre de ces rameaux vivants qui me prennent ma raison.

(*Il écuisse un chêne à coups redoublés. Mais voici que les arbres, peu à peu, s'éclairent, deviennent transparents. Immobiles d'abord, les Hamadryades contemplent avec un effroi courroucé l'homme qui viole ainsi leur dernier refuge. Quatre des plus belles, tour à tour, se dégagent du tronc qui les renferme. Elles interpellent, à présent, le bûcheron, immobile de stupeur et d'effroi ; ce sont les Nymphes du chêne, du hêtre, du tilleul et du bouleau.*)

SCENE III
PIERRE, LES DRYADES

LE HÊTRE

Le pasteur amoureux, sur mon tronc adossé, dit la gloire du printemps, la fermentation des sèves, tous les êtres pâmés au souffle du désir. Sur mon écorce, des chiffres d'amour inscrivent la date où les couples éphémères ont cru à l'éternité de leur bonheur. Oseras-tu renverser le naïf monument des tendresses bucoliques ?

(L'arbre s'assombrit : avec la lumière intérieure le fantôme disparaît.)

LE TILLEUL

Je fleuris dans l'ombre nuptiale des nuits brèves de l'été. Mes rameaux parfument la campagne d'une odeur si pénétrante que les plaines, les bois et les collines sont embaumées comme une chambre d'amour. Sur les couples enlacés près des fontaines mélodieuses, je fais pleuvoir les étoiles odorantes ; l'amant, qui baise à pleines lèvres la bouche de l'aimée, associe mon parfum à celui des baisers.

(Même jeu que ci-dessus.)

LE BOULEAU

En automne, quand les bois rouillés montrent déjà leurs branches nues, quand les écureuils gorgés de faines bondissent d'arbre en arbre, au pourchas des bestioles, un petit oiseau vient poser sur mes pâles ramures. C'est le rouge-gorge, ami du laboureur, son compagnon d'hiver que ne rebutent ni le déclin des jours, ni la froide saison. Ainsi, dans les cœurs vieillissants, l'indestructible amour chante encore, lorsque la terre dévastée n'a plus d'ombres tutélaires, et que sont faites les vendanges du bonheur.

(Même jeu.)

LE CHÊNE

Oseras-tu frapper le chêne millénaire ? Passant d'un jour, passant que tourmente la fièvre, et que la Mort emportera demain, vas-tu frapper de ta hache scélérate le héros que le temps rajeunit sans cesse, l'Arbre-roi de la forêt ? Il faut des siècles pour enfanter un chêne à la lumière. Hôte d'un soir, oseras-tu dévaster les ombrages où tes arrière-petits-enfants viendront oublier leurs soucis et rêver, après toi, de l'éternelle paix ?

(Même jeu. Le cyprès, lentement, s'est ouvert. Une forme voilée, dont les mains osseuses pendent sur de blanches draperies, se dégage à son tour, et vient poser ses doigts sur l'épaule de Pierre.)

LE CYPRÈS

Frappe, si tu le veux ! Je ne te crains pas. Tôt ou tard la cognée abattra mon noir feuillage, hérissé d'épines et de clous. Mais tu me rendras bientôt à la terre maternelle. Bientôt les planches de ton cercueil iront à travers la grande nuit, recommencer à vivre dans les moissons et les arbres futurs.

PIERRE

Grâce ! J'ai peur ! Je veux fuir ce lieu d'épouvante ! Mais non ! Vais-je donc prendre peur de ces fantômes ? Arrière, esprits des bois ! Votre règne est passé ! L'homme a conquis votre demeure, enchaîné à ses lois et la terre et les mers !

Dieux païens, dieux jeunes et charmants, le culte de la richesse, la crainte et la servilité ont fait les cieux déserts. Dans le cœur des hommes, d'autres idoles ont usurpé vos autels. Ecoutez à votre tour ! Ce n'est plus vous aujourd'hui que célèbrent les prêtres et les vierges, le chœur sonore des adolescents !

(*Au lointain, avec un bruit confus de voix et de cantique, passe le cortège des Rogations. Voix d'hommes et d'enfants qui s'enflent, montent, puis décroissent, tandis que Pierre, assis à droite, regarde en souriant les Dryades interdites.*)

SCENE IV
PIERRE, NEMOROSA, La Procession

LES PROCESSIONNAIRES
(*Chœur à peine distinct.*)
Ah ! Ah ! Ah ! Ah ! Ah ! Ah ! Ah !

(*Le chant s'éloigne. Pendant que s'égrène la litanie, Nemorosa, grande et pâle, ceinte de chêne et de lauriers, se dresse. Elle touche, d'un rameau qu'elle porte, le front de Pierre qui se lève malgré soi.*)

PIERRE
C'est toi ! je reconnais tes yeux et la clarté de ta robe, et, dans tes cheveux, les fleurs étranges, qui tant de fois ont couronné de leurs guirlandes mon sommeil. Ah ! dis-moi ton nom ?

NEMOROSA
Pourquoi ? Ne sais-tu pas qui je suis ? Douce
Comme une aube d'avril, calme comme le soir,
Je suis la Forêt natale qui te protège,
Pleine d'ombre et de nids, de rêves et d'encens,
La Nymphe qui reçut tes vœux adolescents.
Tu brandis à présent la hache ! Sacrilège !
Par pitié pour toi-même, arrête ! Viens t'asseoir
Près de l'ormeau qui t'accueillait aux heures chaudes
Et sur tes yeux faisait des caresses pleuvoir.

Souviens-toi ! Pense au bon dormir, à l’émeraude
Palpitante du vert feuillage, en plein été.

PIERRE

Non ! d’un cœur valeureux et d’un bras conforté,
Je porterai la hache au cœur de ton mystère.

NEMOROSA

Epargne de ces bois le démon solitaire !

PIERRE

Mon cœur saigne et pourtant je frapperai !

NEMOROSA

Pitié !

Crains cependant qu’après avoir prié,
Faisant appel à ce désir qui te ramène,
Jeune homme audacieux, affrontant mes domaines,
Je ne te menace à mon tour.

PIERRE

Je brave ton courroux !

NEMOROSA

Braveras-tu l’amour ?

Frappe, si tu le veux, mais non pas sans m’entendre.
Je t’aime, le sais-tu ? d’un amour fauve et tendre,
Homme qui chez les Dieux par moi seras admis !
Mes arbres, mes halliers, mes gaults te sont amis.
Je t’ai versé le baume enivrant de mes feuilles,
Rappelle-toi. L’amour terrestre que tu cueilles
Loin de moi, c’est par moi qu’a fleuri sa vigueur.
Je t’aime ! Prends ma bouche et mes seins ! Prends
      Buvons le flot de la sève épandue. [mon cœur !
Je t’aime ! Fais que soit ma prière entendue,
Amant-roi qui, dans l’ombre où j’espérai longtemps,
      Vas unir ta jeunesse à mon printemps
Et, plus beau, quitte enfin du labeur qui ravale,

Essaimer en mes flancs la race triomphale
Des poëtes et des guerriers libérateurs.   [teurs,
Suis-moi ! Dans les bosquets pleins de chaudes sen-
Il est des coins perdus que nul rayon n'éclaire.
Là, sous un dôme épais de branches tutélaires,
Vierge dénouant pour toi mes ceintures, l'or
De mes cheveux, pareil aux blés de messidor,
Embaumera d'été les campagnes prochaines.
Viens ! nous aurons des fils nobles comme des chênes,
Fermes et doux, prenant les hommes en pitié.
Tu vivras dans la paix sylvestre, délié
Des vains soucis, des lois, des Dieux, libre, sauvage,
Et couronné de fleurs, et hors de l'esclavage
Qui dompte sous le loug tes frères insensés.

PIERRE

O rêve de mes jours lointains ! Fée entrevue
Et toujours impalpable, est-ce toi ? Viens ! endors,
Emporte-moi dans tes bras ! Viens ! Transmue
En douceur les regrets d'antan et le remords
        Que laisse au cœur la tâche interrompue.
        Oublions l'heure qui s'enfuit,
        Emmène-moi sous les ombrages
        Divins, où s'apaise le bruit
        Des hommes ! Endors mon courage
        Dans le repos d'une éternelle nuit.
Enlace-moi de tes ronces, de tes lianes !
Fais que je m'enracine au fond du bois, ainsi
        Qu'un chêne, ô sœur de Viviane !
Guéris-moi du labeur et de l'humain souci !

NEMOROSA

Il est à nous ! Liez ses bras de vertes chaînes,
Roseaux ! lierres vagabonds ! volubilis !
        O bien-aimé !

Viens t'asseoir parmi les primevères, les lis,
Et les pâles rameaux des languides troenes,
Sur les mousses en fleurs de la grotte prochaine,
Dans la nuit éternelle où je règne !

*(Pendant ces derniers vers, on entend, confus d'abord,
puis croissant peu à peu, les cantiques de la procession.
Elle approche ; les voix s'enflent ; bientôt le chœur
s'engage par le sentier caché sous la haie de rosiers.
Dominant sur le plain-chant des hommes et des femmes,
on perçoit distinctement la voix de Jeanne.)*

LES PROCESSIONNAIRES, *et* JEANNE

Virgo singularis,
Inter omnes mitis,
Nos, culpis solutos,
Mites fac et castos !

PIERRE

Ecoutez
Ces chants et cette voix qui montent comme l'aile
D'un ramier fugitif par l'oiseleur blessé,
En quête d'un nid plus fidèle.

LES PROCESSIONNAIRES *et* JEANNE, *par intervalles,
comme une troupe qui évolue et se déplace en chantant.*

Monstra te esse matrem...
Funda nos in pace,
Mutans Hevae nomen !

(Les voix s'éloignent, se perdent lentement.)

PIERRE
Non ! je ne peux te suivre au bois des fiancés
Où pleut sur le gazon une lueur diffuse ;
Un autre amour a pris mon cœur. Il se refuse

A trahir celle qui m'attend à mon foyer.
Laisse ! Crainte ou désir jamais n'ont fait ployer
Le cœur d'un homme droit et fidèle à sa promesse.

NEMOROSA

Donc, tu mourras, vivant d'un jour, toi que rabaisse
Une stupide amour au niveau des humains.
Redoute cependant le bois obscur !

PIERRE

Ma main,

Par la vertu de ces chants affermie,
T'aura, ce soir, domptée, ô Dryade ennemie !

NEMOROSA

Tu ne porteras pas la main sur la forêt !
Ignorant, jusqu'ici, les pièges, les secrets
Du lieu divin, tu n'en connais que les voix douces.
Nous t'aimions ! Mais sais-tu quels pas courbent les
(mousses
Quand la lune fumeuse et tragique descend,
Tête coupée, à l'horizon, quels flots de sang
Empourprent les taillis obscurs et les bruyères
Quand, au bord des ruisseaux, les blêmes lavandières
Frappent de leurs battoirs le suaire des morts,
Quand l'Ondine équivoque et le Nain aux pieds tors
Vont arrachant les mandragores impudiques ?
Les bois sacrés sont pleins de choses fatidiques
Et d'embûches pour qui les profane.

PIERRE

Tu crois

m'intimider avec des paroles. Chansons de Fée ! Et
vous, appels des nuits solliciteuses que l'on entend
parfois au crépuscule, mon orgueil se rit de vous et
des brouillards funestes où s'égarent encore pâtres
et vagabonds.

La forêt appartient à l'Homme. Je suis roi des
Nymphes et des Dieux qui vivent sous l'écorce
Place à l'Homme porteur de la cognée !

NEMOROSA

Esprits

Des buissons, des halliers, des fontaines dormantes
Sous les myosotis et les nymphéas ! Mantes
Guetteuses, vers le soir, des taillis mal famés !
Dames blanches ! Lutins ! Ondines qui tramez
Pour le lac assoupi des écharpes de brumes !
Khobolds forgeant le fer et l'or sur vos enclumes !
Nixes qui dérobez, au fond des clairs bassins,
Parmi les nénuphars, la blancheur de vos seins,
Vos seins pareils comme eux à des coupes d'albâtre !
Salamandres ! Ondins ! Laisserez-vous abattre
La sylve maternelle où furent vos autels ?

PIERRE

Que dis-tu ?

NEMOROSA

Les Esprits entendent mon appel.

(Une rumeur approche : des cris bizarres, des miaule-
ments, des rires étouffés. En même temps que la
musique en devient plus nette, le jour, peu à peu,
s'assombrit. Des éclairs livides ; parfois, un roulement
d'orage. A travers les arbres, flamboie et tombe la
lueur verdâtre des Follets. Vague et flottante d'abord,
leur mélodie éclate sur les bruits épars dans l'ombre.)

SCENE V

**PIERRE, NÉMOROSA, LES ESPRITS SYLVESTRES,
LES ESPRITS DES EAUX, LA PROCESSION.**

CHŒUR DES FOLLETS

*Dans le bois en feu,
Papillonne un bleu
 Phosphore.
Au chant des grelots,
Bondit maint galop
 Sonore.*

*Profil de rebec,
Membres tortus, bec
 De cane,
Sifflotant leurs lais
En chœur, les follets
 Ricanent.*

*Les chauves-souris
Mêlent à leurs cris
 Des plaintes,
Quand, sous les buissons,
Les fulgores sont
 Eteintes.*

*Sur la brande en fleur,
L'essaim querelleur
 S'élance,
Et des verts marais
Déchire le frais
 Silence.*

Au bord du fossé,
Voyageur lassé
  Qui doutes,
Suis nos lampes d'or !
Vers l'ombre et la mort,
  En route !

NEMOROSA

Jeune homme ! la forêt s'est peuplée à ma voix
D'êtres mystérieux et redoutables. Vois !
Le Feu, l'Air et les Eaux, la Terre ont des génies
Par qui bientôt seront tes audaces punies;
La Source dans les joncs babille méchamment.

CHŒUR DES ELFES

Toi qui passes dans la nuit,
Tressaillant au moindre bruit,
Vainement tu te dérobes.
Sous la lune du printemps,
Court, aux francs-bords de l'étang,
L'ourlet mouillé de nos robes.

Verveines, épis barbus !
Suis, par les cercles herbus,
Le vol des robes nacrées.
Nous dansons comme un oiseau,
A la pointe des roseaux
Et sur les reines-des-prés.

La sauge est en fleurs ! Suis-nous !
Viens dormir ! Les lits sont doux
Que fleurissent des pervenches.
Passe tes bras à mon col,
Tandis que le rossignol
Pleure, sous les vertes branches.

PIERRE, *à Nemorosa.*
J'affronte leur colère et tes enchantements.

*(Il saisit la hache. Nemorosa se retire lentement vers le
fond du théâtre. Sur un geste qu'elle fait, les Ondines
en robes perses, aux cheveux emmêlés de sagittaires et
de calthas épanouis, forment un cercle autour de Pierre,
l'enveloppent de leurs ceintures, de leurs écharpes, dont
le tournoiement ondule sur son front, pareil aux vapeurs
bleuâtres qui flottent sur les abîmes, dans les soirs d'été.
Pendant que leur troupe évolue, appuyée au tronc d'un
platane, Nemorosa peu à peu se confond avec lui, tout en
suivant d'un regard attentif et mauvais l'investissement
du bûcheron.)*

CHŒUR DES ESPRITS DES EAUX
*L'étang noir, l'étang au milieu des herbes,
Dort sous le plantin et les roseaux verts.
On dirait, parmi les aulnes superbes
Et les saules nains, un œil entr'ouvert.*

*Le soleil couchant darde ses feux roses
Sur un archipel de blancs nénuphars,
Le vent qui fraîchit emporte les roses.
Valsons ! Il est tard !*

*Nous savons les mots dont le cœur s'étonne,
Comme un air d'amour fredonné tout bas.
En les écoutant, par les soirs d'automne,
Le petit berger ralentit ses pas.*

*La hulotte pleure ; improuvant nos danses,
Le hibou revêche a fait ses gros yeux ;
Mais la lune d'or se meut en cadence
Et rit dans les cieux.*

*La nuit est d'argent, la source limpide,
Les Elfes d'amour tendent leurs beaux bras*

Suis près de l'étang la ronde intrépide,
Entre dans le chœur ! Viens, tu resteras.

LA PROCESSION, *dans le lointain.*
Chorea casta virginum !
Vos, purpurati martyres !
Orate pro nobis !

(Les voix décroissent lentement. Derrière le bûcheron, les Dryades peu à peu se sont groupées. A leur signe, des arbres ont envahi la scène, végétant sous les yeux du spectateur, étendant leurs frondaisons, intriquant leurs rameaux, joignant à gauche la haie de rosiers. Il ne reste d'espace libre qu'au bord de l'étang. La Dryade mystérieuse du Cyprès a rejeté son voile. C'est, drapée du suaire des trépassés, la Mort pâle et souveraine. Sur un geste qu'elle fait, les Esprits des Eaux sortent du marécage, s'empressent autour de Pierre, forment un cercle infranchissable, saisissent les mains du bûcheron et le mènent vers l'étang. Pierre s'est laissé conduire sur les bords de l'eau bleuâtre. Les roseaux s'écartent lentement. Il suit la ronde légère des Nixes et des Ondines, sous les regards méchants des Esprits forestiers. La ronde passe et tourbillonne sur la nappe miroitante. Fasciné, Pierre avance, mais à peine pose-t-il le pied sur la berge, que le sol manque sous ses pas. Coups de tonnerre. Obscurité. Des formes rampantes, nains verdâtres, crapauds monstrueux, spectres de noyés dans leur linceul humide, viennent du bois ou sortent du marais. Dans la nuit où se confondent les broussailles et les arbres, on devine encore, sous le fût blanchâtre du platane, implacable, vengée et satisfaite, Nemorosa, qui regarde les yeux tout grands ouverts. — Pierre s'est repris. Il lutte désespérément contre les fantômes qui s'efforcent de le plonger dans le marais.)

PIERRE

A moi ! Je ne veux pas mourir sous l'eau mauvaise.

LA PROCESSION, *au loin.*

Sancta Maria !

VOIX DE PIERRE

Grâce !

LA PROCESSION

Ora pro nobis !

LA MORT, *à Pierre.*

Baise
Le sourire mortel des Nixes, bûcheron !

VOIX DE PIERRE, *s'affaiblissant.*

Je meurs !

LA PROCESSION, *très loin.*

Sancte Petre, apostole.

VOIX RAILLEUSE D'ONDINE

Les chants pieux nomment ton saint patron :
Appelle à l'aide !

VOIX DE PIERRE, *défaillante.*

A moi !

(Pierre s'est précipité dans le marais. Obscurité complète.)

LA MORT

La paix est revenue.
Donnez à la forêt une face inconnue,
Dryas !

LA PROCESSION, *voix à peine distinctes.*

Ora pro nobis !...

VOIX D'ONDINE

Une femme vient,
Silence !...

SCENE VI

JEANNE, Les Esprits invisibles.

JEANNE, entrant.

Pierre !

VOIX DE LA MORT, à présent cachée.
Il est en repos, il dort bien.

JEANNE

Pierre !
(Rires indistincts dans la forêt.)
J'entends des cris et des rires en fête.
Pierre ! Mais non ! Je m'égare encore. Ma tête
S'affole. Ce n'est pas ici que j'ai laissé
Mon Pierre, ce matin. Où donc ai-je passé ?
Pierre !

ÉCHO, rieur.

Pierre...

JEANNE
L'écho railleur seul trouble l'ombre...
J'ai peur...

VOIX
Pourquoi venir lorsque le bois est sombre ?

JEANNE, terrifiée.

Oh ! ne te cache pas, Pierre ! Il s'est endormi.
Mais où donc ?
(Elle trouve la cognée, et, subitement illuminée :)
Sa cognée ! Ah ! le bois ennemi
Le cache ! Elles l'ont pris, les Nymphes du bocage ?
Je veux savoir !
(Elle marche résolument vers un groupe d'arbres
qui viennent vers elle et la repoussent.)

VOIX

Va-t’en !

JEANNE

Pierre !

VOIX

Il serait plus sage
De suivre le chemin où croît l’aulne et l’osier,
Vers le hameau. Va, pars ! sans plus te soucier
De la forêt.

(*Une lumière gris verdâtre, obscurément, éclaire les objets.
Tout a repris son aspect habituel ; déjà les fantômes
se sont évanouis ; le calme est revenu ; la scène est libre.*)

JEANNE, *s’exaltant par degrés.*

J’ai peur ! Je ne suis qu’une femme,
O Forêt ! mais demain, j’en atteste mon âme,
Des coups mieux assurés te frapperont au cœur,
Homicide forêt dont le rire moqueur
Insulte au désespoir des tendresses humaines.
Le travail roi dominera sur tes domaines.
A la place des bois et des étangs pervers,
Les grands blés frémiront dans les champs. Les prés
Naîtront sur tes débris, afin que soit vengée [verts
La mère douloureuse et l’épouse outragée.

(*Elle s’éloigne, levant les bras dans un geste imprécatoire.
De nouveau, la futaie en pleine lumière. Le soleil, à
travers les branches, disparaît dans un bain de sang,
à’or et d’émeraude sur lequel se détachent en vigueur les
arbres apaisés.*)

RIDEAU

Appendice

VARIANTE
AUX SCÈNES IV, V ET VI DU DEUXIÈME ACTE

SCENES IV ET V

PIERRE, NEMOROSA, LA MORT,
Processionnaires, Esprits des eaux et des bois

NEMOROSA

...Tu ne porteras pas la main sur la forêt !
Ignorant, jusqu'ici, les pièges, les secrets
Du lieu divin, tu n'en connais que les voix douces.
Nous t'aimions ! Mais sais-tu quels pas courbent les mousses
Quand la lune fumeuse et tragique descend,
Tête coupée, à l'horizon, quels flots de sang
Empourprent les taillis obscurs et les bruyères
Quand, au bord des ruisseaux, les blêmes lavandières
Frappent de leurs battoirs le suaire des morts,
Quand l'Ondine équivoque et le Nain aux pieds tors
Vont arrachant les mandragores impudiques ?
Les bois sacrés sont pleins de choses fatidiques
Et d'embûches pour qui les profane.

PIERRE

Tu crois
m'intimider avec des paroles. Chansons de Fée ! Et vous,
appels des nuits solliciteuses que l'on entend parfois au crépuscule, mon orgueil se rit de vous et des brouillards funestes
où s'égarent encore pâtres et vagabonds.

La forêt appartient à l'Homme. Je suis roi des Nymphes
et des Dieux qui vivent sous l'écorce. Place à l'Homme porteur de la cognée !

NEMOROSA

Esprits

Des buissons, des halliers, des fontaines dormantes
Sous les myosotis et les nymphéas ! Mantes
Guetteuses, vers le soir, des taillis mal famés !
Dames blanches ! Lutins ! Ondines qui tramez
Pour le lac assoupi des écharpes de brumes !
Khobolds forgeant le fer et l'or sur vos enclumes !
Nixes qui dérobez, au fond des clairs bassins,
Parmi les nénuphars, la blancheur de vos seins,
Vos seins pareils comme eux à des coupes d'albâtre !
Salamandres ! Ondins ! Laisserez-vous abattre
La sylve maternelle où furent vos autels ?

PIERRE

Que dis-tu ?

NEMOROSA
Les Esprits entendent mon appel.

*(Une rumeur approche : des cris bizarres, des miaulements, des rires
étouffés. En même temps que la musique en devient plus nette, le
jour, peu à peu, s'assombrit. Des éclairs livides ; parfois, un
roulement d'orage. A travers les arbres, flamboie et tombe la lueur
verdâtre des Follets. Vague et flottante d'abord, leur mélodie
éclate sur les bruits épars dans l'ombre.)*

CHŒUR DES FOLLETS

*Dans le bois en feu,
Papillonne un bleu
Phosphore.
Au chant des grelots,
Bondit main galop
Sonore.*

*Profil de rebec,
Membres tortus, bec
De cane,*

Sifflotant leurs lais
En chœur, les follets
    Ricanent.

Les chauves-souris
Mêlent à leurs cris
    Des plaintes,
Quand, sous les buissons,
    Les fulgores sont
    Eteintes.

Sur la brande en fleur,
L'essaim querelleur
    S'élance,
Et des verts marais
Déchire le frais
    Silence.

Au bord du fossé,
Voyageur lassé
    Qui doutes,
Suis nos lampes d'or !
Vers l'ombre et la mort,
    En route !

NEMOROSA

Jeune homme ! la forêt s'est peuplée à ma voix
D'êtres mystérieux et redoutables. Vois !
Le Feu, l'Air et les Eaux, la Terre ont des génies
Par qui bientôt seront les audaces punies ;
La Source dans les joncs babille méchamment.

CHŒUR DES ELFES

Toi qui passes dans la nuit,
Tressaillant au moindre bruit,
Vainement tu te dérobes.
Sous la lune du printemps,
Court, aux francs-bords de l'étang,
L'ourlet mouillé de nos robes.

Verveines, épis barbus !
Suis, par les cercles herbus,
Le vol des robes nacrées.
Nous dansons comme un oiseau,
A la pointe des roseaux
Et sur les reines-des-prées.

La sauge est en fleurs ! Suis-nous !
Viens dormir ! Les lits sont doux
Que fleurissent des pervenches.
Passe tes bras à mon col,
Tandis que le rossignol
Pleure, sous les vertes branches.

PIERRE

Je brave leur colère et tes enchantements.

NEMOROSA

Par pitié pour toi-même, arrête, sacrilège !
Epargne la forêt sainte qui te protège.
Douce comme l'aube et calme comme le soir.
Suspends ton crime, un jour encore ! Viens t'asseoir
Près de l'ormeau qui t'accueillait aux heures chaudes.
Rappelle-toi le bon dormir et l'émeraude
Palpitante du vert feuillage, en plein été.

PIERRE

Non ! d'un cœur valeureux et d'un bras conforté,
Je porterai la hache au cœur de ton mystère.
Place au Travail ! C'est lui qui règne sur la terre.
O Nymphe ! devant lui disparais à ton tour.
Je brave ton courroux.

NEMOROSA
                        Braveras-tu l'amour ?
Frappe, si tu le veux, mais non pas sans m'entendre.
Je t'aime, le sais-tu ? d'un amour fauve et tendre,
Homme qui chez les Dieux par moi seras admis !
Mes arbres, mes halliers, mes gaults te sont amis.
Je t'ai versé le baume enivrant de mes feuilles,
Rappelle-toi ! L'amour terrestre que tu cueilles
Loin de moi, c'est par moi qu'a fleuri sa vigueur.
Je t'aime ! Prends ma bouche et mes seins ! Prends mon cœur !
Prends-moi ! Buvons le flot de la sève épandue.
Je t'aime ! Fais que soit ma prière entendue,
Amant-roi qui, dans l'ombre où j'espérais longtemps
Vas unir ta jeunesse à mon divin printemps,
Et, plus beau, quitte enfin du labeur qui ravale,
Essaimer en mes flancs la race triomphale
Des poëtes et des guerriers libérateurs.
Suis-moi ! Dans les bosquets pleins de chaudes senteurs,
Il est des coins perdus que nul rayon n'éclaire.

Là, sous un dôme épais de branches tutélaires,
Vierge dénouant pour toi mes ceintures, l'or
De mes cheveux, pareils aux blés de messidor,
Embaumera d'été les campagnes prochaines.
Viens ! nous aurons des fils nobles comme des chênes,
Fermes et doux, prenant les hommes en pitié.
Tu vivras dans la paix sylvestre, délié
Des vains soucis, des lois, des Dieux, libre, sauvage,
Et couronné de fleurs, et hors de l'esclavage
Qui dompte sous le joug tes frères insensés.

PIERRE

O Reine de mes premiers vœux ! Fée entrevue
Dans la brume lointaine et dans les jours passés !
Toi qui fuyais comme la nue,
Mon impalpable amour, est-ce toi ? Viens ! endors,
Emporte-moi dans tes bras ! Viens ! Transmue
En douceur les regrets d'autrefois, le remords,
Tout, jusqu'au souvenir de l'œuvre interrompue !

Enchante l'heure qui s'enfuit !
Emmène-moi sous les ombrages
Divins, où s'apaise le bruit
Des hommes ! Endors mon courage
Dans le repos d'une éternelle nuit !

Enlace-moi de tes ronces, de tes lianes !
Fais que je m'enracine au fond du bois, ainsi
Que tes chênes sacrés, ô sœur de Viviane,
Guéris-moi du labeur et de l'humain souci !

NEMOROSA

Il est à nous ! Liez ses bras de vertes chaînes,
Lierres vagabonds, roseaux ! volubilis !
Viens t'asseoir, ô mon bien-aimé ! parmi les lis
Et les pâles rameaux des languides troënes,
Sur les mousses en fleurs de la grotte prochaine,
Dans la nuit éternelle où je règne !

(Pendant ces derniers vers, on perçoit, confus d'abord, puis croissant
peu à peu, les cantiques de la procession. Elle approche ; les voix
s'enflent ; bientôt le chœur s'engage par le sentier caché sous la
haie de rosiers. Dominant sur le plain-chant des hommes et des
femmes, très distinctement, la voix de Jeanne.)

LES PROCESSIONNAIRES

Virgo singularis,
Inter omnes mitis,
Nos, culpis solutos,
Mites fac et castos !

PIERRE

Ecoutez,

Dans l'arome des chèvrefeuilles emportés,
Ces hymnes, cette voix qui montent comme l'aile
D'un ramier fugitif par l'oiseleur blessé,
      En quête d'un nid plus fidèle.

LES PROCESSIONNAIRES, *par intervalles plus ou moins rapprochés,*
   à la manière d'une troupe qui évolue et se déplace en chantant.

Monstra te esse matrem...
Funda nos in pace,
Mutans Heva nomen !

(*Les voix s'éloignent, décroissent avec lenteur.*)

PIERRE

Nymphe, retourne seule aux bois des fiancés,
Où pleut sur le gazon une lueur diffuse ;
Un autre amour a pris mon cœur. Il se refuse
A trahir celle qui m'attend à mon foyer.
Laisse ! Crainte ou désir jamais n'ont fait ployer
Le cœur d'un homme droit fidèle à sa promesse.

NEMOROSA

Donc, tu mourras, vivant d'un jour, toi que rabaisse
Une stupide amour au niveau des humains.
Redoute cependant le bois obscur !

PIERRE

                  Ma main
T'aura, ce soir, domptée, ô Dryade ennemie !

NEMOROSA, *à part.*

Ce soir ? Pour égayer son épouse endormie,
Il lui dirait ma honte et mes douleurs ! non pas !
C'est ici, bûcheron, que se bornent tes pas.

(A Pierre.)
Adieu donc et sois pardonné !

*(Sur un geste qu'elle fait, des Ondines en robes perses, les cheveux
emmêlés de sagittaires et de calthas en fleurs, tendent à Pierre
une coupe de nacre épanouie en forme de lotus.)*

Je te convie !
Bois en signe de paix, bois ce philtre de vie
Où la sève laiteuse unie aux miels nouveaux
A mitigé le suc ténébreux des pavots.

*Pierre boit distraitement sous les regards de Nemorosa, qui suit
avec une attention perfide chacun de ses mouvements. Quand la
coupe est vide, appuyée au tronc d'un platane, peu à peu, Nemorosa
se confond avec lui, cependant que les Fées des Eaux forment un
cercle autour de Pierre, l'enveloppent de leurs ceintures, de leurs
écharpes, dont le tournoiement ondule sur son front, pareil aux
vapeurs bleuâtres qui flottent sur les abîmes, dans les soirs d'été.)*

CHŒUR DES ESPRITS DES EAUX.

*L'étang noir, l'étang au milieu des herbes,
Dort sous le plantain et les roseaux verts.
On dirait, parmi les aulnes superbes
Et les saules nains, un œil entr'ouvert.*

*Le soleil couchant darde ses feux roses
Sur un archipel de blancs nénuphars,
Le vent qui fraîchit emporte les roses.
Valsons ! Il est tard !*

*Nous savons les mots dont le cœur s'étonne,
Comme un air d'amour fredonné tout bas,
En les écoutant, par les soirs d'automne,
Le petit berger ralentit ses pas.*

*La hulotte pleure ; improuvant nos danses,
La hibou revêche a fait ses gros yeux ;
Mais la lune d'or se meut en cadence
Et rit dans les cieux.*

*La nuit est d'argent, la source limpide,
Les Elfes d'amour tendent leurs beaux bras :
Suis près de l'étang la ronde intrépide,
Entre dans le chœur ! Viens, tu resteras.*

LA PROCESSION, *dans le lointain.*

> *Chorea casta virginum !*
> *Vos, purpurati martyres !*
> *Orate pro nobis !*

(*Les voix décroissent lentement. Derrière le bûcheron, les Dryades peu à peu se sont groupées. A leur signe, des arbres ont envahi la scène, végétant sous les yeux du spectateur, étendant leurs frondaisons, intriquant leurs rameaux, joignant à gauche la haie de rosiers. Il ne reste d'espace libre qu'au bord de l'étang. La Dryade mystérieuse du Cyprès a rejeté son voile. C'est, drapée du suaire des trépassés, la Mort pâle et souveraine. Sur un geste qu'elle fait, les Esprits des Eaux sortent du marécage, s'empressent autour de Pierre, forment un cercle infranchissable, saisissent les mains du bûcheron et le mènent vers l'étang. Pierre s'est laissé conduire sur les bords de l'eau bleuâtre. Les roseaux s'écartent lentement. Il suit la ronde légère des Nixes et des Ondines, sous les regards méchants des Esprits forestiers. La ronde passe et tourbillone sur la nappe miroitante. Fasciné, Pierre avance, mais à peine pose-t-il le pied sur la berge, que le sol manque sous ses pas. Coups de tonnerre. Obscurité. Des formes rampantes, nains verdâtres, crapauds monstrueux, spectres de noyés dans leur linceul humide, viennent du bois ou sortent du marais. Dans la nuit où se confondent les broussailles et les arbres, on devine encore, sous le fût blanchâtre du platane, implacable, vengée et satisfaite, Nemorosa, qui regarde les yeux tout grands ouverts. — Pierre s'est repris. Il lutte désespérément contre les fantômes qui s'efforcent de le plonger dans le marais.*)*

PIERRE

A moi ! Je ne veux pas mourir sous l'eau mauvaise !

LA PROCESSION, *au loin.*

Sancta Maria !

VOIX DE PIERRE

Grâce !

LA PROCESSION

Ora pro nobis !

LA MORT, *à Pierre.*

Baise

Le sourire mortel des Nixes, bûcheron !

VOIX DE PIERRE, *s'affaiblissant.*

Je meurs !

LA PROCESSION, *très loin.*

Sancte Petre, apostole !

VOIX RAILLEUSE D'ONDINE

Les chants pieux nomment ton saint patron :
Appelle à l'aide !

VOIX DE PIERRE, *défaillante.*

A moi !

(Pierre est précipité dans le marais. Obscurité complète.)

LA MORT

La paix est revenue.
Donnez à la forêt une face inconnue,
Dryas !

LA PROCESSION, *voix à peine distinctes.*

Ora pro nobis !...

VOIX D'ONDINE

Une femme vient,

Silence !...

SCENE VI
JEANNE, LES ESPRITS

JEANNE, *entrant.*

Pierre !

VOIX DE LA MORT, *à présent cachée.*

Il est en repos, il dort bien.

JEANNE

Pierre !

(Rires indistincts dans la forêt.)

J'entends des cris et des rires en fête.
Pierre ! Mais non ! Je m'égare encore. Ma tête
S'affole. Ce n'est pas ici que j'ai laissé
Mon Pierre, ce matin. Où donc ai-je passé ?
Pierre !

ÉCHO

Pierre...

JEANNE

L'écho s'émeut et rit dans l'ombre...
J'ai peur...

VOIX

Pourquoi venir lorsque le bois est sombre ?

JEANNE, *terrifiée.*

Oh ! ne te cache pas, Pierre ! Il s'est endormi.
Mais où donc ?

(Elle trouve la cognée, et, subitement illuminée :)

Sa cognée ! Ah ! le bois ennemi
Le cache ! Elles l'ont pris, les Nymphes du bocage ?
Je veux savoir !

*(Elle marche résolument vers un groupe d'arbres qui viennent vers
elle et la repoussent.)*

VOIX

Va-t'en !

JEANNE

Pierre !

VOIX

Il serait plus sage
De suivre le chemin où croît l'aulne et l'osier,
Vers le hameau. Va, pars ! sans plus te soucier
De la forêt.

*(Une lumière gris verdâtre, obscurément, éclaire les objets. Tout a
repris son aspect habituel ; déjà les fantômes se sont évanouis ;
le calme est revenu ; la scène est vide.)*

JEANNE, *s'exaltant par degrés.*

J'ai peur ! Je ne suis qu'une femme,
O Forêt ! mais demain, j'en atteste mon âme,
Des coups mieux assurés te frapperont au cœur,
Homicide forêt dont le rire moqueur
Insulte au désespoir des tendresses humaines.
Le travail roi dominera sur tes domaines,
A la place des bois et des étangs pervers,

Les grands blés frémiront dans les champs. Les prés verts
Naîtront sur tes débris, afin que soit vengée
La mère douloureuse et l'épouse outragée.

(Elle s'éloigne, levant les bras dans un geste imprécatoire. Les der-
nières vapeurs de l'orage sont taries. De nouveau, la futaie en
pleine lumière. Le soleil, à travers les branches, disparaît avec
lenteur dans un bain de sang, d'or et d'émeraude, sur lequel se
détachent en vigueur les arbres apaisés.)

RIDEAU

Table des Matières

Achevé

de typographier

et d'imprimer

sur les presses de

La Typographie François Bernouard

le vingtième jour de Mai

mil-neuf-cent-vingt-neuf

10, Rue Lebel, 10

Vincennes